亡者交响曲

（伊朗）阿巴斯·马阿鲁菲　著
穆宏燕　译

图书在版编目（ＣＩＰ）数据

亡者交响曲 /（伊朗）阿巴斯·马阿鲁菲著；穆宏燕译.
-- 北京：五洲传播出版社，2023.6
ISBN 978-7-5085-5027-5

Ⅰ．①亡…　Ⅱ．①阿…②穆…　Ⅲ．①长篇小说—伊朗—现代
Ⅳ．①I373.45

中国国家版本馆 CIP 数据核字 (2023) 第 016640 号

亡者交响曲

作　　者：	阿巴斯·马阿鲁菲（伊朗）
译　　者：	穆宏燕
出 版 人：	关　宏
责任编辑：	杨　雪
助理编辑：	刘婷婷
版式设计：	高　洁
出版发行：	五洲传播出版社
地　　址：	北京市海淀区北三环中路 31 号生产力大楼 B 座 6 层
邮　　编：	100088
店　　话：	010-82005927，82007837
网　　址：	http://www.cicc.org.cn　　http://www.thatsbooks.com
印　　刷：	北京市房山腾龙印刷厂
开　　本：	880×1230 mm　1/16
印　　张：	22.75
字　　数：	250 千字
版　　次：	2023 年 6 月第 1 版第 1 次印刷
定　　价：	65.00 元

购书咨询：（010）82007837 电子邮箱：liuyang@cicc.org.cn
如有印刷、装订质量问题，请与出版社联系
联系电话：（010）82005927 电子邮箱：taoyuzheng@cicc.org.cn
制售盗版必究 举报查实奖励

有志者事竟成，条件是大自然不能有抗拒的念头。

孤独只有在热闹处才能感知。

有什么区别呢，是这个国王还是那个国王。对于我们这些只需要一口馍度日的人来说，管他是希特勒，是罗斯福，还是国王。驴子还是那头驴子，只是它的驮鞍换了。

往往第一个孩子会交还他人的厚爱。

苏尔梅的眼泪从她颧骨上滚落下来，她以一种特殊的平静说："爱上你不是一件简单的事。"

以至仁至慈的真主的名义

(嘎比勒)说:我一定要杀掉你。(哈比勒)说:我没有罪,真主只接受虔诚者的供奉。即使你伸手杀掉我,我绝不会伸手杀你,因为我畏惧世人的主。我希望,杀死我的罪与你叛逆的罪都返还于你,让你下地狱,那里的火是对世上暴虐者的惩罚。那时,说完这番话,欲念蛊惑他杀他的弟弟。他就杀害了他,由此成为损折之人。那时,真主鼓动一只乌鸦用爪子在地上掘出一个坑来,向他示意如何把他弟弟的尸体掩埋到土里。(嘎比尔)对自己说:我真傻,我比这只乌鸦更加无能吗?我不可以把弟弟的尸体埋在土地里呀?之后,他埋葬了弟弟,并对此事非常懊悔。(《古兰经》,筵席章,第26节)①

---

① 这段文字讲述的是人祖阿丹(相对于《圣经》中的亚当)的两个儿子的故事,即嘎比勒杀弟哈比勒的故事(相当于《圣经》中该隐杀弟弟的故事),作者并未严格摘自《古兰经》原文。这里,附上马坚先生中文译本《古兰经》(中国社会科学出版社1996年)中的相关经文。《古兰经》第五章"筵席"言:(5:27)你当如实地对他们讲述阿丹的两个儿子的故事。当时,他们俩各献一件供物,这个的供物被接受了,那个的供物未被接受。那个说:"我必杀你。"这个说:"真主只接受敬畏者的供物。(5:28)如果你伸手来杀我,我绝不伸手去杀你;我的确畏惧真主——全世界的主。(5:29)我必定要你担负杀我的罪责,和你原有的罪恶,你将成为火狱的居民。这是不义者的报酬。"(5:30)他的私欲撺掇他杀他的弟弟。故他杀了他之后,变成了亏折的人。(5:31)真主使一只乌鸦来掘地,以便指示他怎样掩埋他弟弟的尸体。他说:"伤哉!我怎不能像这只乌鸦那样,把我弟弟的尸体掩埋起来呢?"于是,他变成悔恨的人。

目　录

第一乐章 / 001
　　第一部 / 003
第二乐章 / 079
第三乐章 / 221
第四乐章 / 269
第一乐章 / 285
　　第二部 / 287

注：交响曲一般分为四个乐章，每个乐章的基本特点为：第一乐章为快板；第二乐章速度徐缓；第三乐章速度中庸或稍快；第四乐章又称终乐章，速度急速。本小说结构与交响曲基本一致，只是把第一乐章分作两部，分别置于小说的开始和结尾。

第一乐章

第一部

轻柔的烟，在干果贩子们的客栈①圆顶②和拱形门洞③下盘旋，又从客栈前面的喷嘴钻出去。客栈深处，几个搬运工在一个铁桶中烧木块。有时候，假若有勇气把手从毯子下伸出来的话，还可以嗑

伊朗旧式客栈、拱形门洞，两个大拱形门洞后的屋顶是圆顶

---

① 客栈（kārvānsarā）：伊朗传统的客栈是巴扎的一个重要组成部分，南来北往的商旅，集中在巴扎进行货物贸易交换。其中，客栈是商旅下榻之处。
② 圆顶（gonbad）：指半圆球形的屋顶，形似莲花蕾。
③ 拱形门洞（tāgh）：指圆弧形挑尖儿式的门洞，形似莲花瓣。

嗑瓜子。他们身后，有一个墓穴似的地方，三个人在大锅里炒瓜子，烟雾与蒸汽彼此混杂。雪已经停了。

所有的灯盏，甚至汽灯，都亮着。雾霭中的客栈远远看起来就像一座村庄。"信誉干果店"店铺①的右手边廊道②上，两个男人沉溺于桌子上汽灯的温暖中。乌尔韩·乌尔汗尼坐在桌前，他旁边是警察阿雅兹。

警察阿雅兹每周四来这个店铺，坐进一张大椅子，将双脚放在一张小方凳上，擦干额头上的汗水——不论是夏天还是冬天——如

巴扎里由拱形门洞组成的廊道

巴扎里的隔间店铺

① 店铺（hojre）：特指巴扎里一个隔间样式的店铺，与街上的小商店（maghāze）和大街上的商场（frushgāh）不完全一样。

② 廊道（dālān）：指有封顶的通道。一般指巴扎里由隔间店铺和拱形门框组成通道。伊朗旧式大户人家的住宅建筑样式也是有廊道的，小巷中的封顶处也称廊道。

果一时没有空着的大椅子,他就坐在装着瓜子的麻袋上,说:"我这么大的块头,怎么能坐小椅子上,啊?"

只要他想,哪怕是那么威严的父亲,他也能够用两根手指头将之拎起来,悬吊在天花板的挂钩上。他有一张肥胖宽大的脸,一颗小脑袋,左边脸颊上有一个瘤子。此时,他的左脸颊已经跟他整张脸的其余部分没什么区别,满是皱纹。他买一西尔①的开心果,无论别人怎么推却不用付钱,他都从不妥协。付完钱,他就剥出开心果仁,堆放在桌子上,然后把那全部开心果仁一下子全部倒进嘴里。那个时候,乌尔韩会给他倒一杯凉水拿来。

父亲很喜欢他。也正因为他曾是市里的老警察,知道很多事儿。大千世界从东到西全在他的掌握中,对每件事情都很稔熟。父亲说:"这不是一个普通的人。"除夕夜,他总是给家里送去十一二公斤各式干果。一周一周地犒劳自己。然而,现在,父亲已经在多年前故去了,乌尔韩依然遵守着每周的约定。

那边,柜台后面,两个年轻佣工手插在兜里,头上戴着皮高帽,大衣的领子竖起在耳朵后,窃窃私语。就像乌尔韩和阿雅兹,悄无声息,头靠头。

阿雅兹说:"我就像狮子一样是你的坚强后盾。"

乌尔韩不知道该怎么办,犹豫不决。他说:"不会喷出去的痰掉自己脑袋上吧?"

"得快刀斩乱麻。"

---

① 西尔:伊朗重量单位,约合 75 克。

"如果事情泄露了，怎么办？"

"不能泄露，你必须机灵一点。"

乌尔韩沉思了片刻，然后瞟了阿雅兹一眼："就像优素福？"

"难道有谁闻到气味。好多年过去了，没有发生任何麻烦。"

"我亲耳听到人们说'杀兄弟者'。"

阿雅兹叫道："人们在胡说八道。"又压低声音说："人们在真主背后也会议论。"

"亲爱的阿雅兹，这是一个无底深渊，我可以不把脑袋赔进去吗？"

"你只需要说，我是不是你爸的老友？"

"这些都是事实。但是……"

阿雅兹说："你让我想起你爸来。他可是个十足的缩头乌龟。"

乌尔韩用手抚摸了一下没有头发的脑袋，把脸靠近汽灯，说："我可不是胆小鬼，我敢做任何事情。"

"你曾问我，该把那荡妇怎么办，我说你跟她离婚就得了。你受损失了吗？现在，你又问我，该把那渣男怎么办，我说除掉他。后天，他女儿的身影出现的时候，你已经不再是小店主了。总有一天，你会看到，一个金发姑娘来到这里，问：先生，我爸的店是在这儿吧？"

乌尔韩沉默不语。

阿雅兹说："现在，事情已经到了这地步，你别再磨蹭了，就在此刻，赶紧上路。"

乌尔韩说："这雪地里？我该去哪儿呢？"又望着外面。

天空在地上铺上了一层雪。很多年之后，人们会说就是那黑色的一年。一半人，在庇护所里蠕动；另一半人，不得不伴着雪和严寒，挣扎着维持生计。雪全都下完了。一种奇异的寂静笼罩了大街小巷，水管结了冰，汽车也不动了，大街上一堆一堆的雪堆积起来了。店商们把人行道打扫干净了，但是仍然有前夜下的半米高的雪铺在地上。

伊朗旧式大户人家宅子正房中央的伊望

在窄窄的小巷中，雪高高堵住每家每户的大门，人们在下面挖通道，小心翼翼地在相互贯通了的通道上来来往往。是灾难降临吗？也许吧。无数个冬天来了又去了，也曾降下过很多雪，但是没有人记得有过如此多的雪。乌鸦征服了城市，每棵树上都有几只乌鸦。

它们也待在宅子里。悠闲地栖息在伊望①的栅栏和塔拉姆上，或者是跳过去跳过来。一座宅子，高高的围墙，带角的房檐，双层的窗户，寒冷而无生气，在大雪中被遗忘。楼上房间的天花板已经凹陷，腐臭的气味多年以前就滞留在楼下。没有人住在里面，也没有灯被点亮，或者至少应该有人来把房顶的雪铲下来，大门口灯台的灯罩也碎了。

有那么一段时间，母亲还在，她从坎迪弄来面粉，揉好面团，在坦迪尔大厨房中央烤馕。一种混合了馕和木炭香味的烟，形成管状，从炉子里钻出去。当馕烤好了的时候，母亲把六个馕包裹在帕子里，给萨贝尔叔叔送去。阿依丁和乌尔韩坐上马车向萨贝尔叔叔家赶去。萨贝尔叔叔的妻子往他们兜里塞上一些好吃的东西。

有那么一段时间，每当父亲从台阶走上去，就用手抓住管状护栏数管子。二十一根。在那上面，父亲把皮高帽摘下来，挂在衣架上。脱下大衣，抖落干净，挂起来。还把他的裤子用帕子擦一擦，但是不挂起来，就平整地放在房间里的小垫子上。早晨，当他穿上裤子，裤子的线条可以切开哈密瓜。

他还有一个姐姐，名叫阿依达。她的背部和一些隐秘的部位，在厨房和储藏间中，在风湿病的疼痛中煎熬和毁损。最终，毁掉了。

然而，现在，在房间滞留的寒冷和寂静中，不再有乌尔韩蜷缩

---

① 伊朗老式建筑都是一家一个四方形的庭院。庭院中间是果园和水池，庭院四边是房屋。房屋正厅中央一般有供休闲用的拱形门洞式的阳台，叫作"伊望（Ivān）"；"伊望"上有时会有栅栏（narde），以防跌落；伊望两侧门洞的矮栏杆（一般可以坐在上面休息，观看庭院）称为"塔拉姆"（tāram）。

在肮脏的被单下，幻想着能够舒服地睡觉。不再有了。所有的人都死了。这是结局。

他说："无论如何，应当把这个也了结。"

阿雅兹说："那你还磨蹭什么？"

"他在哪儿呢？"

"就跟往常一样，舒拉比咖啡店。"

"在这大雪中？"

"你又不是阿拉伯小孩。阿尔达比尔①的孩子与雪一起来。刚才，他也许已经死了。"

"没有死。我知道他还活着。"

"你怎么知道？已经过了十天，怎么还能活？"

乌尔韩肯定地说："阿依丁还活着。我不相信他会死掉。昨天，我才知道他有一个十五岁的女儿；我才知道他的身份证在他们手中。如果他还活着，明天我们就会有千条罪状，阿雅兹。"

"那你就赶紧去。我像狮子一样是你的坚强后盾。四周没有一点动静。你别看我老了，我还是那个警察阿雅兹……"

乌尔韩倾听着汽灯的嘶嘶声，想着一个十五岁的金发女孩，总有一天会来。

阿雅兹埋下头，贴向乌尔韩的脸部："老弟，快点啊。"②

---

① 阿尔达比尔：伊朗一省份名称，在里海西南沿岸，纬度较高，背靠高加索山脉，冬天气候寒冷。

② 原文中这句话是伊朗阿塞拜疆语。

乌尔韩不吭声。阿雅兹说:"我如果是你爸,求真主宽恕,就是那些年,阿依丁脑子发热,想做诗人,我把他带到边境,把他弄出去,让他走了。"

乌尔韩说:"老爸,老爸。老爸也怕他。"

"你也怕。"

"不,我不怕。我只是不忍心。"

"上个星期,你如果去了,现在就什么烦恼也没了。人嘛,就是该吃,吃;该喝,喝;否则就是死人一个。"他站住把皮毛高帽戴在头上,把大衣的扣子从下往上逐个扣好,显得笔挺。这时,他以一种仿佛对下级的命令口气说:"你打算咋办?"

乌尔韩回过神来,抬起头,说:"我去。"

阿雅兹一跺脚:"跟我一个样儿。起来,赶紧去。"然后,他走了。

他忘了拿他每周的犒劳,或许他不想要了。他把乌尔韩扔在那里发呆。多么奇异的孤寂降临于人。他中了巫术,呆若木鸡,就像一座山。然而,可以待着不动吗?

片刻之后,正好下午两点钟的时候,乌尔韩无法像往常一样把每日账单汇入总账,尽管他试图结账。他神情恍惚地数了一下收入的钞票,放进裤兜里。他把账本放在算盘架上,忘了放进桌子的抽屉里锁起来。但是,没有忘记皮高帽。那帽子不论冬夏他都戴在头上,干活的时候他把它放在桌子上,要走的时候拿起来。他拿起帽子,戴在头上,扣上大衣的扣子,用目光在店铺里巡视一圈,不想再让佣工们干什么,便说:"你们可以走了。"

他站在那里,让佣工们拿起他们的饭盒离开。有一瞬间,他觉得应该要拿什么东西,或者是做件什么事情。但是,无论他怎么四下打量,使劲想,也想不起来。他把汽灯的气放空,走出店铺,把门从上拉下来锁好,把每个地方仔细检查了一番。

他走到客栈前厅。廊道汇合处①的台阶上坐着乞丐玛尔塔。他把一张五土曼的钞票放在玛尔塔的手心里,说:"玛尔塔,冻坏了吧?"

老妪说:"太冷了。"然后,迅速把手伸进她的包袱里,说:"愿真主赐福你。"

乌尔韩折回去,看见客栈深处的搬运工,在一个铁桶里烧木柴。

巴扎的廊道汇合处

① 廊道汇合处,即巴扎内各个方向的廊道的汇合处,这里往往是巴扎里最热闹的地方,南来北往的人都从这里经过,因此"廊道拐角处"的店铺是位置最好的店铺。一般来说,廊道汇合处会有一个通向客栈的出口。

烟雾笼罩了所有地方。他指着圆顶下的开心果麻袋和瓜子麻袋,对伊斯马友尔说:"一群拜火的蠢货,你们会把这座客栈给点着的。"不等回答,他就朝圆顶下一排炒好的葵瓜子走过去,把手伸进麻袋里,没去管他跟伊斯马友尔的谈话,说:"你得留神那些店铺。"然后,朝堆放在圆顶下面左侧的开心果麻袋走去,今天和明天必须把它们交给零售小贩们,一定要在新年前把钱收回来。他用手摸了摸鼓鼓囊囊的开心果麻袋,再次把目光投向客栈深处。搬运工们,个个都把帽耳朵放下来保暖,他们向乌尔韩点头示意问好。他觉得双眼难受疲惫,从客栈廊道慢慢走过去,听到:"您好,乌尔韩先生。"他不想看是谁,只回答说:"您好。"爱谁谁。

他既没去辨认是何人,也不需要认出他们。就像风从人的耳根下掠过。父亲常说:"当风钻入你的皮高帽把它掀起来的时候,你要当心。"

那个时候的生活井然有序。父亲还在的时候,乌尔韩总是出乎他的想象,跑到房子的露台上去睡觉。夜晚的天空很蓝,可以做彩色的梦。直到深夜,还听得到厨房里母亲和阿依达洗杯盘的声音。阿依丁一会儿这边一会儿那边地瞎游荡,等大家都睡了,他把书房的门打开,一个劲儿地读啊读。有些时候,我以为,他正在吃那些书页。但最终是书吃掉了他的脑袋。他眨眼睛的声音、他转念头的声音从走廊尽头的那间屋子传入乌尔韩耳中。猫儿们在院子的高墙上喵喵叫唤。

父亲问:"你在读什么呢,阿依丁?"

肯定是在念功课了，因为他说："我在念功课，爸。"

"你念吧，我看看你究竟想背住些什么。"

他走到大街上，使劲跺跺脚，把雪从靴子上跺下去。腐烂的橙子在水面上翻滚，沉下去。流水湍急，天空乌云密布。乌尔韩停下来，看了看干果贩子们的客栈深处。他犹豫不决，不知道该做什么。店铺里的活儿，下午的顾客，一方面是这些羁绊，而苏吉①失踪十天了也很折磨他。从早起他就跟自己较劲：是去还是不去。甚至，从前一晚就开始较劲。他能够留下来不去吗？晚上，每当他一迈进那所又大又冰冷的房子，长年遥远的喧嚣就化作高墙，沉寂着；化作松树，在院子中央矗立着；化作门，紧闭着。遥远的喧嚣，又变作优素福的形象，如同一块肉，瞪着怨恨的双眼。只要阿依丁还被羁留在家，就足够了，我就可以喊："苏吉，你在哪儿？"一个人，穿着父亲的长大衣，戴着父亲的围巾和旧皮高帽，就像一头野猪从那洞里爬出来，以最小不过的声息宣示着自己的出现，说："别给我套上铁链，乌尔韩。"

我说："不能叫乌尔韩。要叫'大哥先生'②。"我给他一个大耳光。皮高帽从他头上落下来。父亲的旧皮高帽迫使我维护我的情感。有

---

① 苏吉："废物"的意思。

② 波斯语没有"哥哥"与"弟弟"之分，只有"兄弟"之称。小说中，乌尔韩是阿依丁的弟弟，但是在与其兄长阿依丁的兄弟争中，乌尔韩总是摆出兄长的架势，想要阿依丁把他视为兄长，在称呼上要加"先生"二字，以示尊敬。因此，译者在翻译时，遇到"兄弟"之后带有"先生"称谓的，便按照中国文化的习惯翻译成"大哥先生"，以示一种特殊的尊敬。

时，我想打他耳光，或者是用铁链把他铐在楼上伊望的栅栏上。但是，他那张在褪色的皮高帽下的笑脸阻止了我。能有什么办法呢？

母亲说："你没有情感。"我说："我有。"我当然有。你如果在的话，母亲，你的生命已到头。你不会迈步走进那样一个家里：水池中的水已长满绿藓，松针铺满院子地面，寒冷滞留在房间落满灰尘的窗户前，厨房的炉子在乱七八糟的什物中找不到。一只猫崽在院子那头的水管里与冰一起冻得僵硬，两个月来一直冻得僵硬。现在说来个人把它拽下来已经毫无意义了。没人有心情去把暖气点燃。墙上七七八八的砖头一块一块地跌落下来，仿佛整个建筑都得了感冒。没有人打扫，也没有客人来。房子大门口的灯罩也碎了。各个房间由于没有家具显得很空旷，人脚步声的回音敲击着脑子。呼吸的声音在回荡。甚至，你连咳嗽的勇气都没有，似乎就在你脑子里回旋，把你缠绕捆绑起来。只是，在那所有的喧哗与骚动中，松树上的乌鸦留下来了，更胖更老，在树枝上跳来跳去，用它们的破嗓子叫喊："雪，雪。"

他盯着人行道上干枯的树木：雪压弯了树枝，再次降雪一定会把它们折断。人就像树一样。沉重的雪总是压在人的肩头，这种沉重直到来年春天都还能感觉到。糟糕的是人只能死一次。而就这一次，已经是多么痛苦的灾难了。

他把手伸进大衣兜里，触摸着衣兜深处的绳子团儿，那是他早上拿来放进去的。绳团轻柔地触动内心深处，伸入人群之中。在坎儿井水沟的十字路口，他把镶着银框的怀表掏出来，其实并没有看时间，只是习惯性地看了一眼，又把盖儿合上，放进兜里。母亲说，要失去阿依丁了，应当考虑一下他的状况。甚至还问我，那个亚美尼亚姑娘去哪儿了？也许是因为她的缘故。我说："不是这样，妈，是厌倦。我带他去维勒山谷，呼吸呼吸新鲜空气。我们俩都会振作起来。"

他从杜鲁斯特卡尔的钟表店前经过的时候，冒出一个念头，想停下来一会儿，看看商店的玻璃橱窗。或许在他的生命中，曾上千次经过那个地方，但是此时，他特别认真地看着杜鲁斯特卡尔先生的大圆钟。那钟是用橡木做的，指针是用杨木做的，圆弧形玻璃凸面有彩绘。

也是一个玻璃橱窗。钟盘和橱窗玻璃之间总是摆放着十一二个小座钟。大钟非常漂亮，是很多年以前由杜鲁斯特卡尔先生制作的，但是已经停摆三十多年了。也就是说，杜鲁斯特卡尔先生的心脏停止跳动的那一刻起，钟就停摆了；也或许是，在钟停摆的那一瞬间，杜鲁斯特卡尔先生的心脏就停止了跳动。无论如何，事件是同时发生的，唯一的区别是，杜鲁斯特卡尔先生的心脏再次恢复了工作，滴答滴答地运行；而钟却是再也不动了。杜鲁斯特卡尔先生用尽全部的技能也未使之恢复工作。指针正好被锁定在五点半的位置。那是 1325 年[①]，一个炎热的夏天，下午五点半。然而，在后来许多年中，它一直在沉睡。杜鲁斯特卡尔先生总是在一台仪器前捣鼓一只手表的齿轮。他一定在想，总有一天他能使那大钟重新运转起来，然后

---

① 1325 年：相当于公历 1946 年。

以那美妙的咕咕钟声向所有人证明：有志者事竟成，条件是大自然不能有抗拒的念头。这话是父亲对乌尔韩说的。乌尔韩又说给其他人。后来，当钟再次运转起来的时候，杜鲁斯特卡尔先生夙愿已了地躺在他商店的地面上，把自己的运转交付给了死亡。三十年的时间里，他把这事儿讲给城中所有的老百姓。

父亲说："这真是一个噩耗。"

母亲说："您别再议论这个疯子了。"

现在，我年轻时的朝气已经分崩离析了，很多事情都无法承受了。只要我打开家门，那些生机勃勃的人，就会吵吵嚷嚷着逃出去。可怕的寂静时刻与我相伴，它从台阶爬上去，瘫倒在木头床上，渗透进肮脏的床单中。当我暖和起来的时候，已经是半夜了，伴着那所有的疲惫和胡思乱想。

每个下午，我从店铺回来，都会去母亲的房间看看。她已经是在残喘度日了，瘦得皮包骨。只要捏一下她的鼻子，她的生命就结束了。她的房间，就是楼下的那间旧式的三门厅，散发着陈旧的大蒜气味，随着茶水一起咽下喉咙。我坐在母亲的床边，尽量避免去看她的眼睛。我说："您好，妈。"我握住她的手，没有任何感觉地抚摸她。

母亲的双眼深深凹陷，目光停留在天花板上。那凹陷的双眼就像一棵老树干上的燕子窝。她说："阿依丁……我的阿依丁在哪儿？"

我眨了一下眼皮，盯着地毯上的花朵，也或许什么也没看，只是眨了一下眼皮。我曾经是她的乌尔韩，抑或从来就不是。她已经完全无能为力了。我早就接受我不是。我说:"就在这附近,妈。"

母亲转了一下她的头,把手从我的手中抽出来。她那瘦骨嶙峋的苍白手指耷在床边上。她说:"就是现在,你去把他带这里来,明白了吗?如果你没办法带他来,就去找他。就在这儿,就在我面前,用铁链把他铐起来。"

我说:"我上哪儿找他呢?"

母亲坐了起来。很奇怪,她每每有片刻展示出一种新的力量。仿佛她有所储备,而我不知道她的储备在哪里。她嚷道:"你没良心。"眼泪从她苍白的面颊上滚落下来。她说:"你去问过谁?"又说:"我的阿依丁在哪儿?"她声音嘶哑,让人联想到布匹撕裂。

我说:"妈,你别再折磨自己的神经了。就在今儿晚上我就去找他。我发誓。"

她说:"你明白了?阿依丁现在在哪儿?"

他在"正义的阿努希尔旺"小学后面。一个十二三岁的小孩在玩炮仗。他在观看。他的口水流了出来。我说:"你在这儿干什么呢,雄魔?"

他说:"我就这么走来的。"

我说:"你已经铸下大错。但愿这是最后一次吧,赶紧走。"

母亲焦虑不安又神经质,全身哆嗦,骨瘦如柴。她紧紧抓住我西服衣袖:"他在哪儿?你聋了吗?"

我说:"他一定是去了这周边,在学校后面,或者是在咖啡厅,或者是在阿赫旺花园。"

此刻,她在哭泣之后,稍微平静了一些,但是她的声音依然颤抖:"他难道还是孩子吗?他已经二十九岁了呀。"

我说:"难道我就想要兄弟失散?我也不想!你为什么总是什么事儿都拿我说话?"

她躺在了床上,把白被单拉到胸前。她双手紧紧拽住被单,仿佛是正在把我揉成团。她说:"我不知道你脑子里在想些什么。不管怎样,我命令你要好好保护他。他没有任何奢望。有口饭吃,他就可以生活了。"

我说:"妈,向真主发誓,你别再说了,别再说这样的话了。"我哭起来。

她说:"那就卖掉一处地方。他的股份供他花销。你把他带到一个地方去。"

我想把父亲的遗嘱从我西服兜里掏出来高声朗读,但是,难道可以这样做吗?我说:"妈,我保证,我会带他到德黑兰,或者是带他到国外。他的费用我来承担。让事情都走上正道吧。我保证。"

父亲在他的遗嘱中正式规定:任何继承人只要活着就没有权利把整个财产或者是其中的一部分置于外人名下。那么,遗产究竟是什么?在干果贩子客栈的廊道上,有六个档格①的干果店和一个水果店;一个四百八十平米的住宅,坐落在谢赫·萨菲·丁·阿

---

① 档格:六分之一的部分。六个档格就是"全部"或"十足"的意思。

尔达比里①大街卢尔德巷三号;一片种满树木的果园,面积一千二百四十平米,坐落在萨尔达布北部。父亲把杏园给了母亲作结婚聘礼,以求不欠她任何债务。

母亲把手帕放在眼睛上,擦干湿漉漉的颧骨,说:"我不想他流落异乡,死在荒郊野外。就是这样。"

"妈,别再说这话了。"

"我死之后,他会遭遇什么样儿的灾难?"

她嚎啕大哭起来。我站起来,递给她一杯水,扶她坐起来。她喝了一口水,依靠在床头上。她的沉默让人窒息。她看了一眼,又眨了一下眼睛,让人陷入窘境,不知该走还是该留。然而,最后的那些日子她不再像之前那样焦虑不安。在过了将近一年之后,她已经忘记了灾难,已经逐渐习惯了,只是既没有了呻吟的力气,也不再折磨人地嚷嚷:"你对他干了什么,没廉耻的东西?"

我说:"难道我对他有什么深仇大恨,妈?"

她叫嚷,用拳击打胸部,泪流满面,或者是泪噙在眼窝里。她说:"真主会惩罚你。"

我说:"别诅咒,妈。"

"我为什么不诅咒,你这异教徒?你会有好报吗?你……"

渐渐地,她那哀伤的喉咙冷却了。有一天,我和阿依丁一起从

---

① 谢赫·萨菲·丁·阿尔达比里(1252—1334):伊朗萨法维王朝(1502—1775)始祖,创建萨法维苏非教团。

客栈回家,她给我们做了丰盛的杜尔梅①,让人啧啧称赞。我们吃得很香,我讲我去阿斯塔拉②的旅行见闻。我说:如果我和阿依丁一起去看看茂密的森林的话,那真的很不错。街道两侧的墙和门上都爬满了覆盆子,海底清澈可见。有个十九岁的姑娘,如果阿依丁讨好她的话,可以做他的妻子。之后,阿依丁晕了,睡意朦胧地躺下了。母亲帮着我一起把他弄到地下室的房间里。她说:"阿依丁,你心里想要回到以前的那间屋子吗?跟乌尔韩在一起?"

他说:"你们又在盘算什么?"

我们把他弄到床上睡下。在台阶上,母亲说:"但愿他不再醒来。我已经无法忍受再看见他这个样子了。那所有的稳重,那所有的气质,那所有的温柔,究竟都到哪儿去了?"她又哭起来,抓住台阶栏杆让自己爬了上去。

我说:"妈,你为什么总把自己搞得这么疲惫?你以为他在受苦吗?向真主发誓,他是世界上最安逸的人。既没有忧伤,也没有什么想法;既不开支票,也不买期票。很安逸。"

她走在我上面的两级台阶。我正笑着呢,她突然回过头来,给了我一个耳光,打得我脑袋瓜直冒金星。她说:"没廉耻的东西,你在笑谁呢?"

她的声音就像父亲的命令,冰冷,僵硬。在我看来,墙裂了,

---

① 杜尔梅:一道伊朗菜肴的名字。

② 阿斯塔拉:伊朗西北部边境城市,原为里海港口,现已失去港口作用。该城与阿塞拜疆共和国的阿斯塔拉隔河相望。

裂缝一直延伸到天花板。第一个裂点在孩提时代就已经埋下了种子。在阿依达死之后，我们的生活就如同三九寒冬，大雪从死亡之谷的斜坡滚落下来，没有人能够阻止它，也不想阻止它。仿佛命该如此，从童年时代，我就把这个听不懂话、不省事的兄弟扛在了肩上，想把他带出瓶颈。然而，他是那样的无欲无求，让我甚至也让父亲束手无策。

他把我的铁皮汽车掰开，把里面的肠肠肚肚全都掏出来；他顺着墙爬到上面，嘲笑所有的人。我无法让父亲明白，也无法让母亲明白，究竟为什么不阻止他。那个时候，我不得不用头撞墙。我使劲撞，大吵大闹，希望有人来顾及我。又一天，他从墙角把我的自行车拿起来，围绕着水池骑，骑得飞快，让人头晕目眩，就像一只被喷了杀虫剂的蜜蜂。我有什么罪过呢，是父亲不给他买自行车的呀。我在伊望上喊："从我的自行车上下来。"但是，他转得更快了，还哈哈大笑。我走到院子里，在一个角落坐下来，用头使劲撞地，直到晕过去。

父亲在伊望上吃西瓜。在我用头撞地之前，他动都没动一下。但是，当我满脸是血的时候，他下来了。他抓住阿依丁，使劲打他的后脖子，打得阿依丁三天动不了头。母亲诅咒我们——我和父亲。那个慈爱的母亲把他的慈爱全部都给了阿依丁，甚至一次也没说过："我的乌尔韩。"

那些日子，她把我们打发去卢尔德电扇制造厂周围溜达。我们走到小巷尽头，那里有一个非常大的深坑，工厂就坐落在里面，深坑周围有带刺的铁丝网围住。两扇木门总是随着风摇来晃去,有一条土斜坡路一直延伸到工厂建筑物前方的场地。

我们习惯性地停在那里,从小巷望向下面。工厂在轰隆轰隆作响,以奇异的速度制造着电扇。我们看着那些堆放在场院角落的断裂的扇叶。

我说:"咱走吧。"

他说:"看谁先到。"

我俩跑起来,从斜坡冲下去。我们的手提包很重,不论甩向哪一边,都会让我们一瘸一拐。工厂的声音是那样的嘈杂,让人兴奋得想喊叫,但我们谁也听不见对方的声音。我浑身发热,使劲跑,但还是追不上阿依丁。阿依丁的手提包在我的胸前晃来晃去。我尽管知道自己双脚拌蒜,但还是放开跑。突然,我一个倒栽葱滚下去,然后四脚八叉躺在地上。法尔曼先生从他那间玻璃小屋出来,走到跟前把我抱起来。我满脸是泪和血,双脚疼痛,浑身软弱无力。我吃力地看着阿依丁,他兴高采烈,兴奋不已,拿起一片红色的漂亮扇叶。

父亲用腰带狠狠抽他。母亲把我脸上的伤口包扎起来。父亲说:"你要淘到什么时候呢?你为什么总是有这样多的麻烦?"然后,又抽他。

那个晚上,母亲没能止住我的鼻血。父亲揪住阿依丁的耳朵,说:"你把他的鼻梁骨打断了。你明白吗?"

阿依丁说:"我没打。你们别平白无故诬赖人。"

父亲没让他狡辩,狠命扇了他一耳光。阿依丁说:"我也为他心焦,他的鼻子折了,但是我有什么过错呢?"

第二天,父亲叫来医生,但是无济于事。现在,我已经四十岁了,我的一侧鼻翼是另一侧的两倍。

他把怀表掏出来,看了一眼,又把盖儿合上,放进兜里。他还在犹豫去还是不去。他担心会拖到晚上。那时,他习惯性地把大衣双襟合上,但是没扣扣子,就那样随意地穿着。他把手伸进衣兜,抚摸那厚厚的绳团。一股暖意在他脸上奔流,一种特殊的信心柔柔地在他全身动脉中流淌。不行。当然应该把事情结束。那时,人们会说,凶手。是谁在说:"杀兄弟者。"母亲,你现在在哪儿呢,你就嚷嚷那些不恰当的诅咒吧,背负我的罪恶,也好让我的负担轻松一些。然而,向真主发誓,这是为他好。好多年来他就是死人一个。无论他在哪儿,无论是在舒拉比咖啡店还是在盐碱沼泽岸边,他都散发着一种死亡的气息,就像一具干枯的塑像,伫立在他的过去之中。二战时期的功课还没有从他记忆中消失。

他看着人群。每个人都在埋头做自己的事情。一个干枯的老妪正打算从马路这边走到对面,但是顿足不前。一个年轻人正在给一个大雪人用炭做眼睛;一些人头上戴着尼龙帽;一个身穿黑遮袍的女人走过去,她头上落了很多雪,就像达马万德峰①。她一定是来自周边的乡村。乌尔韩就那样走着。有一种力量在拽着他走向城外,

---

① 达马万德峰:厄尔布尔士山主峰,也是伊朗最高峰,海拔5604米,位于德黑兰北部。

走向舒拉比咖啡店。他小心翼翼、悄无声息地抬脚轻放，看起来仿佛是个无所事事的男人在雪地里漫步，消耗身体脂肪。

我无法阻止自己，因为我不想像往常一样把痛苦都埋在心里。我喊道："寄生虫，我十二年来一直在这糟糕的状况中煎熬挣扎，你知道什么呢？"

他说："我难道是一根光溜溜的木头吗，为了你而做学徒？"

我说："比你大的人都听我指挥呢，木工崽子。"

他习惯性地摇了摇食指："你是你，我是我。遗憾的是我被迫如此；遗憾的是我无法把这所有的不幸和噩运抛在一边，去做我自己的木工活儿。我良心对……"

我说："你别说那些没谱的话。"

他一下泄气了，闭上双眼，坐在椅子上。我知道打在他痛处了，让他无还手之力。我说："父亲知道你是个什么货色，不会无缘无故地把你叫作胆小鬼。"

他说："如果你以为用这样的诅咒，可以迫使我离家出走，你是痴心妄想。按照父亲的遗嘱，我不得不来到这里，既不能卖掉我的股份，也没有钱买什么。"

我说："你还觉得冤屈吗？看我怎么收拾你。"我站起来，想打他，打断他的一根骨头。但是，伊斯马友尔进来了。关上店铺的门，说："你们俩又玩命起来了，有种！"

我在桌子前坐下来。伊斯马友尔说："乌尔韩先生，不管他怎样，他也比你大呀，你有种呀！"

我使劲砸了一下桌子，说："驴子比我还大呢，我也该尊敬它吗？"

伊斯马友尔说："再不和谐你们俩也是兄弟呀。"

我说："我耻于有这样的兄弟。"然后，我看见阿依丁从店铺走了出去。我为他心焦，但是我不能让他明白，没有我的允许他不应该买什么东西。他买了四十麻袋开心果。如果他稍等一等，我可以每公斤以少五土曼，少七土曼，甚至少十土曼的价格买到。天气渐渐暖和起来，仲夏是我的采购季节，但是他不知道。

晚上，我们在母亲面前也摆上一个摊子。母亲说："不错，不错，算算你们的账目吧，不论有什么东西，你俩都平分。两台设备，两把秤，好像还有两个店铺。各自拿各自的。"

我默不作声。直到天亮我都没睡着，我一直在想如何可以摆平这件事。母亲把所有的路都封死了。她说，一半一半，两把秤，两台设备。那个时候，有谁问过我的心情呢？我们的顾客尽管知道我已经有十二年的资历，但是一下子全都去照顾我的兄弟。他们都以为我是学徒。更糟糕的是，那些可恶的女人一看见他那张脸就心旌摇荡。她们穿着遮袍和灯笼裤而来，然而一看到他就都失去了矜持，嚷嚷说："真遗憾，您怎么还没娶妻子呀。"她们对他的老底一无所知。

我说："你有什么东西让那些亚美尼亚姑娘感兴趣？"

他说："关你屁事。"

一个忧郁的下午。我去了公墓，坐在父亲的坟头，哭泣。我说：

"爸,你为什么要生我,又为什么要生他?为什么女人们看都不看我一眼,为什么她们总是对我皱眉头?为什么世界上最美的姑娘倾心于我兄弟?做成我俩的酵素是同一个,不是吗?"父亲沉默静止,甚至连咳嗽都无法再咳一下。乌鸦栖息在树枝上。一股狂风卷起尘土砸在我的眼睛上。

我说:"你为什么要娶临时婚姻①小妾?你还是穆斯林吗?"

他说:"关你屁事。"他把姑娘的手提袋里装满开心果,把口给系好,说:"你该走了,苏尔梅。"而我看到那双金色的、恳求的眼睛,就魂都没有了。我整夜整夜地睡不着,在心里说:"向真主发誓,我一定要让你消失,老兄。"

过了一段时间,母亲说:"我的阿依丁在哪儿呢?"她总是念叨着这家伙,整天穿着缝纫得体的碧绿色的西服和裤子,还打着领带,刮过脸,留了一小撮唇胡在中央。母亲享受地看着他,微笑着,说:"真让人高兴。"而现在,她总是说:"我的阿依丁在哪儿呢?"你怎么能不知道你的阿依丁在哪儿呢?要么是在舒拉比咖啡店,要么就是在阿赫旺花园的坍塌的围墙后面。有的时候,会在客栈深处,

---

① 临时婚姻:伊朗什叶派特有的一种婚姻制度。在阿訇公证下,一位男性与一位女性自愿结成临时婚姻关系,时间长短由男女双方商定,男方根据时间长短支付女方相应的费用。以临时婚姻为生的女性一般多为丧夫的寡妇,或者是被丈夫休弃的女人,没有其他生活来源。尽管临时婚姻小妾往往被人们视为妓女,其实她们与妓女不同。临时婚姻小妾受到法律保护,有相应的权益保障。"临时婚姻"在巴列维王朝时期(1925—1979年)被禁止,是不合法的。伊斯兰革命之后,因两伊战争导致伊朗青壮年大量死亡,为了解决大批年轻寡妇的生计问题,"临时婚姻"在伊朗重新合法化。

跟一群搬运工,围着一个铁皮桶,嗑瓜子。或者是,人家在嗑瓜子,他在讲二战新闻。

母亲说:"不管他在哪儿,你都要找到他。"

然而,这一次,母亲也已经不在了。母亲在城市的老公墓,在父亲身边,埋葬在成吨重的泥土和雪下面。

街道寒冷又肮脏。雾霭和烟雾在城市上空翻卷。乌尔韩忽然回身,看了一下身后,仿佛那所有的烟霭都是从干果商客栈里冒出来的,从廊道的嘴儿冒出来,翻卷着。有一瞬间,乌尔韩想折回去对他们说,要么把火熄灭了,要么干脆就一下子弄完。现在是冬天,没错,这里永远是冬天。人们需要买取暖炉子,需要装上烟囱。他可以付钱。但是,他放弃了,继续走他的路,就那样从人行道上远离了城市。不再有人来人往的相互碰撞,不再有手推车撞击他的脚跟,也不再有小孩儿时不时地砸来一个雪球。他总是低着头,因为他身躯壮实,以往总是有雪球有意无意地砸在他的后脖子上。

雪已经下了两掌厚,还想下。乌尔韩走上大街,想有一辆马车或者是汽车带他走。但是,大雪让城市陷入麻烦。既没有汽车,也没有马车,甚至没有任何交通工具能把人运送到某个地方。只有一辆巡逻的吉普车,装着防滑链,从雪地中间穿过,留下两道平行线像蛇一样蜿蜒。现在,怎么办呢?到舒拉比咖啡店坐车也有半个小时的路,如果是步行,还是在这雪地中,等走到舒拉比咖啡店也该是晚上了。这再好不过了。在黑暗中,他自己少受折磨,也不会有人闻到气息。然而,能够返回去吗?如果留下来呢?不,可以及时到达。假若到了晚上,狼群会不会撕碎他呢。去他娘的,下地狱吧。他走到了谢赫·萨菲大街的尽头。他往左拐,继续走。他总是听到母亲嘶哑的声音叨叨不停,伴着呼哧呼哧的喘气。如果找不到这疯子,会怎么样?不行,一定要找到他,就在那家咖啡店。"我会找到他的,妈,我保证。"这一次,他是向自己发了誓。最后一次。

越是远离城市,萦绕在他脑袋中的喧哗声越是剧烈。雪地里没有人在奔跑,也没有老头子瘫倒在地上,甚至也没有搬运工在铁皮桶里烧木头了。在他面前是宽阔的白茫茫一片荒野,没有什么动物敢从那里通过。天空的角落黑蓝黑蓝的,一只乌鸦在城市的最后一株干树枝上叫喊:"雪,雪。"

他竖起领子,就像一只老乌龟在铺满雪的街道上迈步前行。他以惯常的脚步悠闲地往前走,就像往常一样不紧不慢地走,他很熟悉这条路。因为他来过这条路很多很多次,在舒拉比咖啡店里找到他。我说:"雄魔,你在这里干什么呢?"

阿依丁说:"先生,我也是有心的呢,我也想喝喝茶呢。"

"闭嘴。你要喝茶就在那客栈喝。"

阿依丁把他手里的报纸叠好,放进怀里的衣兜,说:"人喝了茶就要尿尿。"

"你去死吧。你把我折腾得精疲力尽。"天气阳光灿烂,羊群在对面的山坡上吃草,城市的声音从远处传来。我用手示意:走,上车。他说:"不。"我说:"什么意思啊不?"

他说:"走,我们步行丈量着回去,大哥先生。在汽车里,我会头晕，会吐白沫。"

我说："下地狱吧。"我扇了他一耳光。除此之外，别无办法。他会以另一种方式跟我算账的。难道可以在那令人绝望的状况中看护他吗？端咖啡的马莎德·阿巴斯说，不论怎么样，他也是个人嘛！不论怎么样，他也更年长一些嘛。我又扇了他一耳光。他爬到了汽车的后座上。他双手颤抖，用一只手掌捂住嘴。在客栈前面我把他弄下车，他已经双眼翻白了。大家七手八脚把他弄在地上躺下来。一个搬运工，我猜想是伊斯马友尔，用缝口袋的打包针，围绕他，完全是围绕他身体的轮廓，在地上画了一道线。我说："你这在干什么呢，伙计？"

他说："让他的病就留在这块地上，别溢出来。"

我说："唉哟，就像我的蘑菇一样。"我想起我脖子上的蘑菇来。一个蘑菇形状的肉瘤，有五里亚尔硬币那么大。我用蓝色钢笔绕着它画了一条线。两三天之后，蘑菇干枯了，就掉了，再也没有长出来。

另一个搬运工用水给阿依丁洗脸，他跪坐着，把冰凉的水浇在阿依丁头上。仿佛从梦中惊醒，他猛地坐起来，从他的裤腰带里拽出一张旧报纸，读起来："第二天，人们传来消息，唉，王子啊，由于你的离去玛赫巴露花容失色，生命之鸟即将飞离她的院子。来吧，看一看那些生活在红尘中的人吧。她说，你们问问橘子我该怎么办？人们问了。橘子张开说，那用银白色芦苇梗做的船抛在王子的大海中，带走了他的心。玛赫巴露说，我跳下去，用绿色的牧场套住爱情这头牲畜。这位王后配得上那银白色的芦苇梗，我的王国崛起了……"

我看到搬运工们正用他们的眼光嘲笑我，仿佛这一派胡言乱语是我说的。我说："好了好了，别再说了，去嗑瓜子吧。"

他说："瓜子，瓜子，多少瓜子啊？兄弟！为什么一昼夜是二十四小时？"他的嘴角还在流淌白沫，他的衣服湿透了。他从裤腿里又拽出另一张报纸，走向客栈深处。他那走路的姿态就仿佛是在把我的背拖在地上蹭，而我也不知道为什么一昼夜是二十四小时。他总是想着这些不着边际的事情，他所有的兜里都装的是纸张和报纸，连裤腰带里也是。他总是把报纸拿颠倒，细细地说着战争的消息："据统计，成千上万的人死亡和失踪，把德国送上失败的绝路。战争观察家们相信，现在德国只有一个人还活着，就是希特勒。但，这是乱说。他的情人还活着呢。"

他并没有读报纸，只是用眼光追逐着那一行一行的字。非常认真。陌生人认为他在读报。其实，他是凭记忆在讲。他已经既不痛苦，也不难受，甚至也不耗神；平静地、懵懂地沉浸在隐秘世界的沉重躯壳里。从早到晚，他只喝一碗杜格粥[①]。人们叫道："苏吉，粥都凉了。来，赶紧喝了，再读。"

"现在别烦我。我读的这些还只是信封上的。如果我读里面的信，又当如何？"

[①] 杜格：一种用酸奶加水和香叶搅拌而做成的饮料。用这种饮料熬的粥称为杜格粥。

乌尔韩在雪地里行走，雪没到他的膝盖，大衣下摆扫在雪中。多么奇异的孤独啊！父亲认为，人独自待在自己的店铺里，就是孤独的。他不知道，孤独只有在热闹处才能感知。

我说："我长年吃苦耐劳，爸。不要用一只碗丈量所有的事情。我把这所有的开心果麻袋都扛在肩上，走下四十级台阶。"

他说："我不希望你们俩产生嫌隙。"

阿依丁拿到了他的文凭，母亲说："乌尔韩，来，吃阿依丁文凭的点心。"

我说："哎呀老妈，从早到晚我们的手就没断过甜食和咸食，难道是攻克了达马万德峰？"

母亲说："你为什么没拿到？"

是的，我没拿到。我无言以对。但是，父亲说："乌尔韩念到八年级，会读会写。这对他足够了。"我的读写曾经非常好。

那一年，是乌鸦的一年。真主降下黑乌鸦在城中。母亲一天要用三四块香皂，说："不洁之物。不知道到底会有什么灾祸。"

父亲说："人们对此有言：上天的筵席。洗吧，使劲洗吧。"

床单在绳子上白得闪亮。青金石冰冷的颜色，在一排一排的床单之间划过。如果赶上下雨天气，太阳是晒不干它们的，但颜色大概在雨水中可以被清洗干净。再说，我们的床单从来不是白白净净的，总有几处清晰的青金石色斑块残留在上面。阿依丁睡在窗户旁边，他把烛台放在窗台上，习惯性地把水杯里残留的水倒在烛台里面。我说："我为什么不能睡在窗户那边？"

母亲说："你就在那个地方也可以看见天空。"

我看见了。乌鸦伸展翅膀，在松树和梧桐树枝上跳来跳去。我们房间里暖气的烟雾一直飘过去拜访它们。那时，它们叫道："雪。雪。"

离城已经非常远了，他的心更加纠结不安。有一瞬间，他对自己说："我回去吧。可是，不行啊。"新的雪覆盖住了旧的雪。乌尔韩看了看身后：城市淹没在雾霭和寒冷中，就像一张旧报纸，充满了话语、声音、寂静、死人、活人。然而，它不发出声音来。那是一张乌尔韩从来没有机会阅读的报纸。他已经从那上面蹚过去了，而此刻他的心在扑腾。他这半桶水的文化，一个像洗尸房一样的家，一处可以睡觉的遮篷，一个疯癫的兄弟，而亲人们全都在墓地深处。没有女人，没有孩子，也没有爱情，真是该死。他的手指头在衣兜里冻得直叫唤，脚掌已经冻得失去了知觉。他把皮高帽从头上摘下来，双手捂住没有头发的头顶，指头的寒冷消散在他脑袋的热气中。他站了片刻。仔细看了一下周围。此刻,除了山丘斜坡白茫茫的一片，什么也看不见。他感到更加孤独。那时，他才彻底理解了他的兄弟阿依丁的所有瞬间。对于他来说，真是奇怪，他居然感受到了阿依丁在这十天中不存在。那个疯子阿依丁。一个没有痛苦的人，现在把他弄得精疲力尽。他不知道，如果找到了阿依丁，他又能把他怎么办呢？但是，他心里还是想要看见他。或许，客栈深处有他在场，就很温暖人心。那些夜晚，我睡在楼上的房间，我知道，还有一个人睡在地下室，一个有文化的废物。

他说:"疯子是把钱撕毁的人。"他已经不记得了,那个时候,他还有个人样儿,有头有脸的,是个有千只眼睛追逐的人。他与那个亚美尼亚裔的咖啡商的女儿打得火热。我不知道,他是如何与她搞上关系的。但是,每个傍晚,他总是在苏兰咖啡店巴结献媚。我说:"你很想要她吧?"

他说:"谁呀?"

我说:"让她成为穆斯林,然后娶她吧。让她合法化。人们都说,亚美尼亚姑娘热情似火。"

后来,我知道,他的爱情黄了。每个傍晚,他回来就埋头读书。每个晚上直到深更半夜,他不是写东西就是读书。父亲对所有一切心知肚明。我说:"爸,如果他娶她,又能怎样呢?"

他说:"就让他像阿依达一样,在两个世界把自己弄得可怜兮兮的。他们是双胞胎。显而易见。"

我知道,亚美尼亚姑娘热情似火;我知道,有一天阿依丁把她的肚子搞大了。但是,我缄口不言,什么也没说。他喷香水,穿好衣服,头发收拾得体,系上领带,出去了。父亲说:"文明的马嚼子。"然而,现在,所有的一切都从阿依丁记忆中消失了。他的门牙掉了一颗,一套褪色的旧衣服,在客栈深处过得快快乐乐。他的存在就是一个灾难,他的不存在却是——一千个灾难。人们会有一千种说法。

不行,他不想这样。如果人们突然传来他死亡的消息,他得很体面地埋葬他,为他举哀,为他办七天祭和四十天祭,还要办周年祭,一年又一年,都要办周年祭。他要给城里的人,不管认不认得,提供丧宴晚餐。他要站在清真寺门前,把手帕放在眼睛上,哇哇哭泣。他要使劲流泪,要让所有的人都知道他一直是爱阿依丁的。

有什么办法呢?他抬起脚,踩在深及膝盖的雪中,就像一头瘸腿的骡子。他已经不再年轻,不能再步履撒欢。他已经走过了四十年的生命历程,看起来就像五十岁。一座宅子,一个在干果商客栈卖干果的店铺,一个杏园子,就这些。父亲说:"人有财富的时候,在任何年龄都会感觉到苍老。"

我说:"会感到强大,爸。"

此刻,一场大雪,使他和整座城市都置于瘫痪。小巷满是积雪和泥泞,水从水沟流下来,干果商客栈寂静无声。城市在大雪下死去。

客栈的搬运工们在铁皮桶中烧着木材,围坐在一起,嗑瓜子。干的和潮湿的木柴的烟雾在廊道里萦绕。苏吉手里拿着报纸在念什么。他戴着遮耳朵的帽子,帽耳朵被拽下来,系上了绳子。他以他那高挑的身材,一张鞑靼人的瘦削的脸,一双漂亮的黑眼睛,在搬运工中蠕动。我老婆说:"阿依丁在哪儿呢。"

父亲活着的时候,阿依丁总是穿咖啡色的西服外套和裤子,唇胡修剪得有模有样,手里拿上两本书,说:"爸,我的眼睛不在你的钱财上。我走了。"

父亲说:"但愿他别来哀求我。"

他们俩都很倔,很固执。父亲以道德的压力来约束他的个性,说:"阿依丁,你为什么耽误了你的礼拜?"

"我一直到很晚都没睡。"

"为什么呢，老先生？"

"我在念功课。"

父亲咆哮："你拿礼拜当儿戏呀。"他的声音就像鞭子一样，冰冷。他说："现在是周五夜①，你们去洗小净②，念诵一章《古兰经》。"

我飞奔向盥洗间，洗了小净，大声阔气地在父亲房间做了礼拜。父亲说："这个胆小鬼跑哪儿去了？"

母亲说："在他自己房间里。"

父亲皱着眉头，无法坐下来，在房间里来回踱步，说："他具体在做什么呢？"

母亲说："肯定是在做礼拜了。"

"去他的吧。为什么不在这里做？"

"阿依丁不喜欢装模作样。"

我说："真是可笑，我认为阿依丁根本就不喜欢做礼拜。"

母亲说："你不是在诅咒吗？"③

她那说"不是在诅咒吗"的样子，我从来没见过谁把土耳其俗语发音发得那么好。父亲笑了，站在那里做礼拜。母亲对我说："不管怎么着，他比你大。你害臊吧。"她很生气，瘦削而激动。她知道，

---

① 周五夜：伊斯兰国家以周五为聚礼日，周四晚上要为周五的聚礼做准备。因此，"周五夜"实际上是指周四晚上。

② 小净：伊斯兰教术语，指礼拜前或念诵《古兰经》之前要行净礼；小净是指洗脸和脖子，洗手到胳膊肘，洗脚到脚踝。

③ 原文这句话是阿塞拜疆语。阿塞拜疆语属于突厥语系。本小说把阿塞拜疆语称为"土耳其语"，实际上并非指土耳其共和国的语言，而是指阿塞拜疆语。

父亲即使在做礼拜也会觉察一切,留神着所有的一切。她说:"当你们老爸吐哺完他所有东西的时候,我们又能指望你什么呢?"

然后,我回到我们自己的房间。阿依丁趴在床上,读《高老头》。父亲从没来过我们的房间,但是那天晚上他来了,敲了几下门,然后进来,说:"你在读什么呢?"

阿依丁跳起来,书还在他手上,笔直地站着,手放在胸前。我清清楚楚看见他的手在颤抖。父亲说:"我说了,你在读什么?"他眯缝着眼睛,就站在那里,巡视着房间。

阿依丁说:"《高老头》。"

父亲缓缓地说:"这《高老头》是什么?"

阿依丁的手指头还在书里,其他手指头则在颤抖,说:"是一个老头的生平。"

父亲说:"是哪个?"

阿依丁说:"高老头。"

我笑起来。父亲说:"闭嘴。"又对阿依丁说:"这位老头现在在做什么?"

"在制造瓦尔米歇尔。"

"什么?"

"瓦尔米歇尔。"

"什么?"

"在制造法式面条。"

父亲说:"你又在做什么呢?"阿依丁不开腔。父亲还在用眼睛搜索房间。他身躯矮小,戴着有腿儿的圆眼镜,额头上的皱纹具有一种威严,能让人僵在那里一动不敢动。阿依丁说,他很威严。

他说:"让人一动不敢动。我不知道为什么怕他。你就不怕他吗,乌尔韩?"

我说:"不怕。父亲嘛就是父亲,没什么可怕的。"

他一边说着这些,我们一边走向城市的尽头。女人们在那里洗衣服。我们散着步。

他说:"到现在为止,你看见过他笑吗?"

我说:"在店铺里,他从早到晚都在说笑话,笑个不停。"

他说:"我也爱他,但也怕他。"他看了看正从我们头顶飞过的燕子。他哪里知道,这些漂亮的小飞禽会给他带来怎样的毁灭性灾难。女人们洗完衣服就走了。我们又向城市走去。女人们把衣服顶在头上,而我们无所事事、漫无目的地看着她们。

父亲的眼光投向书架上的书,突然回过头来:"狗崽子,你还是在读一些无聊的东西。"他从阿依丁手中夺过书来,哧地一下从中间撕开,然后又拦腰撕断,把书页全都撕得粉碎,整个房间地面上铺满了纸页。他一个劲儿地撕,一个劲儿地抛,大喊大叫,说:"不准把这些胡言乱语的东西带进我的家。"当他出去的时候,看了看阿依丁浅淡的唇胡——现在已经严严实实覆盖了他的上嘴唇,说:"你凭这小胡子能征服什么地方呢?"

我清楚地看见阿依丁下眼睑在跳动。我一看到他眼皮跳,就会习惯性地用手指头敲击房门。我正双手背在身后得意洋洋地敲击房门,父亲指着我的手,吼道:"够了。"

就在那个晚上,他把阿依丁的房间分开了。他说:"就在现在,没商量。"

母亲说:"为什么呢?"

父亲说:"因为,腐烂的牙齿必须拔掉,丢弃,以便健康的牙齿健健康康地留下来。"

母亲神情沮丧地把地下室打扫干净,说:"夜晚总没个好兆头。"

父亲说:"快打扫,没商量。"

母亲铺了一块地毯,我们把阿依丁的床铺安置在那里。就在那个晚上。他的房间到院子地面有七级台阶。昏暗而潮湿。散发着醋和生葡萄汁的味道。

父亲总是说:"人只要有条件就应当使用。"正因如此,就在那个晚上,我把自己的床铺搬到了窗户边,沉浸在天空的海洋中。仿佛星星变得更多了,而暖气的烟雾依然在空中上下翻滚。或许,真主的黑乌鸦明天就会栖息在枝头上,叫唤:"雪,雪。"

那个晚上,我梦见一座园子,里面的树是金色的。我们的小巷也变得宽敞了。电扇制造厂从那深处跑到了上面,与地面在同一水平线上,上面是红色的人字形房顶。而我在念功课。然后,我梦见,我死了。早晨,我把我的梦讲给母亲听,她说:"你会长寿的,祖宗。"

街道上的雪有两层,脚踏上去,就陷在里面。然而,在那下面是坚固的陈旧的雪,就像岩石一样。他感到,他的双脚就跟赤脚似的。他感到钻心的疼痛。因此,他轻轻地迈步。尽管早晨他就在城里寻找过阿依丁,走遍了民族公园和老公墓,然而现在没有感觉到任何疲惫,只是冻僵的双脚在折磨他。他就在他所在的地方大声喊叫:"苏吉。"他的声音根本就没有回荡一下,而是消失在雪中。他又继续走。

一天,父亲拿了几本阿依丁的书到店里。从早晨开始,他就时不时地看看那些书,翻一翻。但是,无论如何读,也不明白。他把书放好,等着警察阿雅兹来店铺。阿雅兹说:"贾贝尔,瞧你把我逼得,我来了。"

父亲说:"我有要紧事。"他把书递给他看,说:"你看一眼这些东西。"

警察阿雅兹拿起书,看了一眼书名,把三本书一本一本地在手中掂量,说:"哪儿来的?"他闭上一只眼睛,就那样等着回答。

父亲说:"别问。"

阿雅兹说:"让我看看都写了些什么。"他大声地、吃力地念出书名:《奥德赛》。他看了父亲一眼,说:"哪儿来的?"

然后,又念另一本:伊壁……鸠鲁花园。第三本没有念。他说:"都是谁的?"

父亲说:"阿依丁。"

"你的阿依丁?"

父亲很忧虑,说:"是的,是我自己的阿依丁。"

阿雅兹说:"哎呀呀,哎呀呀。"

父亲说:"我想把他教成一个中规中矩的人,但是没成。"他搓着双手,问:"伊壁鸠鲁花园在哪儿呢?"

阿雅兹说："我们的不幸就在这儿。"

父亲说："哪儿？"

阿雅兹说："这日子糟糕了。"沉默了片刻，然后他把头靠近父亲，说："你听说过吗，共产主义者建造了一座绿色花园，掠走了我们的年轻人？"他把书放进一个大信封里，没有吃开心果，带着怪怪的怒气走了，说他要拿去把它们都消灭掉，还说我们要非常小心阿依丁。父亲说："愿真主保佑你。"

阿雅兹在门口又折回来，摇了一下头说："我若拿脑袋担保，那也是为了情谊，老兄。"

父亲说："如果我没有阿雅兹，我还有什么？"

他在桌子前坐了片刻，低着头，然后说："乌尔韩，你走吧。"

我说："走哪儿？"

他说："我们去看看家里。"他让佣工们干活，叮嘱他们看着点。他戴上皮高帽。我们一起上路了。父亲从来没有在那个时间回过家。早晨十点钟。我们走得急匆匆的，我不知道他想干什么。我们一回到家，父亲就问阿依达："阿依丁在哪儿？"

阿依达脸色儿都没了，嘴唇颤抖着说她不知道。父亲把她撂在一边，朝地下室走去。在台阶上面又站住了，说："乌尔韩。"我赶紧跑上前。他说："把所有的书、手册、练习本统统都搬出来。"

我走进地下室，把壁龛上的书、手册、练习本，还有床下面的书，全都掏了出来，抱着。父亲站在水池边，用手指头示意我扔在地上。阿依达在厨房窗户前因无能为力而哭泣。父亲是那样生气，连母亲也不敢现身，一定是躲在某地悄悄盯着我们。

父亲说："就这些吗？"

我说："是的。"

父亲喷了一壶汽油，我点燃了火柴。火焰熊熊，纸页翻卷，就像一个顽强的人在拼命挣扎。升腾又翻卷，变成金色，变成咖啡色，然后变成黑色。父亲盯着火焰中央，稍微留意了一下，说："《高老头》。乌尔韩，这不是《高老头》吗？"

我看见那书正被火焰吞噬，我说："正是。"

他说："我不是之前把这本书撕毁了吗？"

我说："他又买了。"

他说："那我再次消灭它。"

然后，火焰熄灭了。我们把灰烬冲刷干净，然后去了店铺。但是，院子地面上的方砖留下一片黑斑，就好像是用铁铲子背把一只黑色的动物拍死在那里。阿依达一直站在窗户跟前，而我也不知道之后又将会怎样。父亲说："该咋样就咋样。"

晚上，阿依丁看见水池旁边的黑斑，在那里站了片刻，然后战战兢兢、浑身颤抖，走向地下室的房间。那个晚上，他一反常态，没来吃晚饭。我从上面看见，他一走进自己的房间，就把灯灭了。我猜想，他是睡了。晚餐的时候，没有谁希望阿依丁出现在餐桌前。

远远地，他看见绿色的舒拉比河。他的心脏开始跳起来。他不知道，这次他看见阿依丁会是什么样子。即将见面的激动和双脚冻僵的疼痛，二者让他不得安宁。往前走几步，他看见，沉默的盐碱沼泽在雪下面僵死过去。盐碱沼泽旁边的石头椅子上也铺满了雪。没有阿依丁。他说:"我多么想这些候鸟能够振翅飞翔到岸边。"

我说:"哪个岸边?"

他说:"你看见这些海鸟了吗?"他坐在他的石头椅子上,望着天空。

我说:"什么鸟?"

他说:"那有一条黑线绕着脖子的鸟,是和平鸟。"他满脸的微笑,追逐着天空中的一条线。

我不耐烦了,那头我把店铺交给了真主庇护。我说:"好了好了,起身,咱走吧。"

他说:"它正用它全部的情感在展翅飞翔。你看见了吗,乌尔韩?"

他让我精疲力尽。如果我不阻止他,他会一直编织幻想直到晚上。我说:"够了,畜生。"

他的脸皱到一块儿,看了我一眼,说:"我是人,老爹。"我说:"是的,是人,你说得没错,现在,起身吧。"

他突然回转头去,看着舒拉比河,说:"我想说,你同不同意咱去踩水?"

我说:"你看看太阳已经快要落下去了,我们必须在天黑之前回去。"

就在那个时候,我想起父亲还活着的那些年,我们无所事事、漫无目的地在傍晚时分踩水。阿依丁总是说:"你看看,乌尔韩,既没有动物,也没有爬虫。这水把多余的东西都排斥掉。你看看那边,水面上所有的毛毛、叶片和多余的东西都随着这些细小的波浪被带出去。"他一边潜水,一边说话。他那黑色的直发耷拉在他的额头上,随着水面泛起的波浪,他游出去一百多米,然后折回来。水又咸又苦。我们不断在水面上吐着唾沫。

我说:"我感觉越来越冷,你看看太阳。"我希望我们回家,但是阿依丁依依不舍,他依然腾跃在舒拉比河中。

他回过头去,看见咖啡店的草泥墙建筑就在舒拉比附近。他肯定阿依丁现在就在那里,坐在床榻上,拿着他的报纸或者是别的纸页。他的牙齿完全腐烂了,吐词发音都很困难。他就像狗一样害怕我,就像一只驯服的羊羔,十分听话。

我站在咖啡店凝结水汽的玻璃窗前。那是个秋天,已经开始了刺骨的寒冷。我看见,阿依丁盘腿坐在榻上,正在读报纸。他很认真很吃力地读,在空中摇晃着他的食指,一只空杯子在他面前。我推开门的刹那,他怔住了。我说:"你在这儿干什么呢,小子?"

他说:"爸,我来这里讲新闻。"

我清楚地看见他的双手和脸皮在颤抖。我笑着说:"我是乌尔韩。"

他说:"你别想捉弄我,爸。"

我说:"你来这里干什么呢。"

他说:"我心里非常难受。我想念阿依达了。我不知道她的苏赫拉布遭遇了什么麻烦。我心里好难过,爸。"然后,他突然眯缝起双眼,问:"你相信吗,阿依达是自焚的?"

我说:"你不要什么话都说出来。你不该来这儿。"

端咖啡的马莎德·阿巴斯说:"乌尔韩先生,他心里想要来,就让他来吧。你跟他有什么事情呢?"

我说:"他的烦恼就是我的。他自己不会回家。每次他来这里,都必须我来找他。"

阿依丁说:"现在,我们要去哪儿呢?"

我说:"妈一个劲儿地在问'我的阿依丁在哪儿呢'。赶紧起身走吧。你明明知道她已经没什么精神了,为什么还要折磨她呢?为什么还要折磨我呢?"

他说:"这些拉皮条的,到底还是不让我们的国家拥有主权,你明白吗,大哥先生?你明白吗?"

我说:"是的,我明白。赶紧起身,咱走吧。"我们上路了。阿依丁那个时候刚刚满三十岁,但是已经两鬓苍白了。母亲说:"这有什么奇怪的?在这个岁数毫不奇怪。"

外面凛冽刺骨。直到我们回到城里,他都在一个劲儿地说话。我很茫然,他什么时候学来这么多东西。他有惊人的记忆力,会讲一些美妙的神话故事。但是,在下一刻,他又说:"大哥先生,人们说在这雪堆里到处是鹧鸪。你若拿一个大麻袋来,我可以给你抓一百只。"

我说:"现在还没有雪呢。到冬天还早着呢。"

他说:"谁说没有雪。你看不见。到处是鹧鸪,在那山上。"

我说:"好吧,那你想把它们怎么样呢?"

他说:"我不知道。"他停下来望着山——在夕阳中,笼罩上一片紫色。我已经快要没有耐心了,还饿极了。我说:"别废话了。快走,要不,我就捶你……"

他不再说一个字,简直就像一个孩子似的跟在我后面走路。咖啡店在我们身后就像一堆落败的草泥墙矗在那里。

天昏暗下来。想着自己能在咖啡店里暖和一下,他又兴奋起来。他朝咖啡店走去,搓着双手。他想跺跺脚,给双手哈哈气,但是所有这一切动作都毫无作用。必须让自己到达那里,在茶炊周围的馨香暖意中,喝两杯伴有"帕赫鲁"方糖的茶,享受享受,忘掉所有的疲惫和寒冷。他抬起脚步,每一步都深踩下去。他站在了咖啡店门口,平静地说:"奇怪!"玻璃窗全都碎了,雪已经深入到咖啡店内部。既没有茶炊,也没有床榻,甚至连一丝生活的气息都没有。什么也没有,就像一座被遗弃的洗尸房——食腐猛禽因相信残留在墙上的陈旧气味而在那里筑巢。墙面上被木炭画得一道一道的。咖啡店里平台上的一个地方,大火烧过的痕迹一直延伸到天花板。右侧的天花板已经塌陷,占据着大片空间。茶炊下面的台子上,一只动物骨架摊在上面,显然那些吞噬者为了吃它曾直立站起来。也许是一头狼在冬天为了它嗷嗷待哺的狼崽子们而抓捕了那头动物,在那高台上,从容不迫地舔着那骨架,看起来就好像骨头上敷了一层熟菌①。

---

① 熟菌:伊朗一种甜食的名字。

乌尔韩察看了一下四处。什么也没有。没有食腐动物的痕迹。他回转头去。那他为什么来这里呢？此刻又可以做什么呢？突然，他听到一点声音，他竖起耳朵，什么东西在爬，他留神。一头动物的声音，让咖啡店顿时打破宁静，充满恐怖。此刻，他清楚听见马儿的声音。马厩的门以一种嘶哑的声音打开了，一个干枯的老头儿，头上戴着貂皮帽，出现在马厩的门框中，就像一幅陈旧的画像。乌尔韩无意识地把皮高帽从头上摘下来，用双手揉搓，他感到一种像灵魂一样的东西从双脚窜上来，笼罩他的全身，又从头顶冒了出去。他喉咙堵住了，双膝发软，双眼愣神。他愣在那里，直到老头儿动了一动。那时，他才感到心脏剧烈跳动起来。他问："你是谁？"

老头儿说："这雪使所有一切都瘫痪了。"

乌尔韩向前迈一步："人应该不屈不挠。"乌尔韩上下打量老头儿。他的大衣很短，黑色的毛绑腿一直从脚绑到膝盖。

老头儿说："我们都是老朽了。"他侧身到一边。

乌尔韩走进马厩。他在门前跺了跺脚，雪从靴子和大衣衣襟上落下。他说："火。你没有生火吗？"他四处打量，很昏暗，袭来动物的气味。他说："你没生火？"

老头儿目瞪口呆地看着他，说："用什么？"

乌尔韩浑身哆嗦，双脚疼痛，湿气渗透了他的衣服。他费力地想集中自己的思绪，说："这里曾经是咖啡店，不是吗？"

老头儿在一个驮鞍上坐下来，说："我不清楚。"

"没错，这里曾经是一座咖啡店。自从马莎德·阿巴斯病了，这里就完蛋了。租住者是谁呢？"他打量了一下四周。在那尽头，一匹马和两头毛驴彼此挤在一起。它们的头在饲料袋子里。老头儿把一头毛驴的驮鞍拿来给自己坐，背过头去点燃香烟。

乌尔韩说："你去城里吗？"

老头儿以一种窒息的声音说："不。"

乌尔韩说："那你要去哪儿呢？"

老头儿说："拉姆阿斯比①。"

乌尔韩说："现在你不走吗？"

老头儿说："现在已经夜深了。我要等一等，天亮我就上路。"

乌尔韩不说话了，他不想单独留下来。他很担心老头儿改变主意。说："狼群在这个季节可不会发善心。"

老头儿一支烟接一支烟地抽："狼群任何时候都不会发善心。在上面那村庄，在大白天吃掉三个人。"他站起身，把那头驴子的驮鞍也拿起来，放在自己对面的地上。此前，一直在踱步、跺脚的乌尔韩坐下来，看着白茫茫、冷冰冰的外面。他搓着双手，解开靴子的带子，把脚伸出来，脱掉袜子，用双手捂住脚。说："我是乌尔韩。"

老头儿说："乌尔韩？哪个乌尔韩？"

"苏吉的兄弟。"

老头儿更加认真地看了一眼，说："那个杀兄弟者？"

乌尔韩感到背上一股刺骨的寒冷，但是否认和大喊大叫又有什

---

① 拉姆阿斯比：当地一个山谷村庄的名字。

么用呢。他摇了摇头,然后说:"唉。"他用手攥紧手指头:"直到现在我也只是一个卖瓜子的。"

"瓜子?"

"是啊,干果。这里太冷了。"他手指头的关节都要断裂了。

老头儿说:"你把大衣从身上脱下来,把双脚放那里面。"

"不,不。我全身都冻僵了。我在患肺炎。"疼痛在他全身的骨头上缭绕,他说:"你没茶吗?"

老头儿不吭声,继续抽烟。乌尔韩说:"有没有什么东西可以让我们生火?"

老头儿依然不开腔,又点燃另一支烟,把上一支烟的烟蒂在脚上揉碎了。乌尔韩说:"我现在是苏吉的俘虏,你知道他是谁吗?"

"你用铁链把他铐起来。"

他无法让双脚暖和起来,或者至少减轻一点骨头的疼痛。他呻吟了一下,说:"已经十四年了,他让我成了俘虏。难道可以用铁链把他铐起来吗?他又不是孩子。他已经四十二岁了。"

"那就把他扔进一个房间里,给他放上面包和水,就解脱了。"

乌尔韩说:"如果我找到他,我就是这么打算的。但是,我们的疯子就像一只鸟儿,在笼子里,会死掉。在外面,则到处乱飞。""他不是该套铁链的疯子,他不伤害人。他压根儿就是为折磨我而来到这个世界的。"他想说话,但不知道老头儿是否在听。他有一种卑微和屈辱的感觉。

有一段时间,我们都已经习惯了。我们都如此。每当他心情不好的时候,他就溜出去,失踪两三天,然后又回来,我问:"你去哪儿了,小子?"

"我去帕布斯·阿高了。"

我说:"带了什么礼物回来?"

他说:"找不到什么东西,全都是这样的葵瓜子和杏仁。"

我说:"好啊,去客栈吧。别再四处晃荡了,别丢我的脸。"

他说:"大哥先生,马莎德·阿巴斯的两杯茶就可以让人兴奋起来。你能明白这个吗?"他把所有的衣兜都装满瓜子,然后溜掉了。他的出现对于我来说没有意义,但是他的失踪却很折磨人。晚上,他睡在地下室,我在楼上,独自一人,但是我知道他在,有那么一个人在,有那么一个人在那下面呼吸,尤其是那间屋子散发着父亲被雨淋湿的西服的气味,散发着母亲艰难的喘息,还有阿依达的气味。在两三天里,我忍受着所有的这一切,我知道他会回来。我问:"去哪儿了,小子?"我皱着眉头呵斥地问。

"我去莫斯科了。"

我说:"有什么消息?"

他说:"到处都在打仗,在那冰天雪地里到处都是火光,熊熊燃烧。"

我说:"你也战斗了?"

他盯着店铺外面的人群。人们或急匆匆或慢吞吞地走过。他说:"在你看来,这些人从哪里拿来的勺子?"

我说:"好了,有什么关于战争的消息?你杀了几个?打伤了几个？"

他说："我俘虏了一个女人，一个从水中冒出来的妓女。她的名字叫玛尔塔，很漂亮。不错，我猜想可能是南斯拉夫人。"

我说："你是站在哪一边啊？"

他说："大哥先生，我已经废掉了。"他很沮丧。

两个人都盯着外面，仿佛两人都在等待着什么人来。乌尔韩说："你不冷吗？"

老头儿说："我能忍受。"他沉默了一下，然后说："你是咋来的？"

"走来的。你没烟了吗？"寒冷从他双眼一滴一滴涌出来，滚落在脸颊上。他突然想抽烟，说："你还有烟吗？"

老头儿打开烟盒子，递到他面前："可以让你不哆嗦。"他等着乌尔韩在那看得见的黑暗中拿起一支。他划燃火柴，更仔细地打量他的脸。他看见，他的双脚通红通红。说："你就为苏吉来到这里？"

乌尔韩因脚痛而一直呻吟，他点了点头。他要让老头儿明白他爱他的兄弟，这让他感到颇为满足。然而，他心中却充满喧哗与骚动。他一次又一次地来往于这条路，在隆冬，在酷暑。为了把阿依丁弄回去，他很多次把自己置于危险中。然而，现在，他已经下定决心。他想不惜一切代价把事情一下子了结。他满腔怒火地把烟掐灭扔出去。他不知道他抽的是什么烟，味道很糟糕。他站起身，关上马厩的门。从破烂的一扇门旁边望向荒野，说："我们要滞留在这儿了。"老头儿不吭声。荒野一片黑暗和雪。没有人想要滞留在这儿。他说："那么，这位兄弟去了哪儿呢？"老头儿依然默不作声。

父亲说:"他去了哪儿,压根儿就不要紧。"

我说:"他不是一个具有自主意志的人。母亲从早到晚都在问:我的阿依丁在哪儿。她总想把他弄回来。她每过一阵子就会去看望他。"

父亲说:"荒唐,有谁准许了她?"

阿依丁离家出走快一年了。在拉姆阿斯比村庄的河流上,在一家锯木厂做工。消瘦而憔悴,吃不上一顿好饭。但是,他下定决心要自食其力,再不踏进父亲的家。在那场火灾之后,他十分难过。仿佛是把他自己烧毁了。烧毁了。他处在父亲的愤怒中,父亲处在大自然的愤怒中。

事情发生后的第二天,《东方太阳》报道说:"昨天十二点半,突然间太阳光剧减,仿佛一只大手掌盖住了它的脸庞。"我们记住了这句话。

那天,整个太阳都被遮蔽住了,变成了黑夜。父亲还没有吃午饭,看了看钟,尽管看见指针好好地待在它们的位置,依旧在想,他的眼睛出问题了,茫然失措地问:"乌尔韩,晚上了吗?"

我不知道发生了什么,我喊了一声:"阿布·法兹尔[①]保佑。"就从房间里跑了出去。天变得更漆黑了。就在那个时候,卢尔德电扇制造厂的停工哨声响起来。我确信是晚上了,因为卢尔德电扇制

---

① 阿布·法兹尔(646—680),即阿巴斯·本·阿里。第四哈里发阿里与第二任妻子"欧姆·本妮"所生的长子。在公元680年发生的卡尔巴拉惨案中,阿巴斯与异母兄长侯赛因一起英勇奋战,最终牺牲,被伊朗什叶派尊称为"阿布·法兹尔",意为"智慧之父"。他虽然不在伊朗什叶派信奉的十二伊玛目之列,但伊朗什叶派民众对之十分尊崇。

造厂甚至是在战争期间都没有停工过。奇怪的是，在1320年①沙赫里瓦尔月②后的日子里，当人们为了一片黑面包而捅破彼此肚皮的时候，工厂都没停工。而此时，停工的号子吹响了。大街小巷都听到人们吵吵嚷嚷的声音。一些人在房顶上敲铜盆。

父亲来到院子里，站在我和母亲身边。我们没有用手遮挡眼睛，就那样直盯着太阳。母亲哭起来。每隔一段时间，母亲就会以某种理由，为生活在阿巴丹③的阿依达而难过得哭泣。

太阳变成了一轮血淋淋的圆盘。黑色的尘埃覆盖在它周围。那天，我第一次在父亲身上看到了恐惧。所有的地方都陷入了黑暗。巷子里传来人们惊恐的喧嚣声。

母亲嘴里喃喃念着祈祷，哀伤地哭泣。我目瞪口呆地望着天空——有一瞬间淹没在星星中。我从来没有在晚上见过那么多的星星。我念叨："阿布·法兹尔保佑。"

父亲中断了祈祷，说："这是灾难降临。你知道这是什么意思吗？"他摊开两只手掌，以一种发烧的神情说："我们犯下了血案？"

母亲说："真主宽恕吧。"

父亲说："这是我们的行为所致，是我们和孩子们的行为所致。真主啊，你别惩罚；真主啊，你别惩罚。"

---

① 1320年：即公历1941年。

② 沙赫里瓦尔月：相当于公历8月23日—9月22日。1941年8月25日，苏联军队进入伊朗阿塞拜疆地区，标志着盟军为开辟一条运输线而正式出兵占领原本未参加二战的伊朗。

③ 阿巴丹：伊朗南部港口大城市，也是最大的石油工业基地，靠近波斯湾。

片刻之后，街上的喧哗平息了，城市陷入黑暗和寂静，仿佛城里的人们全都死了好多年了。仿佛那里从来就没有城市存在过。母亲点燃了煤油灯，放在房间的壁龛上。我们谁都没有勇气从房间里出去。母亲说："那么，阿依丁呢？！"

父亲说："管他在哪儿呢。"

母亲很担心。然后，饭烧糊了的气味萦绕在整个家里。母亲跪倒在地："我怎么这么倒霉啊。"她惊慌失措地跑向厨房。父亲举着灯跟在她后面，站在厨房门框中，说："这是我们行为的结果。我们做了什么呀？"我看见他双手哆嗦，泪流满面。我从他手中把灯拿过来。父亲说："我们现在生活在这样一个地方，就在我们的脚下面，是一个禁书仓库。我们自己的儿子一找到异端书籍就堆放在那地下室。他也成了个诗人，就差没有怀抱乐器弹奏成为恋人了。就让他去做行吟诗人吧。但是，我不能轻易放过他。"他就那样把两只袖子高高卷起，说："我们必须念经祈祷。"

我们回到房间，念经祈祷。

黑暗持续了一个半小时，我们全都颤抖了一个半小时。然后，天开始蒙蒙亮，就像日出之前，或者是日落之后的天光。然后，太阳从黑暗中钻出来，天又亮了。父亲用头示意我，让我跟他去。我们走到院子里。母亲在伊望里站着，就像我一样茫然失措。她说："你们怎么不去店铺？你们待在这儿，我该做什么呢，做什么呢？"

在父亲的沉默和烧糊的气味中，母亲更想让自己忙于一桩事情，而不是在我们眼前。父亲说："把房间的地毯和衣服统统扔到外面来。"

我卷起地毯,搬到了外面,又把阿依丁的衣服放在伊望里,我还想把他的卧具也拽出来,但是父亲说:"需要一些引火的东西。"父亲没有看到那里是一种什么情况。从上一次烧书之后到现在,床下面,壁龛里,台阶旁边,房间角落,到处都是书和本子。阿依丁会作诗,与几位诗人打得火热。父亲说:"倒汽油。"

我把汽油桶搬到里面去,把所有的地方都浇上了汽油。然后,有一瞬间,我想把卧具拽出来,但被父亲阻止了,他说:"点火柴。"我就点了。

母亲从房间出来的时候,已经太晚了。火焰已经吞噬了地下室的门窗。有什么东西在燃烧中发出可怕的声音。母亲想要阻止,徒劳地挥舞双手,但是舌头打结说不出话来。

父亲说:"这是魔鬼的灵魂在燃烧。"

若果真是魔鬼的灵魂在燃烧的话,不会有那样的声音和烟雾。热浪一直涌到了水池的那边,浓烟冲天。几个邻居敲门,问为什么冒烟了。父亲说:"我们在烧煮梅子汁。"

我以为,阿依丁看见这种状况,肯定会就地心肌梗死。但是,他什么状况也没发生。黄昏时分,他回来了。整个家淹没在一种悲伤的寂静中。就好像是有人死了,但大家都彼此隐瞒着死亡的秘密。阿依丁把他手里正拿着的一包书放在台阶的垫脚板上,想在水池里洗手。走了两三步,看见了地下室一片恐怖的漆黑,烧焦的气味依然萦绕其中。我们三个人在楼上看着。阿依丁朝他的房间走去。在台阶口,他无法站稳,双手双脚一个劲儿哆嗦,就像浑身痉挛一样。然后,他没说一个字,也不想看谁一眼,走了。

父亲沉默不语,他不知道事情会弄到这一步。他在房间里踱步,沉思。母亲说:"这就是你想要的?"然后就哭泣。

父亲说:"有什么大不了的?为他好,我们才这样做。你看到了,他过的日子根本就不是日子。一派胡思乱想套住了年轻人,把他们扔到了里面。"那个晚上,父亲拉肚子拉得很厉害,失去了他所有的力气、热情和意志。坐不住,站不住,也睡不着觉。他不停地去厕所,不停地走来走去。

母亲说:"这就是你想要的?"

父亲说:"让他走几天,饥饿会迫使他回来。"

母亲说:"要么你们今天晚上就去找他,把他弄回来,要么我明天就离开这里。"

父亲说:"他难道不是我的孩子吗?难道我就不心焦吗?你如果放手,我会把他整成个人样儿。"

阿依丁在那场大火之后,非常难过。几天后,我和父亲去找他,他没有现身。母亲对父亲坚持说要把他弄回来。我和父亲又再次上路,去拉姆阿斯比。工厂坐落在一个山谷里,河水从那下面经过。工人们在那上面工作。一天,父亲把他陈年的骄傲踩在了脚下,站在了阿依丁面前,那时阿依丁正在锯一根木头。父亲说:"阿依丁,忘记过去吧。"

阿依丁头也没抬一下,说:"爸,忘记我吧。"

我们回来了。父亲从头到脚都充满愤怒、仇恨和挫败感。从那之后,他提起阿依丁的名字,神情总是很特殊。阿依丁在那里也许工作了一年的样子。母亲去看望过他,我也时不时地去看看。但是,他什么也不接受。我们给他带去食物和衣服,他都退回了;我们带去书,他也退回了。甚至,拒绝母亲的手。如果我们求他,他就说:"一只受过教育的鸟儿,书、诗歌都是属于我的……"然后就哭起来。

慢慢地,快乐的性格和脾气远离了他。就仿佛是他自己被烧毁了一样。他的境况并不好。我看见,他那黑色便鞋两头都破了,穿着那件长大衣和黑呢绒裤子。他一只脚放在木料上,在锯木头。他使劲锯啊锯,锯得木头都冒烟了,然后断掉。他用手帕擦掉额头上的汗水,然后又去弄另外一根。我站着直到他事情做完。我们一起走向舒拉比。他的黑鞋已经破了,走得很吃力。我说:"阿依丁,你难道没领工资吗?"他手足无措起来,他以为我是想向他借钱,他说:"我有,你要吗?"他伸手想从衣兜里把钱掏出来。我说:"你为什么不给自己买双鞋?"

他看了一眼他的鞋子,说:"现在又没有下雪下雨。我考虑过。秋天再说。"他从山丘上面既观看盐碱沼泽,也观看舒拉比,说:"我很喜欢舒拉比。"

那边,盐碱沼泽涌起波浪,把盐碱土凝结在地面。看起来每个季节的波浪都有变化。他说:"很像大海。"

我说:"是的。"我们站在舒拉比附近的山丘上,微风轻柔地吹着。舒拉比在那下面静止不动。从任何一个方向都可以看得到它那芦苇丛。舒拉比的近处有山坡和流水，长着高高的芦苇和细长的叶子。阿依丁两眼发光地仔细看，说："就像联合国总部大厦。"

我说："哪儿呢？"

他用手指着对面。

我说："为什么？"

他说："这些芦苇叶让我想起联合国总部的那些旗子。"

有段时间，父亲总是说："你们要知道这舒拉比的价值。若干年之后这里也会变得如同盐碱沼泽一样。一个没有用的苦涩的盐碱沼泽。"我们的唇胡子还没长出来。我拿起红木桶，阿依丁拿起绿木桶。父亲跟在我们身后。我们走到苏拉比，父亲把他的衣服脱下来，跳进水里。在水中他看起来更苍老。我们脱光衣服，跳入水中。太阳晒得暖洋洋的。水又苦又咸。水面上一团一团的毛毛正在远去。父亲向两边伸展双手，只有他那毛发稀疏的头顶在水面上。他说："你们往前走一点，弄点淤泥出来。"

俄国人用泵抽出苏拉比水底的淤泥，然后用一辆一辆的油罐车装走。父亲说："治疗风湿病的特效药就是这些泥。"他用手抹了一些在身上，跳出水面，在苏拉比岸边上，躺下来晒太阳，交叉着毛发浓密而瘦削的双腿。他靠在橘子树上，观察着四周，说："趁我还没冷下来，再给我弄一点淤泥来。"

阿依丁张开嘴吸一口气，潜下去。从他那地方冒出一些小气泡来。然后，水底被挖了个坑。他的桶里已经装了半桶泥，说："快拿住。"他跳起来。我从他手中接过桶，朝父亲走去。父亲把头平放在地上，正等着呢。我看了一眼。阿依丁又深深地潜入水中。父亲说:"好样的,儿子。快抹,让我窒息。"

风轻柔地吹,舒拉比那边的芦苇舞蹈起来。我从父亲的脚开始,一捧一捧地把泥抹在他身体上。父亲说:"你大手大脚地抹呀。"他被抹得黑乎乎的,就像用沥青做的塑像。他就那样待着,等着身上的泥干。我们只抹了我们的双腿,坐下来,等着凝固。然后,我们跳入水中,把自己清洗干净。

父亲说:"给优素福也拿一点吧。"

优素福在那坠落之后,现在已经变成一块没有用处的肉了,从早到晚,从晚到早,不停地吃,不停地拉。他蜷缩在楼下的房间,一动不动,一言不语,一双呆眼盯着门,总是在反刍嚼着什么。房间散发着腐烂和尸体的气味。母亲不停地在院子里洗他的床单。

阿依达说:"如果在院子里给他建一间小屋,我们全都轻松了。"但是,谁也没理他。

父亲啃着黄瓜解渴。十足的夏天,太阳火辣辣的。父亲身上的泥已经干了。蚂蚁队伍在他肚子上爬成行。父亲站起来,跳入水中,把自己清洗干净,说:"药物有效的标志就是这样子的。"他整个身子通红,说:"现在真是渴死我了。"然后就啃黄瓜。

乌尔韩没想起来再向老头儿拿一支烟,跟第一支烟接上火。他一口一口地吐着浓烟,让人难以忍受的疼痛在他的手脚骨头中叫唤。他说:"现在,我该做什么呢?"他看了看四周。在那黑暗中,有种东西发出单调的声音,就像是母亲壁龛中的三颗星的挂钟。他说:

"这声音从哪儿来的?"

老头儿说:"滴水的声音。"他指了指头顶上。乌尔韩看了一下天花板,没吭声。老头儿说:"你别难过,你会找到他的。"乌尔韩不开腔。老头儿说:"他跑掉了,是吗?"乌尔韩低下头,不想听他的话。

我说:"爸,阿依丁是从谁手中跑掉的?"

他说:"你也跑呀,滚。你们全都跑去地狱吧。"

我说:"我不想跑。我跟阿依达和阿依丁不一样。今天是周五,我想跟邻居孩子们一起去舒拉比。"

父亲说:"那店铺的账谁来管?"

母亲说:"让他去吧。难道他是阿依达,难道他是阿依丁,那俩都跟哑巴似的。你还要成为这个的劲敌吗?"

父亲说:"他们从头到脚全都一路货色。"

母亲拿起父亲的烟斗,放在壁龛里:"不管怎么说,这一个随你。那俩不会从早到晚都抽烟斗。"然后,他双手叉在腰上,在楼上房间的中央,以一种莫名其妙的怒气对我说:"快滚,还瞎磨蹭什么呢?"

我们是乘一辆木头车厢的货车去的。城里的人们永远记得那糟糕的一年。我们四十个人,其中几个孩子还在服兵役。我们唱着歌,拍着手。我们先是唱《战旗进行曲》,然后又唱《是夜晚,是荒野,是冬天》。就在我们行进的路上,在城市街道尽头,有一处房子着火了,火焰和烟雾从窗户冒出来。司机刹住车,我们全都跳出去了。

着火房子的主人是一个白发老头儿,他双手拍打脑袋,一个劲儿地嚎叫。在他的房子前,一会儿站,一会儿坐,一会儿又奔跑,然后又折回来看着火焰,击打自己的脑袋。后来,我们才知道,他没有老婆孩子,但他几乎是要自杀。总共用了八条水龙带,远远近近地往房子喷水。黑色的灰尘覆盖了整个街道表面。火焰熊熊燃烧,没留下一点儿房子的痕迹。然后,天花板坍塌,火焰熄灭了。

上一次,也是那样的一场大火,没有人能够让火焰哪怕小那么一个针尖儿。疯狂的火焰在巴扎纵列①中肆虐,一根黑色的烟柱直冲上天,城里的人都惊呆了,看着浓烟,大家都束手无策。电也断了。巴扎值夜班的保安们向天空开枪,寻求帮助。一群人嚷嚷着奔跑。那个晚上,与往常相反,大街的水沟里也没有水。目光所及,长长的大街上,人们手里拿着灯笼,就这样朝巴扎涌来。父亲害怕得浑身哆嗦,紧紧抓住我和阿依丁的手,一个劲儿地祈祷。火焰的热浪没有漫延到干果商客栈那边。火焰在巴扎纵列中向前延伸。火势一点儿也没减弱。我们站在广场边的一个角落,跟其他人一样,只是看着。那时,市政厅对于灭火也毫无办法,只好把火焰的热浪往远处引导。

那个晚上,巴扎一直燃烧到早上。直到第二个晚上,燃烧还在持续。巴扎的所有纵列,包括糖果作坊、点心作坊,还有一两家方

---

① 伊朗巴扎是建筑集合体,通常包括客栈、牲口房、院落、店铺、茶室、清真寺、理发店、公共浴室、手工作坊等等。建筑群通常是以某个区域为中心,呈纵列延伸分布,实际上一个纵列就是一条廊道。

糖制造厂，全都烧毁了。当墙坍塌的时候，一些火焰被黑色的墙土熄灭了。火焰也自动熄灭了。但是，黑烟在城市上空滞留了三天，黑压压的，风都吹不散。接下来的那天下雨了，雨是甜的。人们摆上盆盆碗碗，以免浪费了。等我们反应过来的时候，雨已经不下了。我们的头发和衣服全都黏糊糊的，我们的手碰到什么都是黏糊糊的。父亲舔了舔手，说："是糖浆。"

好长一段时间，从水泵打上来的不是水，而是糖浆。我说："我要喝水。"

我渴得直喘气。无论我怎么喝那甜水，都无法解渴。父亲说："喝糖浆。我从哪儿去弄水来呢，这个时候？"

我说："不管怎么着，您得从一个地方弄来呀。"

父亲说："你说什么？现在，至少大家都明白甜是什么味道。"

后来，水失去了甜味，阿依达自焚了，父亲死了，阿依丁也废掉了。我留了下来。母亲睡在白色床单中，呼哧直喘。沉闷地呼哧呼哧。她有哮喘。很多个半夜三更，我以为他们在使劲挫什么东西。阿依丁头靠在墙上，他太阳穴和脖子上的血管在急速地跳动，他的下眼睑也在不停地颤动。

母亲说："告诉妈，谁把这灾难砸你头上的？"

阿依丁说："战火在莫斯科的严寒中熄灭了。"

他说得没错。所有熊熊燃烧、浓烟滚滚的火焰，尽管造成那么多的死亡和损失，但全都自动熄灭了。然而，他们所有的人都陷在了废墟中。所有的人都还记得，我们是四十个人，其中几个孩子还在服兵役。火焰熄灭了，我们爬上车厢。车厢和椅子都是木头的。在不平坦的土路上，我们被来回颠簸，快要把我们的肠肠肚肚都颠出来了。就在我们的车子上路的时候，我们看见红色的消防车鸣叫着开过来。但是，已经太晚了，房子只剩下一堆尘土。

我们上路了，又唱又跳，反反复复唱着《战旗进行曲》。在舒拉比岸边，我们习惯性地站成一排，当我说到"三"的时候，大家一起从岩石上跳入水中。穿着衣服，我们绕个圈，先游到芦苇丛那边，又返回来。水凉凉的，风柔柔地吹。然后，我们看见了那条小船，从东边向我们划过来。上面别无他人，只有一个男人站在船舵前，他头戴一顶脏兮兮白汗帽。他也注意到我们，也留意着小船发动机的突突声。他到了岸边，说"你们不上船吗？"

我们一下子欢呼："乌拉！"我们从两边吊着小船的木船舷。小船有股清漆和颜料的味道。随着每一次晃动，小船就嘎吱嘎吱响，仿佛它的骨架要散开一样。我们很欢快，舒拉比可以划船了。我们商定每周都来舒拉比。乌拉。然而，之前，谁也没看见过小船，谁也不认识它的主人，谁也不知道他是谁，来自何处。他是一个上了岁数的男人，他一边笑着一边也有一种不安，就像那些第一次坐在汽车方向盘前的人。他说："我有四个孩子，生活开销大。"他笑着，一直笑到耳根子。

我们全都脱离水，爬上了船。他突突地开着船，远离了岸边。船夫说："你们每天都可以来哟。"

我说："我每天都来。踩油门！"这是我第一次坐船。我的衣服全湿了。船摇晃的感觉很特殊。当我们到了舒拉比中心的时候，我感觉到船在往下沉。然后，孩子们尖叫，全都朝船舱门涌去。那时，船从发动机的一侧沉入水中，翻了。此时，船就像一座山在我们所有人头上搭上帐篷。船翻了，正往下沉。我们在水底尖叫，拼命往上冒。沉重的船身扣在我们头上，我们又沉下去。我在水底看见我的头顶上方，一片漆黑。我必须要远离覆在头顶上的船。我在水底用双手划着水，挣扎着远离那沼泽泥塘。当我抵达光亮处，便从水中往上冒。在水底的时候，我看见船夫腰部以下陷在沼泽中。他双眼圆睁，几乎要迸出眼窝，似乎想要喊叫。他用手示意"四"。我知道，他一定是用四千土曼买的船。我在心里说："你去死吧。"我挣扎着往上冒，但是似乎一条裤腿儿被牢牢挂住了。我潜下水看是什么东西。是"豆芽"①贾姆希德。他尚在服兵役。他咽了水，拽住了我。他肩部以下都陷在泥沼里。他金色的肩章闪着光。他使劲拽，我拼命挣扎。突然，我灵光一闪：应该解开腰带。我解开了腰带，获得了解脱。

那个时候，我二十岁。穿着一条紫色裤衩回到了家。非常糟糕的一天。又苦又咸的水的味道，一直在我喉咙中盘旋了很长一段时间。现在，人们还记得他们。我们是四十个人。"豆芽"贾姆希德的母亲说："你活了下来，但是得不到好报。"

货车司机说："这个乌尔韩亲历了这一劫，你们应当赏识他。"

---

① 原文为 deylāgh，本无中文"豆芽"的意思，在波斯语俚语中专门指细高挑身材的人，相当于中文语境中的"豆芽身材"，因此笔者意译为"豆芽"。

母亲说:"过来,我给你从头到脚量一下。"她拿来一匹没浸过水的布料,从我的脚尖开始量,又从头顶折过来,一直量到脚后跟。然后,裁剪了布料,送给了穷人。那是一段苦涩的岁月。城市所有的小巷都在哭丧和诵经举哀。阿斯塔拉①的潜水员整整三天把舒拉比河底的泥沼翻了个遍,把船损毁的遗骸拽了出来,但是在水底下没有找到人的任何痕迹。

老头儿说:"你在发烧吗?"他把手放在乌尔韩的额头上:"有点热,但是没发烧。你要保重你自己。"他点燃两只烟,把一支递到乌尔韩手中:"如果到早上我们不冻僵的话,我们就再不会死了。"

乌尔韩说:"是的。"

"你为什么大白天上路,结果整到这么晚?"

他们谁也不看谁,只有香烟的两朵火光在空中转来转去,有时又冒出火苗。乌尔韩说:"当这苏吉不在家里的时候,别人会因为孤独而憔悴。"

老头儿说:"我以前听说过你的名字,叫'杀兄弟者'。"

乌尔韩沉默不语。老头儿打开了他的话匣子,说:"你杀了你的兄弟?"

乌尔韩说:"人们总是爱说闲话。"乌尔韩不想再听他的话,把自己剩下的半截香烟在鞋子底揉碎,把头放在双腿之间。

后来的那些日子,我总是想着他。他总是进入我脑海,那个又瘦又高的士兵贾姆希德,我们把他叫作"豆芽"。他拽住我的裤腿,

---

① 阿斯塔拉:伊朗北部边境城市,与阿塞拜疆共和国的阿斯塔拉河相望。

想把我也一起带走。他是我的朋友,但是,我不知道他为什么要如此对待我。一个周五下午,店铺打烊。我们去了阿赫旺花园。当时那是一个荒无人烟的园子,几年之后政府才想起它来,把以前的松树和梧桐砍了,种植了一些新的树木,把地面整成草坪,给孩子们装了几个滑梯、秋千、跷跷板,还给园子通上了电,然后给它起了个名字叫作"民族公园"。

那时,阿赫旺花园还叫作阿赫旺花园,围墙坍塌了,墙砖也被偷盗了;有一座垃圾堆成的小山坡,全是蚊子和苍蝇。我们还没有满十四岁。我们沿着花园围墙边溜达,经过了卖果汁的和卖芦苇口哨的摊贩。日落时分,乌鸦一群一群地飞过来,落在腐臭肮脏的垃圾堆上。我们在游逛。我用鞋后跟踹地面,试图弄得尘土飞扬。阿依丁说:"你为什么不能安静会儿,小子?"而我依然用后跟踹着尘土。这时,尘土中露出一枚已经变黑了的硬币。我用脚把它踢飞起来。然后,硬币落在路上,躺在一棵柳树的树荫下。贾姆希德蹿上前去,捡起硬币。我们笑起来。

他说:"谁要这枚硬币?"

反正我们不想要。我们还没有穷到那个份儿上,见到一枚污黑的硬币就心颤。

贾姆希德说:"我猜想,可能是两扎里[①]。"

我说:"你为什么不放进兜里?"

他说:"这样的硬币在我家里都堆得酸臭了,也没人捡。"

---

① 两扎里:俚语对两里亚尔硬币的称呼。

我说:"我家从不堆放这些钱,但是真主依然把福祉赐给我父亲。"阿依丁看着我们,笑着。他笑我脸皮厚。他总是说:"我喜欢,你脸皮真厚。"

贾姆希德说:"不管你们多有钱,我猜,也不及我们。"他把硬币抛在空中,我接住硬币,在手里掂量了一下。那时,我感到比两扎里更厚实。水泥槽中的水泵一直在流水,我把硬币放在下面冲洗。洗不干净。我又把硬币在地上使劲磨,然后又放入水中。贾姆希德说:"我们有三座园子,早晨进去,晚上才能走到尽头。"我埋头弄硬币,看见闪耀着金子的黄色。是巴列维金币。我把它夹在手指间,不让贾姆希德和阿依丁看见。

阿依丁说:"是金子吗?"

贾姆希德说:"是我的。"他的个子非常高,还很瘦,弯钩鼻子,嘴巴看起来似乎想说"你"[1]。我们把他叫作"豆芽"贾姆希德。他就像长颈鹿一样跳在前面,说:"最开始是我捡到它的。"

我说:"但你想抛弃它。"

他说:"是我的。"

我说:"你的家伙在你裤衩里面。"

他说:"是我发现它的。"

我说:"你并不想要发现它。"

我俩揪着衣领打起来。不管我打他哪儿,都是骨头。阿依丁说:"人们不为钱争斗,你俩一分为二。"

---

[1] 波斯语"你"的发音 to,双唇往外凸出。

我说:"凭什么?我一个子儿也不给他。"我们回到家。天黑了,我看见贾姆希德正在卢尔德电扇制造厂附近寻找我们家。我说:"你在找什么呢,豆芽?"

他说:"我想说,把硬币还给我。"

我说:"凭什么?"

他说:"因为我们是穷人。我爸几年前死了。我妈是糖果制造厂的工人。"

我说:"好了,把你们的园子卖了来吃吧。"

他说:"唉,我们根本就没有园子。"

我的手够不着他的脸,就打他肚子。他一下弯下腰来,我趁机给了他一耳光,打得他眼冒金星。他哭起来,说:"你为什么打人?"

我说:"狗东西,你为什么说谎?"

后来,他还来过几次,我们一起四周溜达。他不再提硬币的事儿。然后,他就服兵役了。再然后,就是那个周五,我们一起去舒拉比。在四十个人的游泳比赛中,他是最后一个。然后,在那艘有毛病的船中,他努力挣扎着想浮到船舱上面来。阿斯塔拉的潜水员没有找到他。

贾姆希德是我唯一的朋友。在他叔叔埃扎特的诵经举哀日,来的人没超过十七个。我是第十七人。我进去之后几分钟,人们开始诵经举哀,再没有人来。我说:"你们的那些七大姑八大姨怎么都没来?"

他说:"我们没有其他人了。就这些。"

我说:"那么,邻居呢?"我看见阿依丁在清真寺的角落坐着。我说:"嗨,贾姆希德,还有我的兄弟呢。"

他说:"是的。"

我说:"你们为什么不在清真寺里诵经举哀?"

他说:"那地方太大,花钱也多。这里已经很不错了。"

"豆芽"贾姆希德的叔叔是一个走街串巷的小贩,有一辆卖水果的小推车。冬天卖甜菜和蚕豆,夏天卖新鲜水果。我之前老看见他。每次我跟贾姆希德去什么地方,总是在埃扎特叔叔那里吃点什么东西。他从不向我们收钱。

我说:"埃扎特叔叔没留下遗嘱吗?"

他说:"遗嘱?"他嘲笑了一下:"还好,他的债务还没多得让人紧追不放。"

我说:"那么,他的财产都给谁了?"

他说:"没给谁。他的小推车对谁都没用。若要等他儿子长大的话,要等十年。那时候,小推车在雪和雨中腐烂掉了。"

老头儿站起身来,打开马厩的门,望着天空。一股新的寒冷灌进屋子,刺骨得要命。乌尔韩说:"关上,快关上。"老头儿迅速灵巧地关上门,说:"天留人。"

乌尔韩已经困得不行,说:"咱怎么睡呢?"

老头儿说:"我可以熬到天亮。然后,我就上路。"他划燃火柴,好好看了一下四周。又划一根火柴,拽住马槽上面,说:"你就睡这儿吧。"

乌尔韩从物品中间穿过去，一股馨香的暖意在冰冷的空气中奔涌。他说："点火柴。"老头儿点了火柴。乌尔韩看了看马槽，里面铺满了碎石子儿。他说："就这儿？"

"没错，睡吧，别害怕。"

他爬到马槽上面，在中央坐下来，伸直双腿，说："给床毯子，或别的什么。"他在那黑暗中努力看了看周围。老头儿以嘶哑的声音笑着，乌尔韩把双腿收回，说："那我身上盖什么呢？"

老头儿说："如果你不厌恶的话，有两只驮鞍。"

乌尔韩双手伸进衣领，颤抖。

我说："你要像赊账人那样躲着走吗？"

他以为他把头歪向那边，我就看不见他了。他说："你好，乌尔韩。"

他去服兵役了，剃了头发，眼睛显得更深凹了。

警察阿雅兹说："贾姆希德服兵役去了，会变得人模人样的。"

他是个不错的人。我不知道，他从哪儿冒出来，又悄无声息地从世界消失。为什么是我的朋友。当他以他那高个子在我家门前等着的时候，我一直在想，为什么他的耐心就没个完。他一只脚放在墙上靠着，等着我出来。我说："你如果想我跟你一起玩，你就得耐心等我去澡堂再回来。"

他挠挠头，歪歪嘴："澡堂？不可以不去吗？"

我说："我都一个星期没去了。"

"要多长时间呢？"

"一个小时,也或许要两个小时。"

"好吧,我等着。但是,向真主发誓,你尽量快点来。"

贾姆希德不知道,也或许知道,但并不在意。我每次去澡堂,在蒸汽热水里,以十足的耐心慢慢打发时光,一个劲儿地搓洗,搓得浑身通红,喝水,蒸桑拿。等我出来的时候,"豆芽"还是那样把脚放在墙上等着,就跟他刚来到家门口的时候一模一样。

那时,我说:"好了,豆芽,我们去找玛尔塔?"

乌尔韩倾听着雪的寂静,不知道会发生什么,也不知道他最终能否找到阿依丁,但他确定他还活着。他想现在采取最终决策,一直走到底,把事情彻底了结。那个时候,就没有阿依丁带来的麻烦困扰他了。他知道,他可以很容易地把他拴在一个地方,不用使他窒息,不用让他流一滴血,也不用拳打他,就把他扔在雪地里就行,也可以把他拴在这门框上。甚至,可以从那岩石上面把他抛到舒拉比中央,他的灵魂很快就在沉没中获得解脱。因为父亲总是说:"死者的地方越是凉快,他们所受的折磨就越少。"

我们在阿依达的坟墓上浇水。母亲手里拿着一瓶玫瑰水[①],我等着玫瑰水的气味散发。阿依丁说:"不该她承受的,她也承受了。现在已经太晚了。"他站在坟墓旁,望着天空。那天,他穿着藏青色的西服和裤子,柔软的围巾平行对折在西服领子里面,一直露在

---

① 玫瑰水:伊朗特有的一种产品,并非玫瑰精油。而是采摘新鲜玫瑰花瓣,经过浸泡、煮沸、蒸馏、冷却等工艺流程,最后收集蒸馏水瓶装而成。此种玫瑰水香味馥郁,可以少量饮用,具有一定的药用、美容、佐餐等功效。

扣子处。父亲本来正在念着什么，他抬起头来斜眼看了阿依丁一眼，然后轻声在我耳边说："你看这个寄生虫。"我也轻声说："你别再咒骂了。"父亲摇了摇头，说："也许他想在下午四点钟去亚美尼亚街区。"阿依丁依然那样望着天空，仿佛在观看一个伞兵慢慢坠落。

我们还是孩子的时候，我们的衣服总是一个颜色一个样式。母亲总是给我们两块小圆饼，说："去玩儿吧。"当我们一起去某个地方的时候，我们学会了牵着彼此的手。有时候，母亲打发我们去买扣子、罩子，或别的什么东西；有的时候，我们又去卢尔德电扇制造厂。我和阿依丁手牵着手，在工厂的斜坡上奔跑。那下面的工厂在轰隆轰隆。工人们穿着一个样式的黄色衣服，有序地把电扇放进纸箱子中包装好，在工厂前面的场地上，贾马斯小货车正在装货。到我上学读书的时候，我们又一起去学校。我们比别的孩子更加调皮捣蛋。只要我把那些无赖孩子指给阿依丁，阿依丁就把他们拖到墙根下，扇他们三四个耳光，说："你们记住了，乌尔韩是我兄弟。"当我出疹子的时候，他把我从学校扛回家。然而，日子不总是一个样子的。那是一些美好的日子，也有一些糟糕的日子。我们长大一些的时候，更糟糕了。

阿依丁说："在这样的国家里，不等我们满三十岁，我们就腐朽掉了。你是一种人，我是另一种人，阿依达又再是另一种人。"

我说："店铺执照应当写我的名字，哥。"

他说："没关系，就写你的名字吧。"

我说："合伙人同意应该做公证，但是咱俩不是合伙人。咱俩是兄弟。"我把执照以我的名字登记了。警察阿雅兹说:"你已经超前十步。现在……"

母亲说:"你做了件不该做的错事儿。为什么要让你父亲在坟墓中颤抖。所有的东西一半一半。"

我没有考虑一下他们的状况,我不得不把文件和证书拿出来放下。晚上,在我房间里,在窗户跟前,我望着天空,听见地下室里阿依丁眨眼睛和思想的声音。我一闭上眼睛,就看见他拿着一把大刀子想把我红西瓜样的脑袋从那朵蘑菇中央剁开。光亮中,我清清楚楚地看见他。我在想,是我把开心果麻袋扛下四十级台阶,又扛上来。这不公平。那个时候,阿依丁在游手好闲,在念书。是我在店铺里埋头干活。父亲常说:"干活像头驴,吃东西像匹驽马。"不,这不公平。这所有的劳苦,这所有的年月。我说:"妈,难道我没能力读书学习吗?"

她说:"我说过多少次了。你想读书就读。"

生活很苦涩,像毒药和苦药。晚上,我发烧;白天,我受折磨。我说:"真主啊,你的公正在哪儿呢?一半一半?"我从窗户望着我房间暖气吐出的烟雾,它们正向乌鸦冲去,进入松树枝缝隙里,好让乌鸦记住它们,在早晨太阳出来的时候,叫道:"雪。雪。"

此刻,我肯定他还活着。他也不会生病,但是他的牙齿完全腐烂了,不能再吃面包和核桃了,其他的食物在他嘴里也嚼不动了,更多地只是喝粥。他的外表就像那些已经散架的老头儿,但是却不能安静。从凌晨时分一直到曙光初现,他都不睡。我不知道,他在找什么。

父亲问:"你在找什么呢?"

阿依丁说:"找我自己。"

刚开始,我还以为,他一定有一个伴生魂魄[①]在折磨他。有时,我脑子里又想,一定是那些胎儿攥住了他。但是,完全不是这些东西。我知道,他在折磨他自己,越来越垮掉。他所有的一切都颠覆了。他的爱恋也不再针对人类。他曾沉迷于跟一个名叫苏尔梅的亚美尼亚裔金发姑娘的爱情中,也曾在锯木厂工作了很多年,挣的钱全用来买书了。他一天到晚都在想象他是个诗人。

父亲问:"你在找什么呢?"

他说:"找我自己。"

从一个寻找自己的人身上可以发现疯癫的迹象。比这更加出人意料。一种疯癫,既不伤害人,又让人无法忍受他。在客栈深处,在搬运工人堆里,他从早过到晚。晚上,跟在我后面回家,还跟所有的人打招呼问好,问点什么事儿,或者是数电线杆子。

他说:"你看见了吗,兄弟,两个星期以来雪一直在堆积。"他从客栈圆顶的天花板小窗看着天空,说:"堆了好多,在人们面前它自己也觉得害臊了。现在是,趁人们晚上睡觉的时候,它悄悄干事儿。"

[①] 伊朗民间迷信说法,有些人在出生的时候,会有另一个无形的魂魄随着一起降生,称为 hamzād;当某人陷入疯癫迷乱状态时,人们就认为该病人是被 hamzād 纠缠住了。相当于中国民间说法:鬼魂附体。

雪已经超出了限度。就是这可恶的雪让我流浪。白天,天气雾霭很重;晚上到早晨,就一个劲儿地下。

他说:"我说得不对吗,大哥先生?"

我笑了,说:"你自由了,你想说什么就说吧。"

他来到店铺,抓一把瓜子放进兜里,在一个装得满满当当的麻袋上坐下来,说:"大哥先生,给点钱,我要去澡堂子。"

我站在店铺前面,对一个佣工说,给他一张两土曼的纸币。阿依丁说:"大哥先生,你给他说,多给点,我还想喝茶。"

我说:"茶水这里就有。"

他说:"茶,只有舒拉比咖啡店的茶好喝。"他走过来,站在我身边。有一点疲惫。他的声音就像呻吟,说:"兄弟!该整装出发了。事情糟糕得超出了限度。"

我说:"真主保佑,去哪儿?"

他说:"扎别尔①,也可能是喀布尔。"

我说:"不错,别忘了带礼物。"我怎么知道,他走了就不再回来了。

我们从维勒山谷回来,他就身体不舒服。母亲说:"用手指掏,你或许能吐出来。"他用中指伸进喉咙深处。但是,他还是没能吐出来。母亲说:"你吃什么了?"

我说:"烤肉串,杜格汁,酸奶,就是大家都吃的这些东西。"

母亲说:"你没这样?"

---

① 扎别尔:伊朗东南部锡斯坦-俾路支斯坦省的一个城市。

我说:"没有。"

她说:"那么,为什么阿依丁就这样了?"

我说:"我不知道。"

她说:"带他去看医生。"

他的状况很糟糕,比这更糟糕的是他中毒了。我把他带到纳依丹诺夫医生那里。我们坐在候诊室里。他说:"在我脑袋里有一个铜匠们的巴扎。"

诊所上面的房间里传来烧大蒜的气味。我说:"等一会儿就该我们了。"

他说:"好像他们在我肚子里洗衣服。"

我是:"你必须休息几天。"我手脚无缘无故地哆嗦,一种滑稽的软弱无力笼罩了我全身,心脏咚咚跳得厉害。我说:"你的神经坏掉了。"

他说:"好像他们在我双脚拉电线。"

我在心里说:"你已经废掉了。"他双手抱住头,走动起来。他一会儿走到前面,一会儿走到后面,难以安宁。那天,从早上起,他就很悲伤很疲惫的样子。轮到我们了,我们走了进去。纳依丹诺夫医生长胖了,就像现在的我。他坐在那张咖啡色的木头桌子后面,满脸浓密的胡须,额头上布满皱纹。他说:"你俩谁是病人?"

我用手指了指阿依丁,我坐下来。

医生问:"他怎么了?"

我说:"在他脑袋里有一个铜匠们的巴扎;在他肚子里人们在

洗衣服；人们还在他双脚上拉电线。"

医生说："带他去疯人院。"他给他做了检查，写了处方。我们回去了。在路上，不论我说什么，他都说他自己的话。他说："关掉我头顶上的灯。"我说："你可能在发烧。"

他嘴里喃喃说着什么，摇晃着脑袋，吃力地睁着双眼，迈着大步，甩着双手，也不认得路了，说："地震。"

我说："哪儿？"

他说："我也是刚刚才明白，国家一旦发生战争，离地震也就不远了。你问为什么？这呀，再清楚不过了。待会儿就会从城市脑袋上冒出浓烟，你明白吗？"

有时候，他也念诗，说一堆之前我从没听他说过的话。母亲说："你给他脑袋瓜砸进了一些什么东西？"

我说："我？"我自己并不愿意，但还是把他拖到跳大神的女人家里，又把他带回来。但是，我依然无法让母亲相信我是无辜的。跳大神的女人说："行善积福吧。我如果再多说什么，你们家的香火就该被风吹灭了。"

母亲神情恍惚，恍惚，恍惚，坐卧不宁，什么事儿也做不了。她说："也许是另外一个人。"

跳大神的女人说："就现在这个样子，你们也要好好感谢真主。"

我说："妈，你问问他自己，也就是你认为有人砸了他的脑袋瓜？"

跳大神的女人说："这个嘛，显而易见，是他自己砸了自己。"

"我不知道。"母亲说着哭起来。她从台阶走下去,又走上来;她打开窗户,又关上,不知道该做什么。

我们让阿依丁躺下来,把他弄到我的床上躺下来。他不睡。我们又把他弄到下面他自己的窝里。但是,在那里,他起身来,喋喋不休。母亲说:"去找另外的大夫。"

舒尚尼克大夫说:"从什么时候开始这个样子的?"

我说:"不正常已经好几天了,但是今天已经是命悬一线了。"

母亲说:"你们去哪儿了?吃了什么?"

我说:"我们去了维勒山谷,吃了烤肉串,然后就回来了。"

大夫说:"不可能是中毒,是短暂的中风。"然后取了他的血拿去化验。

阿依丁陷入喃喃自语中,双唇动得很快,说些我们听不懂的话,不歇气地说。舒尚尼克大夫给他打了一针,促使他睡下来,然后就走了。母亲按时给他洗脚,流泪。她想,他可能是在发烧。我在门口,站在台阶上。母亲用诅咒的眼神看我一眼,我顿时萎靡了。

她说:"你到底还是自行其是了?"她把头放在阿依丁的床边上,大哭起来。

然而,唉,但愿她还活着,看看我都背负了些什么。如果她看见我被这个人折磨得精疲力尽,不得不把他用铁链子铐在上层伊望的栅栏上,她会为我而哭泣。

第二乐章

1

父亲从他合伙人那里买下店铺的那天，显得异常兴奋，为他的大儿子优素福带回来一支圆珠笔。优素福把墨水从后面倒出来，最终他的手染成了蓝色。墨水还流到了地毯上，母亲不得不把地毯也洗了。父亲说："哎哟，真是个蠢孩子！"

优素福是个非常单纯的孩子，很容易相信别人。任何人都可以很轻易地骗他，甚至，以一个谎话就可以把他那简单的脑袋摁到水里去。优素福还非常脆弱善感，既没有抗议的勇气，也没有忍受艰难困苦的能力，总是选择一个角落躲着哭泣，或者是长时间地埋头于一件事情，悄无声息，也无欲无求；他就像有糖尿病的病人，但是一天也不尿一次尿，对任何痛苦也不觉得难受；他看起来苍白、萎靡、忧伤。他的眼神也没有相应的力气。当人们叫他，他回过头，愣神片刻，才说："什么事儿？"

父亲说："你这真是的，为什么把墨水抹在你鼻子上？"

"啊？"

父亲给阿依丁买了一个德国产的放大镜，让他热衷于此，不再去偷别人的放大镜。那是咋回事儿呢？在此前一个月，祖父在六年后再次带着他的几个女儿和儿子从乌鲁米耶来到阿尔达比尔①，来他的贾贝尔和萨贝尔家串门。萨贝尔已经成了市政厅公务员；父亲则孜孜不倦地在那边卖葡萄园的股份，在这边日夜工作，着手在干果商客栈开设一个店铺。

当祖父的眼镜镜片在阿依丁的书包里找到的时候，已经很晚了，祖父已经戴着少了一只镜片的眼镜瞎乎乎地回乌鲁米耶去了。那是他最后一次来阿尔达比尔旅行。父亲说："他从这里走的时候，心里很不痛快。"

祖父是一个奇怪的人。关于他，人们讲一些奇奇怪怪的八卦。父亲认为他非常固执，因为祖父在四十年前曾向恺加王朝②政府贩卖石头，但是却没有收回他的钱。前任国王死了，后任国王来执政了。祖父依然接洽联系，但人家说已经改朝换代了。从那之后，祖父三十九年一直到处上诉，去了德黑兰几次，又去了大不里士③几次，毫无作用。并且，那是为了一笔可笑的金额，为了三十三土曼零两格朗而奔走在各个政府部门之间，一个劲儿地写诉状，上诉上诉，依然没有作用。在礼萨国王④时期，他写了一份长长的诉状

---

① 乌鲁米耶、阿尔达比尔：乌鲁米耶为伊朗西阿塞拜疆省省会城市名字，阿尔达比尔为伊朗阿尔达比尔省名字及其省会城市名字。

② 伊朗恺加王朝：1779—1925 年。

③ 大不里士：伊朗东阿塞拜疆省省会，也是伊朗西北部阿塞拜疆地区最大城市。

④ 礼萨国王：伊朗巴列维王朝（1925—1979 年）第一任国王，1925—1941 年在位。

递交法院。但是，人家撕了他的诉状。他还写。甚至在世界大战期间，他还想着能采取什么措施，他写啊投诉啊，求这个求那个。最后，他旅行到了阿尔达比尔，他把所有的档案装进一个咖啡色袋子随身带着，不停地叨叨他那三十三土曼零两格朗。父亲想把三十三土曼零两格朗给他，让他别再念叨这事儿了。但是，祖父说，只要他还没有获得他的应得利益，他就要争取他的权益。他在他的贾贝尔家待了几天，然后回乌鲁米耶去了。两年之后，他最后脸朝向格布勒①，黄土已经埋到喉咙的时候，他对孩子们说："别让人家侵吞你们的权益，明白吗？这是我对你们唯一的遗嘱。"

父亲说："在那最后时刻，他一定还惦记着他的眼镜呢。"然后哭着说："他从这里走的时候，心里很不痛快。"

然后，阿依丁从学校回来，父亲说："狗日的，你拿着我爸的眼镜想干什么呢？"阿依丁并不知道找到镜片的事，因此还发誓说他对镜片一无所知。父亲说："少废话！"他把阿依丁拽到院子里，用绳子把他绑在松树上，用腰带使劲抽打孩子的屁股，打得连他自己都喘不上气来。但是，也没起什么作用。因为阿依丁坚决否认，毫不屈服。父亲更加恼怒，又打。优素福那个时候九岁，在上层伊望的栅栏边大哭，又哭又闹。父亲吼道："狗日的，又没打你，你嚎什么？"

母亲赶到她的心肝宝贝面前时，已经上气不接下气了，父亲已

---

① 格布勒：穆斯林朝拜麦加的方向。穆斯林在死之前一般会把脸朝向麦加的方向。

经用鞭子把阿依丁打得浑身青一块紫一块了。母亲紧皱眉头径直走到父亲面前,从他手里夺下鞭子,喊道:"你这么打我的孩子,你着魔了?"

父亲说:"他也是我的孩子。"

母亲不再说话,就那样哭着把阿依丁从树上解开,带走了。第二天,阿依丁由于腰腿疼痛没有去上学,待在家里,让母亲心疼。

父亲从他合伙人那里买下店铺的时候,显得异常兴奋,给五岁的乌尔韩买了一个二手的铁皮卡车。这个皮卡车有十二个塑料车轱辘。乌尔韩用绳子拉着它在院子里玩儿,卡车发出哒咯哒咯的声音。阿依丁一直躲在暗处,等着乌尔韩瞌睡,或者是有片刻疏忽,他好去把卡车仔细研究一番,看看那声音是从哪里发出来的。他把汽车的肠肠肚肚都掏出来了,一个劲儿地捣鼓,但还是没搞明白。

几天之后,他用木头、木头轴、铁丝和优素福圆珠笔里的一些墨水,自己做了一辆汽车,但是不发声,车轱辘也不动。他又去捣鼓乌尔韩的汽车,把它大卸八块,然后又重新装回原来的样子,还是没有搞明白。五年之后,他的设想终于成熟了:用铁皮、木头、白铁皮罐,还有其他一些从卢尔德电扇制造厂弄来的乱七八糟的东西,组装了一辆跟乌尔韩的汽车一模一样的汽车,又能发声又能跑动,而且前面的灯还能亮。但是,连乌尔韩的汽车的零头都不到。父亲说:"驴崽子,难道我没给你买放大镜吗?乌尔韩的汽车关你什么事儿?"

父亲不知道该如何表达他的兴奋,只是漫无目的地走来走去,从楼下走到楼上，走到走廊尽头，走到客厅，走到那边的房间，然后在没有打开窗户的情况下，不由自主地从那上面向邻居们问好，并问候身体健康。父亲又回到楼下，对母亲说："如果我的孩子们争气的话，以后他们可以买下客栈廊道汇合处的店铺，然后把它们连在一起……"但是，谁也没听他的话。

他给阿依达买了一个美国产的塑料洋娃娃，一摁就会叫唤。洋娃娃一直被阿依达抱在怀里，在阿依达的轻柔抚摸下，连叫也不叫一下。洋娃娃是一个黑皮肤的胖女人，人们一摁它，它就眉头紧蹙，发出尖叫。那叫声就像凄厉尖叫的女人的哭泣。阿依丁在被父亲痛打了一顿之后，又埋头弄洋娃娃，把洋娃娃拿到楼上房间，把那哨子用牙齿从里面拽出来，总算知道了那叫声是从一个小扣子里发出来的。他把那扣子放在嘴里一吹气，一种奇异的享受让他陷入狂喜，他又吹。然后，阿依达听到她的洋娃娃在院子里一个劲儿叫的声音，她从窗户望出去，看见阿依丁在发出洋娃娃的声音。她走到院子里，细细琢磨，但还是没搞明白，甚至又从前面看阿依丁，依然没有搞明白。阿依丁说："你摁我。"

阿依达一摁他，阿依丁就发出尖叫，跟洋娃娃一模一样。然后，阿依达就去找她的洋娃娃。尽管她哭得很可怜，但是没有人理睬她。因此，她下定决心自己解决问题。当阿依丁正捣鼓优素福的圆珠笔的时候，她一下咬住阿依丁的耳朵。阿依丁嚎叫起来："疼死我了！"

阿依达说："把我洋娃娃的哨子给我。"

那个晚上，阿依丁又被一顿痛打，差点儿没了小命。因为父亲为了阿依达,不想让她变得低贱。他相信,女孩子应当学习持家,然后生孩子,捣鼓真正的洋娃娃。第二天是周五,阿依丁把时间都花在了放大镜、纸和太阳上。他让邻居家的孩子们都聚在他周围,没有用火柴,就把他们的作业本和书本全都点燃了。那个时候,孩子们才赶紧去抢自己的书本和作业本,但是已经晚了。火焰在那刮风的秋天天气中吐着火舌。

阿依丁不是一个规矩孩子,淘气在他的血管深处流动,在他的耳朵里嗡嗡作响,把他拽向调皮捣蛋,把他塑造成这样一个人:让别人不得安宁,让别人毫无办法。他从来没有安宁的时候,一天到晚都在寻找什么东西。他就像阿依达的另一半,从他脑袋里总是冒出奇怪的激情,在晚上是最后一个睡的人,在早上是第一个醒来的人。母亲用安慰、慈爱、玩具、钱币、食物,手边有什么就用什么,把他给养大了。父亲愕然不知该拿这调皮捣蛋怎么办。在他的叛逆中,父亲变得卑微。他不念书,但总是拿二十分[①],这更让父亲惊愕。但是,父亲除了打孩子之外,不知道其他方法,正因为此,他无法控制住他。最终,父亲明白他压根儿就不是这个七岁孩子的对手。父亲渴望安静,他精疲力尽地从店铺回来,需要一个安静甜美的孩子来填充他的时间。在所有孩子中,他更喜欢乌尔韩。乌尔韩会说甜言蜜语,也会像优素福那样沉默不语,非常依赖父亲和母亲,这让父亲感到很满意。他们亲自喂他饭食,晚上他在父亲的膝盖上进入梦乡。与阿依丁和阿依达这对难管教的双胞胎相反,乌尔韩很听

[①] 伊朗考试制度以二十分为满分。

话,他只想坐在父亲的膝盖上,吃嚼烂的开心果。父亲嚼烂,然后放进他嘴里。这事儿对他们两个已经成为一种习惯。

优素福心里想像多年前那样吃嚼烂的开心果。但是,他也满足于在小乌尔韩身上看到他的过去,没有烦恼,哪怕再小的借口也不会找,他的脑袋像封了清漆,就在那里摆弄个什么东西直到睡过去。有些时候,他坐在一个角落,看着那些大一点的孩子们说话和玩耍,很能忍受孩子们的捉弄。甚至就算他们把一杯水倒在他的领子里,他也不会吭一声。他认为理所应当如此。尽管如此,比起别的事情来,他更关注的是那对双胞胎。他爱他们,把他吃的东西给他们,靠近他们,想吸引他们的关爱,但是并不成功。那双胞胎手牵手,走到院子角落,把松果叠放起来,搭建成一座神话中古老城堡的样子。

父亲说:"优素福和乌尔韩随我。"

很多年之后,一个寒冷的冬夜,在火盆旁的被子中,父亲把被子一直拉到下巴。他很担心阿依丁的状况,说:"我不知道这个家伙像谁,无论我怎么想怎么看,在我们家族中没有这样的人。他的样子也不像,他的行为也不像。"

母亲说:"你播的种,我生的。"

"唉,要是我没播种、你没生他就好了。"

父亲显出一种无辜的神情,他眯缝起双眼,忧伤地说道:"不像咱们的孩子。既不要钱,也没有欲求,也不算计人。"

总之,多年之后,阿依丁也感到跟这个家庭没什么亲近感。那些孩提时代的调皮捣蛋已经被他忘记了,任何事情对他来说都没有新鲜感,仿佛他之前在这个世界上生活过一回,现在是第二次经历。他感到他的样子也不像家里的任何一个人。跟阿依达相像的地方,也随着岁月的流逝而消失了。在十八岁的时候,他非常瘦,又长了个儿,他的脸远远看上去有种令人欢喜的清秀,带有一种忧伤的神情。父亲的两眼很小,蓝色,几乎没有眼睫毛;母亲的双眼,假若刻意抹上浓重的眼影,会跟阿依丁那鞑靼人似的眼睛有一丝相像,而不是蒙古人的眼睛。父亲身材矮小,就像一颗葡萄干;他的声音却相反,能让人惊诧这声音是从他哪儿发出来的。一种冰冷犀利的声音,就像警察局官员们在发号施令。

祖父在他最后一次旅行时说过:"总是贾贝尔,他的声音大得吓人。"

母亲则是骨瘦如柴,纤细孱弱,就像一根稻草叶。她有一头漂亮的黑发,当她打开辫子的时候,长长的头发呈一级一级的波浪起伏。但是,阿依丁肩宽体阔,瘦高,两道浓眉几乎连在一起。一双细长的眼睛,耷拉在额头上的直发,把他与阿依达区别开来。

父亲说:"你们看这俩淘气鬼,正在使坏。"

母亲说:"唉,小孩子,你知道什么?"

父亲说:"这个儿子不会自然死亡。他会遭遇灾祸。"

母亲说:"千万别。"她皱着眉头,眼睛充满迷惑:"这是什么话呢,你在说什么呢,贾贝尔?阿依丁是我的心肝宝贝。他们全部只是一边,只有这个是另一边。"她一门心思都在他身上,想着他睡觉的样子,想着他淘气的样子,甚至想着他哭泣的样子。她总是说:"他的声音就像天鹅绒。"

父亲抱着乌尔韩,把他攥成拳头的手伸给大家看,掰不开。尤其是在睡觉的时候。父亲说:"你们看看这双手,这孩子会成为聚财的人。他把我的生活攥在他手里。真是我的儿子。乌尔韩。"

阿依丁对这些话毫不关注。后来,他的眼睛在夜晚的黑暗中追逐着乌鸦的时候,他想起来,松树上的乌鸦任何时候都不会从他那里得到安宁。他用弓箭要它们的命。阿依达也学会了眼睛愣神地盯着这盯着那,没有享受到一丁点儿兄弟姐妹之间的友爱。

阿依达是阿依丁的翻版,不差一丝一毫。笑得很可爱,淘气,总是闹腾。她只要远远看见父母的脑袋就足够了,而不用把家装在她脑子里。她让兄弟们把手指放在嘴上,让他们被自己驯服。除此以外,她还非常漂亮。这使得父亲每时每刻都在担心她。他想阿依达成为一个庄重、沉稳、少言,甚至保守落后的姑娘。然而,相反,她很精致、爱哭,甚至用她脸上装出来的模样得到她想要的东西。一直埋头于店铺买卖的父亲,突然注意到家里正在发生变化。孩子们,尤其是阿依达,发育得非常快,很快就长大了。同样地,他自己的年岁也与日俱增。然而,阿依达却更迅速地长高,长漂亮了。

父亲把她那倔强吵闹的脾气在岁月的长河中磨碎了,阻止住她灵魂中的所有躁动不安,把她塑造成了一个安静听话的女孩。当然,他不是一个人做到的。他得到了母亲的帮助,他请求母亲在厨房里调教阿依达。他说,如果她想教她学习用缝纫机,就在厨房里。甚至,如果是想教她做花，也在厨房里。阿依达在厨房里吸收湿气，习惯了散发着恐怖的孤独。她既没有同学，也不用为做什么事儿而迈步走出家门，甚至也没有谁上他们家去。渐渐地，她与兄弟们隔绝了，养成一种怪诞的性格——在家里任何人身上都没见过。她叹息天轮昼夜不停地运转，觉得任何地方都不是自己的地方，习惯了寂静，极少出现，乃至大家都忘记了她，仿佛她来到这个世界就是独自一人。在十一岁的时候，无缘无故地得了关节风湿病。舒尚尼克大夫决定每个月给她打一针青霉素。

从那之后，每个月一次，阿依达在阿依丁的陪伴下去舒尚尼克大夫的诊所，很顺从地躺在床上，然后一瘸一拐地回家。她独自在厨房里吃饭，独自洗涤，独自烹饪，独自睡觉，深沉的漠然就像患上了麻风病一样。谁都不问："阿依达在哪儿？"除了阿依丁。父亲就会吼："你在诅咒吗？"再后来，一个默默忍受的、逆来顺受的、面容憔悴的、凄楚忧伤的姑娘从父亲的家直接走到了丈夫的家。她的名字叫阿依达。

2

沙赫里瓦尔月①开始了，父亲在母亲的强烈坚持下没去店铺，

---

① 沙赫里瓦尔月：相当于公历 8 月 23 日至 9 月 22 日。伊朗的学期是以梅赫尔月（相当于公历 9 月 23 日至 10 月 22 日）的第一天为正式开学日，这之前是进行报名注册等手续。

而是去学校给优素福和阿依丁报名注册。母亲记得,她的两个孩子是第一批报名注册的孩子,他们的名字在花名册的最开头。父亲说:"这简直是折磨。向真主发誓,这简直是折磨。"

母亲说:"那么,谁给他们写名字呢?"她急匆匆地给孩子们穿上衣服,还给他们梳了梳头,又用湿手帕给他们擦脸,说:"每个孩子的父亲都必须至少一年去一次孩子的学校看看。唉,你呢是忙不过来,一年一次你总该行了吧。"

父亲穿上西服套装,但是,他喜欢在做事情的时候咆哮。就像往常一样,他把皮高帽的帽檐使劲在手心里拍打,怒气冲冲地说:"如果没有我……"他把皮高帽戴在头上,从台阶下去,又问:"我该给他们报名哪个年级?"

小巷里,一些人急匆匆地朝大街走去,商店还关着门。电扇制造厂一反往常地沉默不响。显然,一天的工作还没有开始。父亲没有说话,但他感到应该紧紧抓住孩子们的手。当他从电扇制造厂前面经过的时候,看了一下那个深坑,站在工厂周围的尖刺铁丝网附近,让孩子们站在后面,说:"这么多人都去哪儿呢?"他在跟自己说话,孩子们听不出头绪来。

工厂的红色人字形屋顶的大厅在几排白杨树旁懒洋洋地铺展。工人们从两个大厅里出来,扛着铁锹铁铲,从白杨树的大道朝街上走来。工厂里没有任何声音传来。用父亲的话来说,整座城市就像宁录①的部落抛弃他们的生活和家园，走向荒漠。

大街上，无数的男人们手里拿着木棒，肩上扛着铁铲，还有一些拿着武器，满脸严肃，脸颊凹陷，眼睛在眼窝里瞪着，从谢赫·萨菲·丁大街走过，绕过国王广场，继续走在伊斯玛依尔国王大街上。他们没有一丁点儿的声音发出来。他们在警察局的砖头建筑前站住了。那里有个小花园，种满了鸡冠花、大丽花，四周铁栅栏围绕，更像私人医院。那个时候，大家全都在地上坐下来，一种无声的骚动萦绕在人群中。他们的人数是那么多，父亲无法看见广场那边尽头的人群队伍。干燥的风吹来，刮起尘土。父亲抓住孩子们的手，只是看着。还有一些人陆续到来。坐着的男人们用一只手抓住他们的皮高帽，以免被风刮跑，在他们的另一只手中一定有什么东西。父亲只能够说："风刮进你的皮高帽，掀起它。"他把阿依丁和优素福的手抓得更紧了，站着，看发生了什么事。

父亲问一个手扶木棒的男人："什么情况？"

男人没开腔，很快就从那里离开了。父亲说："如果我们还不赶紧回家的话，我们会成为人家的俘虏。"但是，他根本就不知道这么多人是为什么而上路的。他只是选择僻静的道路，拽着孩子跟着自己。他以前见过，把一些失业的男人们运送到德黑兰或者其他城市去筑路，挖隧道。甚至，他还看见过一大清早或者是傍晚在阿

---

① 宁录：最早出现在《圣经·旧约》中，其谱系为挪亚的次子含的长子古什的长子。《旧约·创世纪》10:8 记载："古实又生宁录，他为世上英雄之首。"之后，有多位巴比伦和亚述国王用这个名字。并且，宁录也是亚述古城，后被遗弃。

里伽普尔广场征集工人。此刻，父亲震惊的是，为什么人群集中在警备司令部前面，为什么有些人还有枪，为什么这些男人全都如此沉默；并且，他还震惊于阿尔达比尔竟然有这么多男人，之前他从来不知道。他问一个老头儿："什么情况？"

"没什么。"

老头儿皱着眉看着父亲，让父亲低下了头。这之后，他尽量不再问人了。他选定大街的一个方向，匆匆走去，果然看见那大块头的警察阿雅兹，他宽大的唇胡一直到了面颊。远远地，父亲就说："就是他。"

阿依丁说："谁？"

"别说话，赶紧走路。"

他兴奋地朝阿雅兹奔过去。阿雅兹站在台阶上，盯着人群。父亲想走上前去，亲吻他的脸颊。但是，阿雅兹瞥了他一眼，摇动他的胡子，然后低声说："事态很乱。你根本就不认识我。"他充满友爱地眨了一下眼睛，弄得他的唇胡就像小花园中的葡萄藤一样翻卷。

父亲似乎在看对面的建筑，正好站在阿雅兹旁边，他问："什么情况？"

"国家安全。"

"咱是输了还是赢了？"

警察阿雅兹用他那双宽大的手把人群推向一边，从牙缝里挤出一句话："德国、俄国下地狱吧，我去你妈的。"他看了父亲一眼，父亲只能够说:"咱该做什么呢,阿雅兹·汗①?"

"看好自己的脑袋。就这。"

父亲说:"我很放心,阿雅兹。"

父亲家的围墙很高很牢固,建筑物有高高的带角的拱形门洞,没有任何看不见的死角,就像一座城堡。它的建造者尽了自己最大的努力,甚至,窗户都比常规的要高。房檐砌得让人抓不住。除了这些之外,卢尔德电扇制造厂矗立在父亲家的对面,让他觉得很放心。他知道,即使人家制造城市骚乱,也不会染指卢尔德小巷。因此,他说:"不要紧。"

人群无声的骚动,窃窃私语,风乱刮,这种不安全的感觉一天一天地持续。物价飞涨。政府机关和商店都关门歇业了,饥饿开始了。长长的队伍排在烤馕店前面,推推搡搡,甚至铁锁也无法阻挡人们出现在大门紧闭的烤馕店门前。

生活中的事情却是不断出现,超出了孩子们和女人们的负荷。只有父亲必须在半夜就去烤馕店前排队,第二天中午才带着一张或两张馕回家来。俄国人的飞机不断来袭击,伞兵从那上面缓缓地降落下来。人群望着天空,骚动地嚷嚷:"飞机、飞机。"

父亲为了学校的报名注册和燃料费而支付了十土曼,不是很高兴。他盘桓在广场入口,在"正义的阿努希尔旺"小学,给孩子们报了名。而现在,他只想快点回到家,把门在身后锁上。他不时地

---

① 汗:原是蒙古统治伊朗时期统治者及王公贵族的称呼,后来在伊朗演变为普遍性的对男性的尊称。

对阿依丁说:"赶紧走,看什么呢?"

优素福走路总是脚下拌蒜,他的目光落在第一批次的俄国飞机,它们在城市上空演习。父亲惊恐地拽着两个孩子向前走,但孩子们不想走得像父亲那么快。他们想要观看。因此,父亲大汗淋漓。

显然,那天傍晚,阿尔达比尔无数的男人都 无法阻止侵略。军队投降了,俄国人涌进城里,把所有的地方都戒严了。渐渐地,城市进入完全的停顿。警察局倒台了。纳林城堡是阿尔达比尔卫戍部队的驻扎地,也是阿塞拜疆最大的军营,他们投降了。天刚黑,俄国人的飞机就降下一队一队的伞兵。

父亲说:"无论如何,什么都得节约着用。"

他把所有的东西全都集中在一间屋子里,不断地走到窗户跟前看看是否有什么情况。有好几次,他把就像猫崽子一样从门墙上跳来跳去的阿依丁赶离窗户边。他在房间里踱步,末了,就说:"最终会有结束的时候。这种状况无法持续下去。下地狱吧!无论怎么样,这种状况都应该结束。"

可以听见遥远而低哑的声音,时不时还可以听见城市周围流弹的声音。乌尔韩和阿依达吓得不敢离开母亲半步。但是,阿依丁让优素福用手为他做磴子,他踩上去爬到窗户壁龛上,从那里告诉大家有什么动静。然后,他抓住优素福的手,把他拉上去。他们看见三个伞兵在天空中,一点一点地降落下来,风把他们吹来吹去。

父亲说:"但愿我没弄错,我们要遭殃了。"

优素福悄无声息地看着伞兵,使劲伸着头,双眼圆瞪地望着天空，仿佛如果眨一下眼皮，他就再也看不到他们了。他说不出话来，口水从嘴角流下来。阿依丁时不时地给母亲讲，伞兵现在到了哪儿了，有几个人，都是什么颜色，风把他们吹到了哪一边。所有的这些伞兵都取决于运气，有可能一个落在松树上，或者是掉在水池中。不确定。父亲突然想起阿依达来，想起一个安全的地方。

母亲说："天上也下人啊。这不是灾难吗？"

阿依丁说："不，不是，美极了。"

父亲说："他们放弃了这整座城市，人家直接就进入阿尔达比尔了。这也活该我们倒霉。"

阿依丁说："如果他们中有人落在松树上，就会缠在树枝上。"

母亲说："不知道这些不信真主的人会对我们干些什么。"

阿依丁说："第一天，咱不给他饭吃。咱让他就在那上面荡秋千，他会觉得很爽的。"

阿依达说："咱可以从楼上房间的窗户把水倒他身上。"

阿依丁说："咱还可以在树下面生上火。"他搓着双手，兴奋得笑起来。

阿依达说："第二天，给他吃点馕。"

优素福说："你们什么也别给他，让他快点死掉，更好。"

阿依丁说："不，我们一天给他一小片面包，以免他死掉。这下，我们跟他可有事儿干了。"

阿依达说："没错，我们拿一根长木棒拨弄他，让他荡来荡去。"

优素福说："很好，你们就给他馕吧，但是不要太折磨人家。"

阿依丁说:"又有两个也正在降落下来。他们的衣服一定跟其他人一样,都是蓝色的。风正在吹刮他们。"

从外面听到士兵队列的声音。

母亲说:"一定是世界末日到了。"她把灯笼的芯子挑亮一些,以便把晚饭端来。

父亲说:"不,根本就不是这样。事情都是德国造成的。好了,就让他们占领吧。有什么区别呢,是这个国王还是那个国王。对于我们这些只需要一口馕度日的人来说,管他是希特勒,还是罗斯福,还是国王。驴子还是那头驴子,只是它的驮鞍换了。果真是那该死的斯大林为俄国人下了双黄蛋?他们受尽了苦,现在要债来了。向真主发誓,如果我是希特勒的秘书,战争结局可能就不一样了。"他支持俄国人,希望用他的双手把全世界的人都拽到莫斯科。他说:"到俄罗斯的路从这里开始。然后,我们成为桥梁,没印度和中国什么事儿。一个小时就可以占领所有的地方。就让人家占领吧。不管怎么着,都比我们现在的状况更好。"

那时,他的眼光落在阿依达和孩子们身上,沉默了片刻,摇了摇头,深深叹了一口气,说:"我是伊朗人,我为我自己的国家而心焦。但是,你们看看,现在成了什么样子了,人们都很愿意人家来占领,盼着人家把自己从灾难中拯救出来。"

之后,子弹的声音密集起来。阿依丁从窗户上跳下来,想从家里跑出去,父亲狠狠地扇了他两个耳光。

那个晚上,家里所有的人都梦见了伞兵,每个人都梦见吊在绿色降落伞上从空中降落下来，荡来荡去，获得解脱。仿佛人们的心底里空荡荡的，从山顶上，倒栽葱跳向山谷中央。父亲在那个晚上从梦中惊醒四次，每次喝一口水，就念一遍昏礼和宵礼的祷告词。结果，他错过了晨礼。伞兵的梦折磨着大家，正因如此，大家不断从梦中惊醒，喝口水，又继续睡，接着刚才的梦继续做下去。

第二天早晨，冲突仍在继续，父亲没能去店铺，待在家里，牢骚不断。一方面是无所事事让他失去耐心，另一方面也是因为烦躁不安。他总是找茬，有两次扇了阿依达的耳光，一次用他自己的话来说，给了优素福致命的一耳光，三次用腰带狠命地抽打阿依丁。

他说："我没办法把四个孩子都拉扯大。这个小疯子怎么想把世界翻个个儿？"

母亲说："现在我们该咋办呢？"

父亲说："他们把我们的国家拽进了粪坑，既没有消息，也没有广播，不知道人们到底遭受了些什么不幸。"

飞机又来进攻了，降下一队一队的伞兵。父亲从窗口观看，说："事情结束了。"

优素福在挨了致命的一耳光之后，就走到上层的伊望去了，从那里观看伞兵。但是，阿依丁还是四处乱窜，急匆匆地报告着消息。他从各个窗户可以看到四下所有的地方，可以详详细细地报告在宅子周围发生的事情，他说："收音机，收音机响了。"

父亲拿起收音机，知晓了事态，俄国人占领了整个伊朗北部。他径直走去干果商客栈，给他的店铺大门再上了另一把锁。正是在那个时候，他明白了，食物状况很糟糕。商店全都关门歇业了。一些人正在砸锁，大白天，众目睽睽之下，抢劫商店里的货物；一些人打另一些人。警察局被解除了武装，警察全成了草包。警察局保安厅的官员也行偷盗之事，被阿里伽普尔社区的工人们痛打了一顿。在这样的乱世中，父亲明白了，他必须在烤馕店的队伍中从白天排队到晚上，又从晚上排队到早晨。城市空空荡荡的。后来的那些日子，父亲依然在排队。他简直不敢相信他看见了警察阿雅兹，他穿着便服，骑着两轮摩托车，从大街上经过。他穿着便服显得更胖。父亲一下子跑出队列，冲到阿雅兹跟前，从背后打了他一掌，抓住他两轮摩托车的后座，就那样一边跑一边说："阿雅兹，阿雅兹，我有求于你，你替我着想吧。"

阿雅兹停住了，从车上下来，满脸皱着，说："你不该靠近我。晚上我到家里来。你走吧。"

深夜漆黑中，阿雅兹来到宅子里，说："我没多余时间，贾贝尔。我们现在的事务非常繁重。偷盗事件太多。俄国人对我们很不满。正因为此，我们都穿了便服。你记住了，在大街上，你压根儿就不认识我。"

父亲说："我指望你帮助我呢，发生了什么事儿？"

阿雅兹说："到处是乌鸦。"

父亲说："希特勒？"他以为他明白了阿雅兹的暗喻，说："因此，到处是乌鸦？"

阿雅兹说："是的，现在希特勒加大了压力，俄国人从这边，一定掐断德国人的脖子……"

父亲说:"你在说哪个乌鸦?"

阿依丁说:"王国走了。"他从台阶的栅栏弯下腰来,在黑暗中,盯梢父亲和阿雅兹。父亲说:"小驴崽子,你在那里干什么呢?"

阿雅兹笑了,笑得喘不过气来,说:"你有什么要求,请讲。"

父亲说:"馕饼。"

阿雅兹说:"每天四张,够了吧?"

父亲说:"如果我没有你,我该多遭罪啊。"

阿雅兹从家门出去的时候,说:"算在我的情意上,贾贝尔"他把门在身后关上了。

阿雅兹那所有的好意、惊人的情意和友善,让父亲流下了眼泪,或许还因为精疲力竭。他不清楚。眼泪从他双眼流下来。父亲是个胆怯的人,那时,所有的艰难于他来说都烟消云散了。

第二天,母亲头疼得厉害,父亲给她喝了放盐的柠檬水,也不管事儿。母亲无法做饭了,她用手托住歪向一侧的脑袋,艰难行走。

父亲说:"你至少坐下来,或者是睡一下。"

母亲说:"不行啊,我没法子呀。"

父亲说:"那么,我穿上衣服,咱一起去找那跳大神的。你把袍子披上,咱走吧。"

母亲说:"那,孩子们咋办呢?"

父亲说:"孩子们?唉,他们在家里,大门紧闭。"

母亲说:"不能把他们独自放下。"

父亲说:"那,咱把那两个捣蛋鬼带走,另外两个待着。"

他们战战兢兢、哆哆嗦嗦地上路了。跳大神的家在卢尔德巷子尽头,要拐两个弯,靠近苗圃。但是,无论他们怎么敲门,也没人来开门。阿依丁从两扇门的门缝里看进去,说:"他们在家,为什么不开门。跳大神的就在那里。她身上穿着红衣服。但是,她不来开门。"

母亲走上前去,从门缝里喊。门开了。母亲脸上绽放出笑脸。他们就在那廊道边坐下来。无论那跳大神的女人如何坚持要他们进到屋里去,母亲都没有同意。她说,她心里放心不下孩子们。

跳大神的女人拿来一个端部缠绕着棉线的大木勺子。她用手拉住棉线,念念有词,说:"好了,贾贝尔先生,开始吧。"

父亲说:"萨贝尔。"

跳大神的女人说:"萨贝尔、萨贝尔、萨贝尔。"木勺子在她双手间转动。

父亲说:"乌贾格阿里。"

"乌贾格阿里、乌贾格阿里、乌贾格阿里。"

"苏莱曼。"每次念叨一个名字,赞念就从头开始,而手中在不停地转动。

"苏莱曼、苏莱曼、苏莱曼。"

"法特玛。"

跳大神的女人双膝跪着,非常认真地仿佛是在穿针引线,她转动着勺子:"法特玛、法特玛、法特玛。"

父亲说:"咱还有哪些死去的亲人?对了,还有苏尔马兹。"

跳大神的女人说:"苏尔马兹。"

勺子突然停住了。跳大神的女人说:"苏尔马兹。"然后看着母亲,说:"你看见了吗?又是你姐姐。真主宽恕她吧,赐予她福祉吧。她有祈盼啊。真主宽恕她吧。你们快给椰枣和糖块。你们真的是要每隔一阵子就要给她福祉哦。"

母亲说:"很好,我们可以走了。"

跳大神的女人去厨房里取来火,抓一把芸香籽撒在上面。烟雾缭绕。父亲念了祝福语,说:"真主宽恕你那些死去的亲人吧。"然后给了她五土曼。

当他们回来的时候,没有一家商店开门,以供他们买点什么。母亲坚持无论如何要买点东西,给予福祉,但是父亲说:"这日子不叫日子,你看见了,到处都关着。"

母亲说:"我从没问你要过什么。死者的亡灵受折磨啊,真主会高兴吗?"

阿依丁说:"苏尔马兹是谁呀?"

母亲说:"是我姐姐,年纪轻轻的就死掉了。"

阿依达说:"为什么年纪轻轻的就死掉了?"一颗子弹的声音从远处传入耳朵,她为此很不高兴。

母亲用手抚摸阿依达的头,目光充满慈爱地说:"她得了病。"

当他们从俄国士兵们身边走过的时候,都默不作声,不由自主地加快脚步。士兵们一个个肩并肩,怀里端着枪,对从每一个经过的行人，用认真和怀疑的目光，从头到脚打量。阿依丁冲他们做鬼脸，他们笑起来。父亲呵斥他说，等一到家就要了他的小命。

饥饿、年轻姑娘的私奔、偷盗、人与人的打斗、厚颜无耻的士兵的强奸、人们的贪婪，还有灾祸，这些全都从战争后面钻了出来，牢牢地抓住了城市。几个已婚妇女被强奸；一个看守被大卸八块；一个姑娘从"老妈妈"街区失踪；几个关系紧密的年轻姑娘借口怕俄国士兵的强奸而离开城市；很多年之后，一个名叫热芭的二十八岁姑娘，一个地毯商的女儿，在德黑兰成了夜总会舞女，还改了名字。在事件发生之前，就有一些预兆性的想法不断折磨着父亲。他对母亲说："你若没生阿依达就好了。"

母亲搓着双手，感到浑身发冷。说："咱咋办呢？"

父亲说："不管谁敲门都别开门。"

但是，一切都无济于事。一个尘土飞扬的下午，有人使劲踹门。父亲不得已把阿依达藏在了台阶下面的洞子里。然后，他去打开了门。两个俄国士兵冲进来，一个蓝眼睛、瘦高个子，另一个则像椒盐粒一样小巧玲珑，他们用俄语说着什么，父亲听不懂。但是，他们在寻找什么人。父亲说："没信仰的，你们在找什么？"他很震惊，不知道发生了什么。他在想，他们会给他的某个家人带来灾难。他十二分害怕，说："怎么啦？"

士兵们听不懂土耳其语[①]，他们想进屋子里去。那时，他们一

[①] 本小说的发生地在伊朗阿尔达比尔，属于伊朗的阿塞拜疆地区。阿塞拜疆语属于突厥语系。本小说把阿塞拜疆语称为土耳其语。

看见阿依丁，就指着他，想把他带走。父亲说："他是我……我……我的儿子，阿依丁。"

士兵们抓住阿依丁要带走。阿依丁手里拿着一个管状黑色把手的簸箕。士兵们拖拽他。然后，就在那一刻，另外四个士兵冲了进来，把全家人拖拽到走道的角落上，他们用枪对着父亲。

阿依丁双眼发光，认真听着士兵们的话，很高兴的样子。但是，母亲哭起来。父亲双手哆嗦，说："莫非他做了什么？"

蓝眼睛、瘦高个子的士兵蹲下来，抓住阿依丁的两只胳臂，使劲摇晃，用俄语说着什么，阿依丁把簸箕给了他，说："簸箕。"

父亲说："莫非是你干了什么？"

阿依丁说："我用这簸箕把手说：哒哒……哒哒。"他把簸箕当枪冲着那些士兵。

士兵们一下子笑起来，哈哈大笑，笑得眼泪都出来了。他们其中一个说："误会了，闹着玩……"①从家里出去了。小分队的指挥官还在笑，说："真有意思，这小家伙。"②还把他自己的一顶貂皮帽给了阿依丁。但是，很多年之后，当阿依丁失去理智的时候，分不清那顶貂皮帽和父亲的旧皮高帽。乌尔韩把它戴到了头上，扣上他大衣的扣子，去店铺。

当俄国士兵从家里出去的时候，父亲揪住阿依丁的耳朵，正想把他拽到院子那边，又有人打门。父亲放开了阿依丁的耳朵，说："又

---

① 原文是用波斯语字母拼写的俄语。
② 原文是用波斯语字母拼写的俄语。

发生了什么？"这次他惊恐地打开门。是警察阿雅兹。父亲说："你好啊，阿雅兹，打哪儿来呢？"

阿雅兹仿佛从呆若木鸡的人堆里走来，耸了耸肩头，自己往里走，把门关上了，说："我来传个消息就走。报纸让我很难受。我说，你别不知道。"

父亲说："你因什么难受了？"

"这个待会儿再说。"他在台阶上坐下来。父亲请他到楼上房间，但是，他不肯。他说："中心地带的商店已经开了好几天了。这里，从明天开始所有人都必须把商店打开。没错，老兄。已经破烂不堪了，城市死掉了。每天我都去客栈看看，给犄角旮旯儿浇浇水，冲洗冲洗。我要说，锁呀门的，什么地方也没被打坏。唉，我们在这里已经没有别人了。"

父亲说："阿雅兹，你把所有的情义都用在我身上了。现在，你念念，让我看看。"

阿雅兹被汗湿透了。从衣领里把报纸拽出来，伸到父亲面前。阿依丁跑过去看。阿雅兹说："走开，坐在那儿去，我来念，你们大家都听着。"

阿依达穿着白色的遮袍，用牙齿咬着遮袍边儿，站在厨房门口的母亲旁边。父亲趁阿雅兹准备念报纸的时候，点燃了烟斗，与阿雅兹面对面坐下来："好了，念吧。"

阿雅兹说："他们正把咱国家整得一团糟，成了世界末日。你听听这里。伊朗是怎样遭遇突然袭击的。可怕的、让人心痛的消息从各个地方传来。消息传来说,半夜刚过,英国军舰就靠近了霍拉姆沙赫尔①,在枪炮掩护下,冲向港口。凌晨时分,伊朗军舰被击沉了,好几个海军士兵和军官被杀害了。"

父亲口张着呆了。阿雅兹看了他片刻,说:"你看到了吧,贾贝尔?我们有什么战斗力的军队呢?都是吹牛,唉。不久你就会听到你失去了阿雅兹。"

父亲说:"求真主千万别这样。"

阿雅兹说:"他们让威风凛凛的礼萨国王双膝下跪。现在,我念,你看看。"然后又开始念道:"几分钟之后,传来消息,巴扬达尔准将,他们杀害了海军指挥官巴扬达尔准将,还有勇士们。印度和英国军队登陆了。几分钟之后,又传来空袭阿瓦士②的消息。在这同时,北方又传来可怕的消息,他们在空中袭击配合下,入侵了阿塞拜疆,就是说咱这里,还有各个边境据点。这都是出自:各个军营达成了一致目标,俄军和英军在伊朗北部、南部和西部进攻伊朗军队,继续出兵。害怕与恐惧笼罩了所有人。外国军队迅速推进,很多家庭逃离城市。这些接二连三的消息每时每刻都愈发深深地刺激着国王,他下令召见俄国公使伊斯密尔诺夫先生,我见过他两次,还有英国公使布拉尔德先生。早晨十一点钟,两个侵略国家的政治代表在萨德阿巴德宫与国王会谈。他们的会晤持续了一个小时,显然没有任何结果。

---

① 霍拉姆沙赫尔:伊朗西南部港口大城市,靠近波斯湾。
② 阿瓦士:伊朗西南部胡泽斯坦省省会。

尽管他们的谈判没有一点消息，但是据推断，国王坚持苏联和英国政府应该向伊朗政府提出相关请求，并承诺：我下令以各种方式提供方便，使盟军运输战争物资的必备条件得到保障；同时，我们将减少德国人员；无论你们想要其他任何保证，都可以得到，只要你们放弃这场突袭，撤退自己的军队。

国王的坚持和恳求毫无作用。你看见了，贾贝尔，那个威风凛凛的人恳求这些人。好了，国王的恳求和期望毫无作用，正如上面提到的，这可怕的梦对于伊朗来说从几个月之前就被梦见了。这次会晤让国王感到十二分的厌倦，他明白了，除了向伊朗政府借道——他之前以为这就是进行突然袭击的最终目的，幕后的一个阴谋是，所有的不赞同和反对都是针对他自己，他们不想与他合作，把他视为推进目标的阻碍。"

阿雅兹说："当然,他们是和颜悦色提出这个的。他离开了。其实,那个时候,他已经离开了,为什么他们还要入侵？"然后,他继续念道："第二天，国王决定退位，召唤大臣们来萨德阿巴德宫。下午，大臣们都到了。他说：我知道，这场进攻和侵略的目的，是反对我个人。我认为，上策是阻止国家的骚乱，让无辜的士兵和人民在轰炸中免于血流成河、流离失所，我放弃王位，把王位交给王储。你们都发表自己的意见。我给你们几分钟时间进行讨论。

国王从会议厅出去了，大臣们在商议。国王的声明对大臣们产生了强烈的冲击。他们中两三个人流下了眼泪。然后，他们决定阻止国王退位，因为这一行动将会导致国家骚乱和崩溃，损失会更加惨重。他们提出了这个问题。

然而，礼萨国王处在盟军的强烈威胁中，根据温斯顿·丘吉尔的说法，沙赫里瓦尔月二十五日早晨，紧接着头天晚上的消息，苏联军队向德黑兰推进，并对国王发出通告：俄国军队正从卡拉季①向德黑兰扑来。这次突击的目标显而易见。国王除了离开首都和退位之外，别无办法。他召见弗路基②先生，把情况和盘托出，说：我从第一天就知道目标是反对我的，但是政府没有采取上策准许我的辞呈。今天，我必须退位了。今天，丘吉尔说：武器参与其中的时候，法律之嘴就闭上了。

沙赫里瓦尔月二十五日十一点半，弗路基先生在议会的讲台上说：我必须报告已经发生的一件重大事件……"

父亲说："政治就是混账东西。这是你自己告诉我的，阿雅兹。"

阿雅兹哇哇大哭起来，从兜里掏出手帕，用双手捂住脸。他哭得那么伤心，引得父亲也哭起来。过了一会儿，他没说再见，就从家里走了。一种死亡般的寂静笼罩了整个宅子。

一直低着头的父亲，深深地吸了一口气，说："所有的事情都是由于鲜血不恰当地流淌。"

阿依丁说："不是，不是这样的。他们想要占领国家才这样上上下下进攻。"

---

① 卡拉季：德黑兰西部郊区县，距离德黑兰36公里。
② 弗路基（1875—1942年）：礼萨国王的首相。

父亲说:"亲爱的孩子,是你更懂还是我更懂?"

阿依丁说:"如果是为了要血的话,那他们为什么要发动战争。他们扔水蛭就好了。"

父亲说:"大概就像你现在正在要我的命。"

母亲说:"好了,快要晚上了,我们回房间里,看看会发生些什么。"

大家就像每个晚上那样走到大房间。母亲点燃煤油灯。父亲卷起袖子,说:"好了,孩子们,都跟我来吧,洗小净,我要你们今天晚上都做礼拜。"

阿依达说:"我独自做。"

父亲说:"为什么?"然后扇了阿依达一耳光。

阿依达说:"阿依丁在礼拜的时候总是让我发笑。"

父亲说:"你别笑啊。阿依丁如果太闹腾,我就把他扔到外面去。"然后一巴掌打在阿依丁脑袋上。

优素福说:"哪儿?"

父亲说:"外面。巷子里。"

优素福说:"那,俄国人呢?"

父亲说:"他不需要你来为此担忧。"

3

一天,卢尔德电扇制造厂工人的工资被消减。消息就像风一样在城里传播。工人们非常伤心郁闷，说好从下周六①开始就不再去上工。其中几个人早在那天就撂下了工作。卢尔德先生听说工厂处在停工的危险中，因为他的经理人削减了工人的工资。

卢尔德先生很快在工厂的场地上安排了一场演说，当着工人们的面，打了经理的耳光，还处罚他，恫吓他，甚至咒骂他。然后，卢尔德指示说，在工厂的场地上专门为工人们搭建一个烤馕作坊，让俄国佬眼睁睁看着卢尔德工厂的工人们没有馕饼之忧，并承诺在两天之内，弄来消费用的面粉。他说到做到。

那是一间小屋子，朝外开了一扇窗户。面对那里所有的老人和儿童、大大小小的人们的饥肠辘辘的眼光，工人们不用再排队，他们接过滚烫的馕，包在餐桌布里，走向他们的家。谁也不知道面粉是从哪里来的，但是不断进来。一些人说，面粉是从土耳其弄来的，一些人相信是政府的。但是，警察阿雅兹对父亲说，他亲眼看见的，在一个隐蔽的地方，一些人从俄国人的卡车上搬运面粉袋。不管怎样，兴高采烈的工人们早晨去工厂，比以前多干一倍的活儿；傍晚，放心地带着馕饼包裹回家去。

产量真的是增加了一倍。一些阿尔达比尔的男人，他们之前并不打算在卢尔德的英国工厂里上班，不愿屈服吃英国人的面包，这时一下子全都涌来工厂报名。工厂工人的人数容量曾长期只有一半，这一会从早晨到中午就全满了。这是卢尔德先生在五年的时间里都没能做到的事情。

---

① 伊斯兰国家以周六为一周的第一天。

现在，面对人们的茫然和俄国人的惊讶，工厂没有停工而是继续运转。每天，一些贾马斯小卡车运载着电扇从那白杨大道开出去，显示着工厂在打仗般地运转。工人们不断地生产产品，工厂轰隆轰隆，越来越甚。工人们面粉的限额增加了几倍。卢尔德馕饼在工厂外面以令人震惊的价格被转卖。从一手转到另一手。然后，已经不新鲜的馕饼以原价三十倍的价格转到了父亲手中。真是好吃的馕饼。白白的，没有掺麸子，没有怪味。父亲说，很值。还发誓说，再多一些价格也值。

伞兵依然在城市降落。一种死亡的寂静笼罩了城市，一点声音也没有，除了无声的喧嚣和时而来自城市周围的一颗子弹声。

优素福每天躲在伊望上看伞兵，好几个小时待在那里。既不觉得口渴，也不想吃馕饼，哪儿也不去。一天到晚都在伊望上。一天，他决定要自己飞翔。这事儿他很轻易地就付诸实施了。他走到父亲的房间里，拿起父亲的那把大黑伞，用几段绳子把自己与伞栓起来，站在房顶沿上，飞了出去。然后，贾贝尔·乌尔汗尼家周围喧哗起来，母亲简直不敢相信。人群一直涌到了卢尔德电扇制造厂那边。

整个事件就是这样的，母亲长年累月地对她的孩子们说，他们的哥哥飞出去了，落到今天这个地步，成了介于人和动物之间的一种东西。活死人一个。一块肉。一头只知道吞咽的动物。孩子们很轻易地相信了，除了阿依丁。每当想到那个沉默的哥哥，他就彻底搞懂了，那场战争与入侵，对于他们家庭来说，只是为了改变优素福而发生。

他脑海里总是映现出优素福苍白无形的样子。他想起来,以前的日子里,优素福一定是一天到晚在做梦,或者是坐在一个角落,望着天空。在用伞飞翔之前,有一次,他模仿先锋队的游泳运动员,从伊望上层一个猛子跳入水池中,父亲想把他扔出去。但是,后来,不再可能把他从家里扔出去了。他带着浓烈的尿骚味和粪便味儿,在楼下房间的一角蜷缩在一块小褥子上。在他的五官中,只有视觉还管用,盯着人们,用贪婪的目光盯着别人的手。

他的一条腿从大腿部位摔断了,另一条从膝盖处摔断了。骨头扎进了肉里面,又从里面冒出来,在垫子两侧与他的双手平行,就像鸭子脚。

当人们把优素福半死不活、坏成一团的身体,在那战火纷飞的日子,抬进家门的时候,父亲从台阶上嚷嚷:"你们把他抬到墓地去。"

母亲说:"我们为什么要把他抬到墓地去?"

父亲说:"难道他还活着?"

母亲说:"不幸的是他还活着。"

但是,优素福既不叫唤,也不说什么,正在吃着一块沾满泥土的苹果,那是他之前在巷子里捡到的。从那个时候起,他们就把他扔在了屋子一角。他们敲遍了所有的门,也没有找到一位医生。父亲说:"他好像不痛,现在就让他睡吧。等战争之后再考虑他吧。"

母亲把他放下的时候,说:"贾贝尔!看,他的双腿在晃动。"

父亲说:"我不认为如此。"

几天之后,优素福已经失去了人的全部特征,变成了一头只会吞咽的动物，连一丁点儿的痛苦也没有，既不会感冒，也不会生病，也不发出一点声音。他蜷缩在房间一角，就像河流中央的一块大石头，任何洪水也不能摇动他一下。

卢尔德先生亲自来看他，向家庭表示惋惜，他称呼父亲为尊贵的邻居，尊贵的同乡，他决定每天配给他们五张馕饼，由工厂的勤杂工法尔曼先生每个傍晚给他们家送来。

母亲一天给他送三次汤泡馍，一勺一勺地喂在他嘴里，给他洗脸洗手，给他放便盆，给他换垫单。由于房间里臭味太浓，他们不停地烧绿沉香。渐渐地，优素福的名字被从兄弟和孩子的名单中一笔勾销了，他仅仅是个饭桶，除了腐臭，一无所能。纳依达诺夫医生说："已经不再会变成人样儿了。"

很多年之后，阿依丁度过了自己的童年时代，也弄明白了，所有人的人生轨迹都是从那里开始改变的。他很明白，往往第一个孩子会交还他人的厚爱；他也很明白，唯一的财产继承人为了占有会表现得更加贪婪。这些事情全是一场梦。后来，他清楚看到了这些事情的意义。

父亲想把更好的培养运用在阿依丁身上。然而，他越是用力，阿依丁越是落后。不仅他的努力白费了，并且最终害了阿依丁。在优素福之后，阿依丁成了长子。父亲开始了对他的严格要求。

一天，阿依丁满脸通红，大汗淋漓，在小巷口的水泵处喝了水，飞快跑进院子里。父亲正在柳树下的木榻上吃哈密瓜。他一下逮住机会，问阿依丁："你跑哪儿去了？"

阿依丁气喘吁吁地说:"在巷子里。"然后想跑去厕所。父亲大吼一声,把阿依丁钉在那里。

父亲说:"你跟巷子里的小驴崽子们一起玩儿?你认得他们的爸爸妈妈吗?"

"不认得。"他紧缩身子。

"就在这院子里玩儿。但是,别把玻璃打碎了。去吧。"

阿依丁朝院子角落的厕所跑去,他心咚咚直跳,心里七上八下。他在想,如何玩耍才能不把玻璃打碎。他站在茅坑边,心直跳。等他舒坦下来,猛地一下反应过来,他忘记了关厕所门。他看见父亲站在门前,正怒气冲冲地盯着他。

他说:"驴崽子,你就站着撒尿吗?"

阿依丁脑袋一蒙,在愉悦与舒坦中突然感到他的腰部被刺了一下。他赶紧拉上裤子,呆在那里。

父亲说:"过来。"

阿依丁过去了。父亲揪住他的耳朵,拧着他的后脖子把他带到了木榻前,说:"你难道是狗吗?"

阿依丁低着头,一直站在那里,直到父亲说:"滚吧。"

水池里,四条红鱼被热死了。那时,他才感觉到腰部一圈都在疼,双膝直哆嗦。在灼热和疼痛中,他明白了,鱼儿不是被热死的。但是,他不知道是咋死的。他三天尿不出尿来,母亲一个劲儿地给他吃西瓜。

阿依丁的马龙头一点一点地从父亲的掌控中脱离出来,叛逆不驯服。家人把他关在地下室里。他热衷于那里，家人也不去看看他，也不恳求他，他也不出来。他背书，写字。有一段时间，家人断了他的零花钱。他就在萨尔切西梅广场的酸奶店打工，搅拌奶锅，一天挣一个格朗的报酬。他把钱都用来买书买纸。

他愈加折磨父亲。家人连衣服也不给他买了。他就穿着那些旧衣服度日。他从不受任何东西的羁绊，只是认为卖瓜子太无趣了，他讨厌重复父亲的生活，他讨厌很多很多他这个年龄的孩子应当喜欢的事情。甚至，一个姑娘跳舞的时候，他也会感到不开心，也不明白为什么。但是，父亲认为阿依丁是与他们那个家庭的家长权威作对。他对此确信无疑，还发过誓。为此，他总是跟他过不去。

也有过一段时日，父亲以他那矮小的身躯、稀疏的头发从两侧绕到脑袋前面的秃顶脑袋，把阿依丁扛在肩头上，钻进舒拉比河里。阿依丁很害怕，但是，当他的双脚伸到水里面，冰凉与美妙的愉悦让他笑起来。他从两侧拽住父亲的耳朵，喊叫："贾贝尔！"

母亲把双腿盘在一起晒太阳，在舒拉比岸边的热泥土地上嗑瓜子。她说："不能叫贾贝尔。要叫爸爸。"

他叫："爸爸。"然后看着阿依达。

父亲把他从肩上放下来，抱在怀里，亲吻他的双眼，还亲吻他的喉咙。但是，他的唇胡扎进了阿依丁的皮肤。父亲又一次把他浸泡在水里，又把他放在岸边的热泥土上，说："去晒太阳。"

母亲赶紧用袍子把他包裹起来，使劲抱在怀里，说："爸爸很喜欢你，你看到了吗？"

阿依丁说:"没有。"

母亲也抚摸了一下阿依达的头。阿依达坐在乌尔韩的头上方,微笑着,嫉妒地看着父亲和阿依丁。母亲说:"他也很喜欢阿依达。"他用双手把阿依丁擦干了,把他放在她的双腿上,把一块晚餐的烤肉放进他嘴里,给他穿上干净衣服。

蓝绿的舒拉比河,在太阳光下显得更加宽阔。虽然城市在四周的小山丘后面看不到,但是

声音能传来。优素福,在舒拉比对面,在芦苇丛中,用弹弓打麻雀。

母亲说:"干什么老把食物含在嘴里,乖乖?赶紧吃呀。"

阿依丁的全部注意力都在优素福那边。芦苇丛在他看来很奇怪。后来,他在他那大而不当的窝里,回想起这番记忆,他看见父亲用香皂在舒拉比河里洗脸。在他看来,父亲用香皂洗了好长时间,而没有闭上眼睛。他问:"贾贝尔,为什么你两眼不觉得刺激呀?"

父亲说:"因为真主不愿意我双眼刺激。"

阿依丁说:"那为什么我两眼很刺激?"他想起来,太阳把四处照得明晃晃的。他在那明亮和令人享受的温暖中,看着父亲。十五年之后,母亲依然相信他很爱他的孩子们,没有哪个父亲像他这样爱他的孩子。他只是有点严厉。

那个时候,阿依丁想回到水里,再坐在父亲的肩上,跟他撒欢,尖叫。但是,母亲说,够了。父亲冲阿依丁做了一个怪相,笑起来,从那里浇他水,说:"再见。"然后钻进水里。阿依丁等了一会儿,

父亲没出来。他喊："贾贝尔。"他在岸上追寻着水里面，没有找到。又喊："爸爸。"他看着阿依达。阿依达也很担心，用牙咬着她的小遮袍一角，以免滑落。

母亲笑了，喊道："哎哟哟，爸爸呀你跑哪儿去了？"

阿依丁哭起来，喊："爸爸。"

那时，父亲从水下钻出来，使劲吐出一口气，笑起来，冲阿依丁浇水。阿依丁也笑起来，母亲擦干了他的泪水。后来，他不断地、一点不减少地回忆那一整天。他认为，回忆那一天，可以让他童年时代的最初记忆活灵活现。仿佛所有的一切都是从那一天开始的。父亲满脸笑容地站在水中，往脸上抹香皂，然后消失。然而，父亲不是这样的，他是一个沉默而枯燥的男人，喜欢他的工作胜过一切，整天皱着眉头。阿依丁在平常生活中总是战战兢兢地向他问好，总是直到最后一刻也对父亲有一种陌生的恐惧。后来，满二十四岁的时候，他明白了父亲是很骄傲的。正因如此，他盯着他此刻从水里钻出来，把自己包在白浴巾里。母亲给他倒茶，他就蹲在那里喝，又在太阳下躺了一会儿。那一边，有一群牛从他们头顶上方的山坡上走过，激起很多尘土。母亲把父亲的皮高帽盖在乌尔韩脸上，以免灰尘落在他脸上。但是，乌尔韩从梦中惊醒，哭起来，把皮高帽推开……

后来，轻柔的风把舒拉比的水面吹刮到芦苇丛的腰际。乌尔韩看着波浪退回来就笑起来。再往那边一点，优素福在打麻雀。阿依达咬着她遮袍的一角，微笑着。父亲对优素福说："蠢货。"

双胞胎，阿依丁和阿依达手牵着手，看着几只鸟儿，它们正在舒拉比的天空中上下翻飞。只看得见城里的一缕高高升腾的烟雾。之后，又有一群牛从那里经过。父亲把哈密瓜皮抛在最大的一头黑牛面前。他站了好久，等牛吃哈密瓜皮。

然后，太阳偏西了，父亲说："咱回去吧。"他们回家去了，因为起风了。

4

母亲十分瘦弱，眼睛又黑又大，那一双眼睛在双胞胎身上也可以看出来。她时常给凸出的颧骨扑一点胭脂红，有时也给双眼画眼影，还在两边画出延伸线，就像蒙古女人一样。她有两颗牙是金牙。她笑的时候，露出上面一排白牙。那两颗金牙紧挨着两颗犬齿闪闪发光。然而，当她担忧的时候，额头上就会布满皱纹，就像那些饱经风霜的妇女，知道很多事情，但是不表现出来。

她说："你们几个做了很多让父亲不喜欢你们的事情。但是，你们做错了。"

阿依丁说："我知道你想说什么。但是，幸好他跟我差别很大。"他看着松树枝，风吹刮着树枝，松针铺得满地绿绿的。

母亲坐在栅栏边儿上，仿佛时刻都有可能仰翻跌倒，或者是风把她掀翻。她说："你从学校回来，就直接上楼了。你说你上学了，但是我知道，你也读课外书籍。好了，你可以给爸爸帮点忙。"

但是，阿依丁不关注这些话，手里总是拿着一本诗歌集，还背了很多诗歌，他说："我不认为这个家的生存是安全可靠的。"他笑起来，母亲也跟着笑起来。母亲说："你看，乌尔韩在店铺里干活儿已经两年了。他有更多的钱，人们对他也很尊敬，他也比你更精力充沛，更快乐。你总是愁眉苦脸，你总是忧郁不堪，也许你自己并不清楚。但是，你小的时候，你是一团火，你脑袋里总是装着家。你不记得了吗？你吵吵闹闹的，一刻也不停止，机灵淘气。但是，现在……"她沉默不语了。

她那两条长辫子从两侧露出来。她把辫子放在前面，不断地打开发辫，又扎起来。她总是玩弄着三缕头发，一再地编来编去，但并不看着编。她编啊编，在手里绕来绕去："我拼命让你给爸爸帮忙，是为了从现在起让大家都知道，你们俩是兄弟。一个是你，一个是乌尔韩。阿依达嫁了人，就离开了。现在，她一副病恹恹的样子，有谁会来娶她呢。优素福也不再是人了。但是，你们两个的份额是均等的。并且，你还大一些。我不想你糟践了你的权益。"

阿依丁说："好吧，我去。但，只是暂时的。只是因为不想让你们伤心。"

第二天，阿依丁早上就去店铺，晚上跟着父亲和乌尔韩一起回来。他在那里，给顾客做推介，追要债款，刷地，擦玻璃，给麻袋里装满开心果和瓜子，写货物的价格和种类，插上标签。他是那么热心和认真，在两个月的时间内就完全熟练驾驭工作了，还能够把每天的记账汇入总账簿里，卖东西，用算盘进行加减。

父亲总是用眼角跟踪他,时不时地努力以间接的方式让他明白:生活就是如此。但是,乌尔韩不想接受。他难受,嫉妒,他希望阿依丁就那样埋头于课本和书籍。

一个晚上,乌尔韩说:"那你什么时候念功课呀?"

阿依丁说:"从不,我从不念功课,我只是在教室里听。"

那些日子,尽管战争已经结束了,但是城里还是不太平。党派①成员涌来,把卢尔德电扇制造厂的所有玻璃都给砸了一地。卢尔德先生在两次演讲中说,外国人不想让我们国家的工业向前发展,不让我们国家的尊严得到捍卫,如果维持秩序的军队不合作的话,他不得不关闭工厂,回到英国。一个庞大的工厂要是关闭,那所有工人都会失业,尤其这又是一个促进生产的年代,这对于政府来说不能忽视。因此,命令传下来。

在那个大雪纷飞的早上,大雪把整座城市掩埋了。阿里伽普尔广场是工人中心,两个浓密唇胡②的党派人员被吊死在广场正中央,骚乱平息了。

消息是警察阿雅兹告诉父亲的。天黑了,雪依然那么下着。父亲正打算关店铺,他扔下算盘,问:"阿雅兹,周五夜你忘了。"

阿雅兹把他的帽子扔在桌子上:"别问。"然后,坐在一个瓜子大麻袋上。

---

① 党派:这里指伊朗左翼政党人民党。1941—1953 年,在苏联影响下,人民党成为当时伊朗的第一大政党,掌控了文化领域,并发动工人反抗资本家的剥削。

② 浓密唇胡:因效仿斯大林的浓密唇胡,伊朗人民党党员很多留有浓密唇胡。因此,"浓密唇胡"逐渐成为一个代名词,专门指人民党党员或左翼人士。

父亲问:"局势有什么消息?"

"不成样子了。"

阿依丁和乌尔韩等着父亲把账本放进抽屉,清点钞票,他们好早点走。他们看见,阿雅兹很害怕的样子,他们两个都在猜测发生了什么事情。事件在阿雅兹脸上涌动。父亲准备把两曼开心果和两曼瓜子给他,好听整个事件的来龙去脉。他说:"阿雅兹,你说呀。"他把头凑过去。

阿雅兹说:"浓密唇胡们的骚乱平息了。"

"真的,老兄?!"

"没错。"他转过身去,看了一眼廊道,说:"你留心你自己和孩子们。有可能党派成员们会做些工作。"

父亲说:"我们,什么……我们,你自己更了解……"

阿雅兹说:"你没有党派的书籍或者宣传品。"

"绝对没有。"

阿雅兹说:"有可能,突然一下,把一张晚报,一张宣传品,或者一张纸扔进你店铺或者是家里。也有可能,他们把你孩子从学校带出来。"他看了阿依丁和乌尔韩一眼:"孩子们,你们爸爸整个一生都很自重。这些小胡子可不得了,一下子……就干了。你们要小心。"

父亲说:"小的一个没去上学,只有大的一个去。他也不听我们的话。"

阿雅兹皱着眉头,嘴张得比平常更大,他对阿依丁说:"你在学校都看见了些什么？啊？你什么也没干吧？这之后，你想去哪儿？"他对父亲说："把他弄出来。"

父亲说："我的想法也是这样的。在这样乱七八糟的局势中，我们也不知道哪一边说话有分量……"

阿雅兹用手打断父亲的话："你听说过'金匠战争'①。白天，他们彼此打得昏天黑地；晚上，他们在一个碗里吃肉喝汤。我是警备司令部的安全官员，掌握双方的情况。也就是说，不站在任何一边。"

父亲说："你真棒！"然后，他双眼盯着阿依丁。

从那之后，他就不断地审查阿依丁，查抄他的书本，每天都在他耳边念叨，让他小心。父亲还尽力阻止他去学校，认为他的长子应该走父亲之路。

那天晚上，他肩上披一件皮衣，就像所有地方的滑稽可笑的画家一样。他来来回回地走，踱步，说："你必须对我的话认真。你在多年之后想了解的事情，我现在就告诉你，生活不是开玩笑。你想读了书去哪儿？就算是读了三十年书，人家又能给多少工钱呢？"他在阿依丁脸前摇晃着食指："啊？人家又能给多少呢？"在阿依丁的沉默中，他变本加厉地说："一百土曼？一千土曼？你也无法比国王挣得更多。我现在就给你。条件是远离那些书本、功课和作业，而是要做人。"

---

① 金匠战争：波斯语成语。意思是双方表面上似乎在彼此为敌，争吵不休，实际上双方同在一个战壕，哄抬金价。

母亲说："就这样，阿依丁。"她正在楼上走廊的洗手间里洗父亲和乌尔韩的袜子。

乌尔韩说："你们还要强迫些什么呢？好了，他喜欢什么就让他做什么。强迫不来的。"

阿依达说："你是在诅咒吗？"

母亲说："他说得对。你做你自己的事儿。"每当父亲上前来说话的时候，母亲就一个劲儿地用手抓挠，无意识地抓挠某个地方，说："阿依丁，你好好想一想。"

父亲穿着那皮衣，就像是坐在皮榻上，很威严。家长式的强大与骄傲从他嘴里流出来："这么些年我打拼都是为了谁？为了什么？哼，还不都是为了你们，只要求你们不要损害我的名誉，损害我的利益。人们如果对某人尊重，那是因为钱，那是因为咱不依赖于他人。我心里想要你以你禀具的这个才能，就从明天开始，成为一个店主。你明白了吗，阿依丁？店主。"然后，他朝他的房间走去。

阿依丁坐在台阶上，无法直视父亲的脸，但听到了父亲的话，不知道是该害怕还是该惭愧。父亲双眼和眼镜中有一股力量，迫使阿依丁就那样待着，像往常一样避免直视。父亲走了，阿依丁才感到他有很多话该说。他希望父亲不要那么严厉，对乌尔韩满意就行了。但是，那昏暗的走廊，因父亲的走掉，突然陷入一种沉寂，让阿依丁恍惚间以为墙上的钟摆停止了摆动，而是父亲像钟摆一样走过来走过去。

母亲一个劲儿地抓挠袜子，或者是抓挠她一侧的鬓发。仿佛生活在自行旋转，水管里缓慢、重复、单调的声音在帮助生活旋转。水冰凉，母亲的双手冻得通红通红，就跟阿依丁红大衣的颜色一个样儿。阿依丁小时候家人带他出门时，总是给他穿上那红大衣。

阿依丁想起那大衣就觉得心里痒痒。大衣是一种悦目的红色，做工很好，对他来说已经小了，其布料是呢子的，有四个兜，一顶帽子从背后耷在他双肩上。他曾对母亲说："很漂亮，妈妈。"

下雨的时候，或者是天儿冷的时候，家人就给他穿上。这是他一生中拥有的最漂亮的衣服。有时，他想把它挂在某个地方，当他睡觉的时候可以看得见它。从那衣服中，他可以获得一种宁静，就如同父亲穿着皮衣所具有的那种骄傲。

父亲第一次给他在学校报名的那天，说不能再穿这大衣了。阿依丁哭了。父亲说："红大衣是女孩儿穿的。"

阿依丁还是哭，紧紧抱住红大衣，父亲从他手中拽出来，说："你明白吗？"

他没吭声，只是看着父亲。父亲非常生气，说："你要想穿，就说。"

阿依丁点了点头，父亲说："那我就不给你在学校报名了。"

阿依丁又哭。父亲把一只脚放在学校的台阶上，想让孩子屈服，说："如果你想我给你报名，你就不能再穿这个。"

"那好吧，我只在家里穿。"

父亲给他在"正义的阿努希尔旺"小学报了名，但之后，他再也没有看见那大衣。但是，它的颜色是红色的，很温暖，不像母亲的手现在是冰冷的。假若她在暖气上烤手，一定会感到刺骨疼痛，那时她不得不咬紧牙关，盯着对面的墙。或许她也在想，为什么父亲对孩子们总是这样怒气冲冲、刚愎固执。即使他们全都死掉，他也不会改变他的话。

母亲说："爸爸是为你担心。他是说你能够做各种工作。他是说你这么能干聪明，不要可惜了。他是想你待在他身边。他是为你好。"

阿依丁说："我知道，妈妈。"

"那，为什么……"她又沉默了，就像阿依达的沉默。

她低下头。她的头发又黑又蓬松，覆盖住了整张脸。甚至，她也没抬一下头来看看谁，除了瞟一下乌尔韩。现在，她与她的伴生灵魂，有着一样多的哀怨。好几个小时，她用她的黑发把自己与生活隔开。

晚餐时分，父亲说："你好像还想抗争，只是你不表现出来，你在想，世界就是你阿依丁。你听说过蚂蚁的典故吗？当水把它带走的时候，它说水在把世界带走。这对于我来说，是不能接受的。"

阿依丁说："您的想法对于您自己来说是可敬的，爸爸。"

父亲说："怪了，怪了，我们的孩子，却不赞同我们。"他把脸转向母亲，嘲笑了一下，说："某人想把这男孩的骄傲击碎。"

母亲说："你们不要太顶来顶去的了。"

父亲说："好吧，好吧，我以另一种方式说话。"他把脸转向阿依丁，一直盯到他的脚尖："儿子，你听着，从明天开始你不再去学校，而去店铺。"

阿依丁说:"我想继续读书,爸爸。"

"你不读又会咋的?"

"我会死掉。"

"那你就死吧。"屋子僵在沉默中。

父亲输了,不是这小青年的对手,他不知道该怎么办。他在自己的餐盘里添了一铲子米饭,说:"嘿,他要去死。"他又添了一铲子饭:"下地狱吧。"又添了几勺子菜,又舀一勺酸奶放进口里:"为我自己效劳吧。"然后,他开始吃起来。

过了好一会儿,谁也不说话。然而,父亲说:"你看见了吗?你的乖儿子要去死呢。"他吃了几勺,又说:"下地狱吧,一个小屁孩儿,竟然跟我顶嘴。"突然一下他咆哮起来:"不管我说什么,你都必须说:遵命。但是,显然,你对我很不喜欢,你不想做店主。难道我有什么不好吗?"

"我没有不喜欢你。但我决定要受教育。"

"你不受教育又咋的?"

"我会死掉。"

父亲勃然大怒,扔掉勺子,站起来,就那样穿着皮衣,就那样踱着步子:"你看看,你看到这厚颜无耻了吗?"

然后,阿依达来了,看了大家一眼,在母亲身旁坐下来。她双手湿漉漉的,手指皮肤已经苍老了。母亲说:"吃饭。"她看了阿依达湿漉漉的双手一眼,说:"舒尚尼克医生说了,你不能沾太多的水。吃饭。"

阿依达说："我没胃口。"

父亲咆哮："下地狱吧，你没胃口，你这天杀的！"

母亲说："关这个什么事儿呢？"

父亲从窗户看着外面，累了，也没胃口吃饭了，说："因为他们没一个像是人生下来的，每个都一副德行。我给他做'柏拉图糖浆'①，他却不喝。那好，那就下地狱吧，去受苦吧。"

然后，阿依达悄无声息地走出了房间。父亲说："你如果想读书，你就没有权利踏进店铺。"

母亲说："下午可以……"

父亲咆哮："没有必要，没有必要。从此之后，他没有权利进店铺。我也不需要谁来帮忙。店铺将归乌尔韩。"

乌尔韩胃口大开，可劲儿地吃。父亲又说："用阿雅兹的话说，跟两类人无法讨论，没文化的和有文化的。"

就是在那个时刻，阿依丁突然想用手触摸父亲，或只是想把手指头靠近父亲的手或脸。很多年了，他的手没有碰过父亲，甚至也没有机会从父亲身边走过。父亲身材矮小、头发花白、嘴唇僵硬、眉头紧锁。此刻，他依靠着靠垫，无比威严，让人动也不敢动一下。他显得是那样的陌生，只可以从眼角瞥见他皮衣的一角。阿依丁总是在想，如何才能把手放在父亲肩上，站在他身边。

---

① 柏拉图糖浆：伊朗一种香甜可口的果汁饮料名称。

5

提尔月①的一个炎热的周五下午,一辆黑色的奔驰汽车从卢尔德电扇制造厂的方向,转向父亲家的方向,激起满地尘土。那个时候,在阿尔达比尔还没有人见过这种汽车。汽车急速地驶来,街坊邻里对那漫天的尘土和速度震惊不已。当汽车停在宅子前,街坊邻里更加震惊了,因为从来没有陌生人来过贾贝尔·乌尔汗尼的家。即使有谁来,也不会开着那样的汽车来。车灯和挡板上的白铜,还有镜子,都闪闪发亮;车身的黑漆也干净得发亮;梅赛德斯·奔驰的徽标在汽车盖前的凸出部分上闪闪发亮,刺人眼睛。街坊邻里,有孩子的妇女、怀孕的妇女、孩子们、姑娘们,甚至一个瞎老头子,全都从家里出来看汽车,看这辆汽车在那里是为看谁而来的。

总而言之,父亲在院子里,正在松树和柳树的树荫下吃西瓜;阿依丁在楼上的房间里看书;乌尔韩刚好在那一刻因为阿依达没有好好洗他的袜子和衣服,给了阿依达一耳光。正在洗碗盘的母亲突然一下回过身来,把她手里的碗使劲摔地上:"没廉耻的东西,你为什么打人?"父亲大声吼道:"什么东西摔碎了?那边什么情况?"就在这一刻,门被敲响了。

阿依丁在楼上房间里,一下子合上书,竖起耳朵。接着,他又继续看书,看《罪与罚》;阿依达在哭;父亲的一牙西瓜在他手上,一朵红瓤在他嘴里叨着;乌尔韩说:"会是谁呢?"

---

① 提尔月:相当于公历 6 月 22 日至 7 月 22 日。

母亲惊恐地从厨房出来,声音哽咽地说:"死神。"

父亲亲自去开的门。一个坐在方向盘前的男人,漫不经心的样子,没有把头从车窗里探出来,说:"对不起,乌尔汗尼先生宅邸是哪一个?"

父亲说:"就是这儿。什么事儿?"他从房门口下了一级台阶,担忧起来。方向盘前的男人把车熄灭了,摇上玻璃窗,从后座上拿起皮包,特别沉稳冷静地走下来,锁上了车门。此刻,他就像一位求学的学生,风吹乱了他的头发,把尘土刮到了他眼睛里。街坊邻里,以及那个时候从小巷经过的人,都像石像一样,眼皮也不眨一下,看见那男人和父亲握手,走进了家门。父亲在家的过道里大声说话,好让家中女人知道进来了陌生男人,别露着头就出现,或者发出什么声音。男人很认真地观看宅子的建筑,看起来可能是来自市政厅,或者是想买房子。他手拿着皮包,目瞪口呆地看着门和墙,说:"真棒,真棒,多好的现代石膏装饰啊,俄罗斯风格的。但是,乌尔汗尼先生,整座建筑是按照英伦风格建造的。高耸的壁龛,对称的窗户。"他探头看一间屋子,以更欣赏的态度说:"真是不错,我很赞赏您的鉴赏力。这样的拱形圆顶建筑说明您是一位具有精致情调的人,乌尔汗尼先生。"然而,随后对房间令人厌恶的气味皱起了眉头,说:"蜷缩在那里的那个人跟您是什么关系?"

父亲说:"是我儿子,但是落到今天这个地步。十一二年前,在俄国人的入侵……"

男人说:"那么,你们也受伤了。"他看了看优素福——正在反刍式地嚼着东西。

父亲说:"我没事儿,但是我儿子想用我的雨伞模仿俄国伞兵飞翔,就落到了今天这个地步。"

"稀奇!稀奇!"他从房间里出来,关上门,说:"是的,我明白了,您也由于某种定命,因战争而受到伤害。您的这孩子是……"

父亲很震惊,为什么这个陌生男人不经邀请就进入房间,并且还朝楼梯走去。但是出于对他尊重,父亲说:"请上楼,请。"

男人在台阶前的脚垫突然站住了,说:"我是阿巴丹尼。"

父亲说:"您是哪儿人啊?"

阿巴丹尼说:"我是德黑兰人,但是我的名字是阿努希尔旺·阿巴丹尼①。"他与父亲又握了次手,这一次摇得更使劲。

父亲说:"欢迎您。"然后把他引到楼上他自己的房间。阿巴丹尼身上穿着藏青色的西服和裤子,打着淡蓝色的窄领带,他的胡须发际线低于常规程度,高个子,上唇胡须没有修剪成翘角,而是像个括弧。他一边观看窗户和墙壁,一边朝主屋走去,刚好在父亲的皮榻旁边坐下来。

父亲想尽早知道他是谁,从哪儿来,想要做什么,在盘算什么。父亲就像求知若渴的人,在阿巴丹尼正对面跪坐下来:"好了,咱直奔主题吧。"

---

① 伊朗人一般以籍贯为姓氏,比如"阿巴丹尼"按照常理应该是阿巴丹人,但也有例外。因此,小说中,阿巴丹尼强调说自己虽然姓阿巴丹尼,但是德黑兰人。也有可能是祖籍为阿巴丹,后来移居德黑兰。

阿巴丹尼说："这么着急啊？"他笑起来。

父亲说："是啊，请讲。"

阿巴丹尼："说真的，我也不知道从何处开始。但是，不重要。我终归是要说话的。您知道吗？我姐姐在两三年之前一直与你们比邻而居。我是从我姐姐那里知道的您的地址。"

父亲说："哦。"

阿巴丹尼继续说："我在两三个月之前一直在美国受教育，现在回到伊朗来了。是啊，应当好好规划规划我的生活。从我姐姐那里听说，您拥有全伊朗最纯洁最漂亮的女儿。"

父亲打了一个寒颤，他沉默不语，低下头。阿巴丹尼说："我想跟您的女儿，阿依达小姐谈谈。"

父亲呆了。在此之前，没有人敢提及他女儿的名字，更何况还要求跟她说话。他说："怎么了？您到底是什么人，竟敢……"他满脸通红，双手哆嗦。

阿巴丹尼说："我说过了，在下是阿巴丹尼。"

父亲站起身来，不知道该做什么，他很生气，说："就算如此，但是……"

阿巴丹尼用柔和的语气说："您别误会。我没有恶意。我想结婚。为此……"

父亲坐下来，低下头说："但是，这种方式不可以的，先生。"他的语气很僵硬，一丝微笑如同阿尔达比尔的冬天，覆盖在他脸上。他说："您知道，每座城市……"

阿巴丹尼说："我知道，应该考虑到风俗习惯。但是，我是一个爽直的人。正因如此，我才独自来拜访您。我只有一个要求。"

父亲说："请讲。"

阿巴丹尼说："如果可能的话，我想远远看一眼阿依达小姐，然后就告辞。"

父亲站起身来，说："没有可能。"他从房间走了出去。那时，他看见母亲和阿依达在楼上走廊里站着听，她们眼睛瞪着，脸色苍白。他抓住她们二人的手，迅速把她们拽到楼下，把她们送到厨房里，把门关上，问她们为什么不经允许就上楼了。然后，他问他老婆，现在该怎么办。然后，父亲把阿依达打发到地下室去察看青葡萄水和醋，再看看酸茄子泡好没有，有没有发霉。他老婆说，这人多大岁数啊？哪儿人？为什么这么厚颜无耻？父亲不知道。他用一个盘子端着切成块的红西瓜走上楼去，看见阿巴丹尼先生在抽烟斗。父亲说："想吃西瓜吗？吃吧。"

阿巴丹尼盘腿坐下，脸上一直挂着笑容，谈论各种各样的事情。这简直是不知天高地厚，一个人没当爹就不知道他爹妈的价值。国家正在变化，但是，现在这样儿，哪里赶得上美国呢。那些汽车，那些高楼，那些壮观的桥梁，尼亚加拉大瀑布，强壮的黑人，奴隶制，石油，爱情，生活和死亡。他说，就在这个国家，如果一个人勤奋，就能通过自己的双手获得一切。阿巴丹尼又问，为什么阿尔达比尔冬天的温度总是零下，为什么人们对一个四面有墙的家就心满意足，而不去考虑自己居住环境的美观。

父亲仿佛是责无旁贷地一一作答，他说了几句，弄了弄他的眼镜。阿巴丹尼说："我是一位建筑设计师，在一家道路和建筑公司工作。"他吃了一块西瓜，趁父亲没开腔，他说："我想与您不见天日的女儿结婚，我甚至知道她有风湿病，我还想医治她。"

父亲说："请您别谈这个问题。您吃西瓜，然后请移驾。"

阿巴丹尼又吃了一块西瓜，站起来，说："您对我不高兴了？"

父亲说："这个问题不是这么简单的。您又不是在买鞋子。"

阿巴丹尼说："不管怎样，我一两个月之后再来。如果您改变主意……"说到这里，他跟父亲握手，说："在下对能够成为这个家庭的一员会感到十分荣幸。"然后，他就走了。

就在他上车的时候，他从楼下窗户里看见一个黑眼睛黑头发的姑娘靠在门边上，眼睛眨也不眨，只是凝视。阿巴丹尼的心脏在颤抖，阿依达的心脏也在颤抖。

过了一个月，他的身影又出现了，他并不指望见着阿依达，又走了。这样反反复复持续了十四个月。他每次来，都为阿依达带一件礼物。有时是布料，有时是衣服，有时是鞋子，有一次是蛇形金项链。一天，父亲对阿巴丹尼说，如果继续这样持续下去，他要向警察局起诉。阿巴丹尼说，起诉好了，没关系。他蹲了六个月监狱，一放出来，就又开始了。父亲无助了，无法阻止阿巴丹尼。他与母亲坐下来谈了好几个小时，也没有得出一丁点儿的结果。他说，决不，绝无可能。他说："这个打领带的花花公子，想让我上他汽车的当。"

母亲说："别错过了你女儿的好运。你要想把他怎么办呢？"

父亲说:"我已经说过了,我连我女儿的尸体也不会给这家伙。"

但是,阿依达已经倾心了,悄悄地爱上了阿巴丹尼,但是没有勇气说一句话。她在宅子的角落里吸收湿气,就像一个聋哑人,继续她自己的平常生活,洗东西,做饭,做卫生。有时,如果感到非常孤独的话,就低声哼唱点什么。然而,所有事情之外,关节疼痛使她更加清瘦,更加没有精神。

一天中午,她从裁缝店回来的时候,发生了一件奇怪的事情。那天,她的目光看向电扇制造厂,心想她若不是女孩就好了,就可以从工厂的斜坡走下去,哪怕就一次,站在工厂厂房前面——厂房顶上覆盖着欧式皮帽一样的人字形红屋顶——大声叫喊,把工人们赶去上班,而她很快返回。然而,她脸上奔涌着一丝害羞,特别稳重地继续走着路。就在那个时候,突然,她感觉到一辆汽车在缓慢地跟踪她。她回转头去,是阿巴丹尼。阿依达感到有什么东西从她体内长出翅膀,飞走了,她的心底倾塌了。她的心脏急速跳动,脸上泛起红晕。她往后退,想让车子过去。但是,阿巴丹尼正从车上下来。那时,阿依达开始跑起来,就像一个逃离死亡的人,踉踉跄跄,跌跌绊绊。

阿巴丹尼上了汽车,脚踩油门,在阿依达前面停住。他从车上下来,挡住阿依达的去路,说:"我只想问你一件事。"他被阿依达羞涩的目光揉碎了。

阿依达浑身颤抖,心都快跳出喉咙了,脸上和整个身子都在发高烧,舌头黏在了上颚。她努力挣扎着想挪开目光,但是做不到。

她的双眼依然落在阿巴丹尼的双眼,呆住了。他担心地从黑遮袍外面抓住阿依达的胳臂,说:"阿依达小姐,您的注意力不在我这里?您身体不舒服吗?"

阿依达恨不得钻进地下去,躲起来;恨不得世界末日的号角吹响。她十分害怕父亲在某个地方看见她。她说:"别,别碰我。"她尖叫起来。

阿巴丹尼说:"我没有恶意。"

阿依达哭了。她转动眼光,看见了自己家,猛跑。仿佛风要把她带入工厂的深坑。路显得更加漫长。工厂的声音是锤子反复敲打一种硬东西的声音。在她跑回家的瞬间,她听见阿巴丹尼在说:"我来……做……我走了……不看了……"

那个晚上,阿依达陷入一种奇怪的状态,她全身的骨头都在叫唤,疼,疼,疼。家人把舒尚尼克医生请到她枕边,给她打了一针。但是,半夜,她发起烧来,说胡话。母亲把她弄到楼下大房间,弄到床上躺下来,把毛毯罩上白单子给她盖上。父亲额头满是皱纹,脑袋上头发稀疏,带着有腿儿的眼镜,来到房间里,在床边坐下来,握住阿依达的手腕,看她是否在发烧。但是,阿依达尖叫:"别碰我。"

父亲吓了一跳,让自己后退了一下。他强忍着,没扇阿依达一耳光。然后,母亲用湿毛巾给她的脸降温。阿依达看见自己躺在父亲跟前,感到害臊,一下跳起来,在地上蜷缩成一团。

父亲说:"你难道吃了燕子脑花儿?①"他站在阿依达上方,把手放在她额头上:"给她点儿艾蒿。"然后,走去自己的房间。

母亲说:"为什么怕爸爸?爸爸有什么可怕的,闺女?"她又把阿依达弄到床上睡下,想起阿依达的童年时光,很可爱。她亲吻了一下阿依达,把毛毯拉到她肩头盖好。当阿依丁来到房间的时候,母亲说:"你不该来问候一下你姐姐的身体状况吗?"

阿依丁说:"应该,应该,我来过一次,她睡着了。"

母亲说:"好吧,我得去看看晚饭给你们爸爸做点什么。"

阿依丁在床边上坐下来,看了阿依达片刻。阿依达双眼闭着。阿依丁叫:"阿依达。"

阿依达睁开眼睛,看见她的另一半,笑了一下。她的嘴唇起了皮。阿依丁说:"今天你非常漂亮。"

阿依达笑了,把头歪了一下。之前,没有人跟她说过这样的话。她心里多么想在此刻同阿依丁说话呀,阿依丁多好啊。她把双手伸进自己的头发,说:"不要开玩笑。"

阿依丁说:"请你相信,阿依达。当你双眼闭着的时候,你就像一个闭着双眼的天使。"

阿依达说:"现在呢,像什么?"

"现在,你像一个睁开眼睛的天使。"

阿依达笑了。阿依丁说:"很长时间以来,我心里一直想跟你

---

① 吃了燕子脑花:伊朗民间说法,人吃了燕子脑髓会导致人脑子不正常,失去理智。

说话。我不像爸爸和乌尔韩那样想。你也不能像他们。你已经很大了，应该自己给自己拿定主意。对任何事情都别怕。我今天看见你在工厂前面哭。但是，你为什么要害怕呢？你若是上他的车，跟他说说话，就好了。阿巴丹尼先生一定很喜欢你，想把你从这里带走。但是，我不知道你是否喜欢他。但是，你不要怕，死亡只有一次，哀恸也只有一次。"然后，他沉默不语了。有一片刻，房间沉浸在寂静中。

阿依达因疼痛而咬紧嘴唇，但是她在笑。她烧得迷迷糊糊地说："你是我兄弟。"然后，她平静地闭上双眼。过了一会儿，她睡着了。

她梦见了一个比所有天使都更漂亮的天使，就是她自己。她待在一处岩石上，没有人烟。水从岩石上流下来，天气特别清凉。

6

阿依达，阿依达，阿依达，家中的一员，她留在人们脑海中的记忆很少。甚至，阿依丁也在多年之后，怎么想也想不起这个女孩童年时代的任何事情，哪怕一句话，一次吵闹，一次出现。她在家里的储藏间里吸够了湿气，然后，没有任何抱怨地，用父亲的话来说，从这个家里滚蛋了。

她的婚礼在一个非常寒冷的秋天举办的，父亲没有出席。雪花在大街小巷结了冰。雨不停地敲击在玻璃上和人字形屋顶上。父亲把他的店铺关闭了整整一周，去了大不里士。他从阿尔达比尔的"玻璃熨斗"车站买了一张往返票。他坚决不妥协。母亲哀求他不要出席就是了。但是，他发誓说，在全都滚蛋之前，他不会回来。他在一个小提包里，放进礼拜毯、钥匙、一套内衣、一条毛巾，穿上他的黑色厚大衣——在他那瘦小的身子上显得很滑稽，戴上一顶新的高皮帽。在约定阿巴丹尼的家人从德黑兰来的那天早上，他走了。母亲让他从《古兰经》和镜子下面走过，说："你若是能忍忍就好了。"

父亲说："我讨厌这个贼眉鼠眼的家伙。"在家门口，他上了一辆两匹马的马车，把他拉到车站。马儿们为了跑得快一些，奋力扬蹄。在最后时刻，他从马车里伸出头来，说："你们别丢脸，尽量别弄出动静来。"马儿们出发了，带走了父亲，母亲在他身后洒水[①]。

阿依达无比兴奋，有条不紊地缝制她的婚纱。又长又白的婚纱，在袖口、腰部和领子处做了很多细碎的皱褶，能让她穿上的时候，显得没那么瘦，跟阿巴丹尼相谐调。整个设计是阿努希尔旺·阿巴丹尼的三个姐姐做的，阿依达缝制的。两三个邻居姑娘和裁缝班的同学也给阿依达帮忙。

乌尔韩、母亲和尼姆塔姬用尽力气，把优素福弄到楼下的小房间里，然后把那大房间打扫得干干净净，又打开窗户换气。他们又把租来的波兰式沙发椅子摆放一圈。阿依丁把所有的时间都用来装饰打扮，他用彩纸和小旗子装饰家里的门和墙壁，又用带状彩灯把小巷从单调中拯救出来。

---

① 这是伊朗索罗亚斯德教传下来的风俗，给出远门的家人身后洒水，祛除晦气，祈求一路平安。

阿巴丹尼的亲友们在帮忙，阿巴丹尼三姐妹也在忙活。玻璃用报纸擦得锃亮，在楼上摆放了婚桌：一面大镜子，镜子前面是一本埃及精装的《古兰经》，两只捷克斯洛伐克产的厚实的烛台，一个装饰过的"散加克"大馕饼，一张七色小托盘，金色篮子里装着摆放成一圈一圈的巴旦木和核桃。婚桌摆放得是那样整齐漂亮、完美无缺，母亲高兴得流下了眼泪。

真是挥金如土啊，人家说："阿努斯①、水果、糖果、点心、冰糖棒。"

他就赶紧跑去，开他的汽车，买了人家所说的两倍，带回来。然而，尽管如此，婚礼依然压根儿不像婚礼。悄无声息的。寒酸的。因为父亲说了："就在家人中间举办婚礼。别弄出动静来。男人们在楼下，女人们在楼上。如果人家要从这里搬嫁妆②，这里是钱。人家要什么就买什么。但是，我叮嘱你们给钱就是了，让他们在德黑兰置办。"

婚礼之夜，客人们笑啊，喊啊，年轻人彼此开玩笑，想要婚礼像个婚礼的样子，以免不耐烦、坐不住。萨贝尔叔叔因确信父亲不会出席，特意赶来，他还带来一个三人乐器手的乐队。三个乐器手从一进门，就埋头吃橙子和点心。孩子们喊啊，叫啊，跑来跑去，杯盘的声音，时不时的盘子摔碎的声音，这所有的喧闹促使萨贝尔

---

① 阿努斯：一种巧克力牌子名字。

② 伊朗婚俗是男方出房子，女方用家具、餐具、床上用品等作为嫁妆把空房子添置妥当。

叔叔让乐手们行动起来。

乐队的头儿是个老头儿,身材矮小,满脸沧桑。他一个劲儿地捣鼓他那旧手风琴,显然他的乐器有问题。但是,他还是用头示意两位鼓手准备。在同一瞬间,三个人都开始了,掌控了全场。他们演奏了几支明快而激越的曲子。曲子激人忧思。

曲子具有强烈明快的节奏感。年轻人们想摆开阵势跳起来,然而在谱子的缝隙之间涌动着忧伤的波浪。就在那一刻,母亲从厨房里出来,请求萨贝尔叔叔不要敲啊跳的,因为如果父亲知道了,会让大家都暗无天日的。但是,萨贝尔叔叔没有理睬这番话,他想让整个场面热闹起来,沉浸在跺脚声中。

母亲说:"萨贝尔先生,向真主发誓,你别再弄了。"但是,没有用。母亲抓住萨贝尔叔叔西服的一角,恳求。萨贝尔叔叔突然一下回过神来,下令说不要再演奏了。

婚礼场面又转入枯燥无味的气氛中。但是,片刻之后,客人们又吵吵闹闹起来,说笑话,敲击桌面,很符合萨贝尔叔叔的心意。他被暖气热得满脸通红。他不停地对母亲说:"你看到了?没法阻止大家伙,大家伙都想高兴高兴。"

乌尔韩坐在楼上的窗台上,他穿着乳白色的西服和裤子,显得比平常更胖更矮小。母亲不再从厨房出来。她有条不紊地提供茶水、水果、点心,让邻居姑娘和新郎的姐姐们款待客人。阿依丁站在婚礼房间门口,看着阿依达。她嘴唇红艳,双眼又黑又大。她的目光落在阿依丁身上,害羞、陌生、孤独的感觉在其中涌动。阿依丁感觉是在做梦,处在失重状态。

阿巴丹尼身上穿着做工讲究的相拼雪米皮的黑色西服裤子和黑色坎肩,紫红色的领带,网格纹白衬衣,就像一个欧洲王子,就跟阿依丁在外国杂志上看到的那些王子一模一样。此刻,他正握住美丽的新娘子的手。那手曾烹饪过香喷喷的饭菜,曾把杯盘洗得干干净净,没有任何奢望,还时不时地被父亲或者是乌尔韩揍。

阿巴丹尼在证婚人结束讲话的那一刻,走上前来,与阿依丁握手,说:"现在,阿依达已经正式是我妻子了,我可以说我有一个世界上最美丽的妻子。"他笑起来,然后亲吻了一下阿依丁的脸颊,表示感谢。阿依丁也亲吻了一下他姐姐的脸颊,在她耳朵边轻声说:"走吧,阿依达。走,再也不要迈步走进这地狱。"阿依达打了个寒噤,但带着藏不住的微笑离开了。她把手放在新郎的胳臂上,在她自己的椅子上坐下来。然后,一群邻居姑娘,跳起了土耳其舞,占据了房间中央,阿依达看不见阿依丁了。

阿什格

阿依丁悄声从楼梯走下来，一直走到门外面，在门口壁灯罩下的石凳子上坐下来，听雨声。表面上看来，他是在欢迎来宾，此乃理所当然，长子替代父亲嘛。实际上，那喧哗声让他脱缰野马似的心被勒住了，更甚于此的是，当一个姑娘跳舞的时候，他感到难受。他坐在凳子上，对所有认识的和不认识的来宾微笑，点头，说欢迎欢迎。说好的，警察阿雅兹在门口站岗，但不知为什么没有来。

风雨交加，接着突然电闪雷鸣，然后下起冰雹来，带状灯管的灯泡在冰疙瘩的击打下，一个接一个地熄灭，电线在暴风雨中弯曲了。小巷差不多完全变黑了。客人们的喧闹声也小了一些，因为大家都在忙着吃晚餐。在那黑暗中，阿依丁听见一种悲伤的声音，让他觉得是有人在哭泣。阿依丁追踪声音而去。他的衣服淋湿了，他的脑子有一种奇异的状态。在小巷半腰处，刚好是卢尔德电扇制造厂正对面，一块像厂里的场地上有一个窄而黑的廊道，悲伤的声音就是从那里传来的。悲伤的声音伴随阿什格①乐器从廊道深处传出。阿依丁走进廊道，在哈什提②处矗立着一座非常古老的房子。那声音念叨着"阿芒啊阿芒"，凄楚得让阿依丁不由得落泪：

> 你可看见那迷雾笼罩的群山？
> 那个猎人已经把箭架在弓弦？
> 我为这片土地上的英雄牺牲，

---

① 阿什格：一种类似冬不拉的乐器。
② 哈什提：廊道比较宽阔的部位，一般呈八角形。

他们献出生命是桩美丽传奇。
玫瑰花蕾惦记着夜莺,
他心儿燃烧心系夙愿。
大师看着他鸽子的羽翼说
我的鸽子啊发发慈悲吧,你有阿曼海宽阔的胸怀
我说诗人啊,阿芒,看看大师的生活吧
他们知道任何时候都无法骑上别人的骏马。①

新娘和新郎又待了三天,然后在一个周五早晨,在街坊邻里的祝福声中,在芸香烟雾中,在羊羔的鲜血中——特意为他们在门口宰牲的,走了。阿依达对阿依丁说,等书念完了就去看她,别让她孤独。父亲在前一天已经从大不里士回来了,盛怒之下,他就在那楼上,待在那乱成一团的房间里,根本就没下来。阿巴丹尼去看望他,说:"我本希望您能出席我们的婚礼,爸。"

父亲说:"别叫我爸。"他怒气冲冲地说话。

阿巴丹尼说:"您别对我不满,爸。"

父亲走到走廊窗户旁边,背冲阿巴丹尼和阿依达站着,用颤抖的声音说:"您丢尽了我们的脸。"

阿巴丹尼说:"您更年长,请别说这样的话,别让我们带着糟糕的记忆离开您家。"

父亲说:"我说话就是不会委婉,我跟您没任何关系。"

---

① 原诗是土耳其语。——作者原注

母亲打自己脸一巴掌，跑上前，说："贾贝尔！"

父亲说："我跟我兄弟也从来不讲客套，你们有自己的地儿。"

母亲说："贾贝尔，向真主发誓，你别再说了。"

阿巴丹尼说："不管怎么说，阿依达是您的女儿，对您有期望。您足足实实地消减了她的利益。"

父亲说："我们能做的都做了。"

阿巴丹尼说："您不知道她的价值，爸。"

父亲说："阿依达有什么值得我的眼睛去估量的？"

阿巴丹尼说："她难道犯了什么过失，亲爱的父亲！"他愤怒了。

父亲说："比过失更严重。"他比阿巴丹尼更愤怒。然而，他又改变了语气，平静地说："您强迫她站在了我们的对立面。阿依达不是这样的女孩。您不断地来来往往，欺骗女人，让事情无法挽回……无论如何，她自己选择的，她自己也……"他吞下自己的话，仿佛哭起来。这个时候，他说："祝身体健康。"朝自己的房间走了。

7

卢尔德电扇制造厂的厂长兼厂主卢尔德先生去世的那天，工厂并没有停工，一直在轰隆轰隆响，依然坚守自己的上班哨声和下班哨声。工人们在工厂前面的泥土场地上，在那宽阔的深坑中，站成队列，每个人手中都拿着一枝花，当棺材被抬起来的时候，大家把花扔在那上面。棺材上面覆盖着伊朗国旗和英国国旗，两面国旗打结系在一起。卢尔德先生的照片安放在棺材前面。

父亲为了表示敬重,那天没有开店,带着阿依丁和乌尔韩一起从工厂入口处的斜坡走下去。人群中有很多军界和政界人士,都在那里。男人们把他们的皮高帽放在身前。女人们在工厂上方,在远离带刺铁丝网的地方,看着这一场面。贾贝尔·乌尔汗尼家的前面挤满了密密麻麻的等候人群。军方人员着制服、绶带和白色的靴子,其中一些是立正状态,手持枪;另一些在巡视,掌控局势。

父亲作为店主队伍的领头,站在警察阿雅兹身旁。随着阿雅兹用头示意,父亲作为受尊敬的高贵邻居,把一枝花以放在了棺材上面,然后站立一旁。那时,工人们把他们的花扔在了棺材上面。根据卢尔德先生的遗嘱,不用停工,只需选出代表把尸体运送到城市的老公墓。

棺材不是用肩抬的。专门的卫兵着一身天蓝色服装,在人群前面,手握那漆黑发亮的木质棺材的把手。一部分工人齐声念道:"万物非主,唯有真主。"然后,一声军令使大家沉寂下来。就在那一刻军乐队奏响了哀乐。人群沉浸在令人震慑的寂静中。

卢尔德先生是一个英国人,但他的土耳其语①说得十分流利动听,如同夜莺啼鸣。他总是在复活节和圣诞节的时候,戴一顶很高的皮高帽,穿黑色礼服、网格状领子的白衬衣,出现在工厂前面,给街区的所有孩子一包礼物:一本有插图的英文书,书中英文字母以各种形式画出来;一包糖果;一支孔雀开屏花;一本作业本,封

---

① 这里的"土耳其语"应该是指阿塞拜疆语。

面上印有卢尔德电扇制造厂的徽标。

卢尔德先生有时也在街区现身，跟街坊邻里，尤其是跟父亲这位受人尊敬的邻居寒暄，谈古论今，讲他自己的国家。父亲请他吃开心果，他也吃，最后是谈论他的电扇。父亲在卢尔德先生面前是一位非常优秀的倾听者，对他非常尊敬。因为卢尔德先生总是在建厂周年纪念庆典上，把受尊敬的邻居和同乡的奖章颁发给他。这个庆典每年在市政厅的大堂里举行。著名的商人，受尊敬的同乡，城里的一些杰出人士都会出席。他们享用水果、晚餐和蛋糕，观看文艺节目，然后为卢尔德先生的演讲鼓掌。那个时候，卢尔德先生为三位人士颁发勋章。

大堂里满是人。带状管灯、霓虹灯，还有一些强照明设备，把整个空间照得十分亮堂。柱子依次相间地绑上伊朗国旗和英国国旗，每张桌子周围是四把椅子。每张桌子上是一个花瓶，里面插有蓝色、红色，或者是橙色、白色的花朵。大家都说，卢尔德先生是从国外运来的那些花朵；但是，大家都不知道，他是用什么运来的，如何保持这般的新鲜，仿佛刚与树枝分离。

大堂的舞台上也布置了花坛，一个讲台安置在舞台前部，一张伊朗国王的相片贴在讲台上。人群从开始到结束，不停地说话聊天，吃东西，喝东西，鼓掌，兴高采烈。国外带酒精的饮料、茶、咖啡、冰淇淋、果汁，全都带有卢尔德徽标。父亲只喝茶，与警察阿雅兹聊天。警察阿雅兹为了表示对父亲的尊敬，那晚他也不喝酒。

那时，卢尔德先生着黑色礼服、网格状的白衬衣、很高的高帽，站在讲台前，人群为他使劲鼓掌，卢尔德先生满脸笑容，在讲台前对人群点头示意，用手示意他们安静下来，说："尊敬的同乡们！你们对我的召唤给予了最好的回答，施予我恩典，你们劳神光临，难道不是为了祖国的命运，不是为了激励我？我为什么放弃了我的国家？你们可以问一下自己，卢尔德先生为什么要如此努力？我把伊朗国家置于卢尔德电扇的掩护之下……"

演讲之后，卢尔德先生邀请受表彰的同乡们上台：一位警察局局长，他终结了浓密唇胡们的骚乱；一位农民，他给自家田地实行了机械化耕种；一位缝纫店夫人，她教城里一半的姑娘学习缝纫技术；一位慷慨人士，他在阿尔达比尔巴扎遭遇火灾之后，谢绝了任何帮助，他唯一的要求就是把二百多土曼支付给一位老妪。这位老妪把这笔钱暂放在他这里，却在火灾中烧毁了。这位人士可以说是一位完美的高尚者。一位警察，他在维持城市秩序方面，以实事求是的精神，比其他人更认真，更勤奋；贾贝尔·乌尔汗尼，一位瘦小而尊贵的人士，戴着圆眼镜和咖啡色的皮高帽，花白的胡须，在城市的瓜子贸易方面成绩卓著。"贾贝尔·乌尔汗尼，可敬的邻居、可敬的同乡、可敬的店主。"人群为他鼓掌。警察阿雅兹把一个花环套在他脖子上，卢尔德先生同他握手。

卢尔德先生的去世，除了对街区的人们和工人产生影响之外，还伴随着一些宣传。工人代表们从葬礼回来之后，自愿工作到晚上七点钟，制造电扇。小货车一辆接一辆地把电扇从白杨大道运送出去。但是，那天的电扇与平常日子里的电扇不一样，上面贴有胶带，胶带上写着:"卢尔德先生去世了,我们向他致敬。"

战争之后,尤其是在卢尔德先生去世之后,城里几乎所有的房子都喷了杀虫剂。人们下定决心,要用大量的杀虫剂把有害昆虫和动物一扫而光。一家名叫"拜酷特"的美国化学药品公司在城里开设了代办处,进行宣传。人们蜂拥购买。杀虫剂告罄。人们不得不遵守前后次序,进行登记。杀虫剂装在一个一升装的密封铁罐里,搭着一个喷雾器一起销售。在液体罐和喷雾器上印有一个金发姑娘的照片,她正在用一个大苍蝇拍把一些有害老鼠从家里的窗户赶出去。重要的是宣传:"战争之后,生活的继续只能靠杀虫剂才能得以实现。"

几个月之后,拜酷特公司在城市一角建起了工厂,发布广告招聘工人和职员。生意蒸蒸日上。杀虫剂喂饱了整座城市的犄角旮旯。每家食品杂货铺都在卖拜酷特,水果店也在卖。每家银行都把这家公司的宣传广告贴在玻璃上。制药公司又决定,从那之后开始生产玩具。气球、洋娃娃、皮球、小人儿、动物、益智玩具、消遣玩具,成千种人造装饰工具。这家工厂制造了有可能是最大的气球,大象形状,并把它放飞到城市上空;还制造了一种猫,人模人样的,戴着眼镜,长着浓密的小胡子,脖子快要断裂的样子;还有一种电扇,你一摁它的开关,它就绕着房间飞起来;还有一种毛拉①小人儿,在太阳底下,或者是在酷热中,撒尿;一种皮球,当你在地上拍的时候,会发出哨声,然后往天空飞啊飞,最后在空中爆炸;一种书,

---

① 毛拉:伊斯兰教士称谓。

当你打开的时候，一个男人的生殖器撞在你的脸上。

这家公司后来成为城里葵瓜子的最大顾客。从那之后，父亲的生意也蒸蒸日上。一段时间之后，这家公司又涉足畜牧业和农业。银行、汽车制造、印刷、绘画、电器工业、石油工业。在每一个行业，都会建立起一家拜酷特旗下的新公司。首先由杀虫剂专业人员对建筑进行消毒处理，然后把它用于获取利润。

父亲也把宅子喷了杀虫剂。一天，他把所有的家人都带到了城外，租了帐篷，晚上就待在那里。因为杀虫剂毒性非常强，那个时候，已经有两个妇女、一个小姑娘、一个老头儿成了牺牲品。根据公司的处方说明，喷药后二十四小时禁止进入喷药区域。

在那里，母亲根据往常的习惯，突然一下想起优素福来。大概，大家都忘记了他。她恳求父亲他们去把他带来，父亲也感到很不安，他为优素福流下了眼泪。但是，杀虫剂专业人员戴着面具和黑色口罩，给那整个宅子，砖缝、门缝、柜子缝，甚至墙壁裂缝，都喷了杀虫剂，父亲他们又能做什么力所能及的事呢？

那个晚上，大家一直坐到天亮，为优素福流泪。第二天，当他们回到家中，大家都知道，他们将面对优素福干枯的或者是肿胀的尸体。父亲战战兢兢、哆哆嗦嗦地打开了楼下小房间的门：优素福还是那样蜷缩着，呆若木鸡地待在自己的地方。不同的是，几只老鼠、一只猫、成百只蟑螂、蚊子、臭虫、潮虫在房间中央倒毙。父亲迅速打开房间的窗户，向优素福走去，惊愕地发现优素福还活着，正在嚼着什么东西。

母亲相信,他正嚼着这些动物。

8

阿依达离开之后,父亲成了一个专门挑刺儿的人,动辄因一点儿小事儿就吵吵起来。总挑饭菜的毛病,没有胃口,也很不耐烦,不停地抽烟斗。从店铺回来就直接上楼了。吃晚饭,做礼拜,吵吵一下,然后披上斗篷,到小巷里去了。在电灯的昏暗光线里,散一会儿步,然后回来,睡觉。在那些夜晚,父亲发现了一件奇怪的事情。每个晚上七点钟,警察阿雅兹骑着他的电动摩托车,向城北而去,正好在晚上十点的时候,又返回他家去。这事儿让父亲非常好奇,甚至好几次问阿雅兹他去哪儿。阿雅兹说晚上他巡逻。父亲惊异于这样的勤奋。他不再怀疑阿雅兹被卢尔德先生选为受表彰的警员这件事。正因如此,他做每件事情,都征求阿雅兹的意见,从不怀疑,全身心地站在他的立场上。

之后,每当争吵升级的时候,他就说:"走开,去干你自己的事儿。用阿雅兹的话来说,跟两类人没法儿讨论。一类是有文化的,另一类是没文化的。"

阿依丁感到这样的争吵是因为他,因为他不想去父亲的店铺,不想成为他那样受表彰的、受尊敬的店主,他想写作,读书,沉浸在他自己的书和诗的世界中。当他们更换他的房间,他不得不像那些被流放的人,生活在地下室里的时候,他没有任何的反应,公然就让他们骑在他头上，就让父亲对他说"寄生虫""胆小鬼"；甚至，当他们把他手写的东西和书在水池边焚烧的时候，他更加沉浸在自己的事情中，并下决心重新把那所有的东西都整出来。

阿依丁习惯了看见父亲皱眉头。有时，他清楚地看到，父亲从他身边经过的时候，没有看见他，或者假装没有看见他。但是，母亲精疲力尽，无法承受。她抗议，不停地为了双胞胎而同父亲争吵："那是因为阿依达，这又是因为阿依丁。难道他不是你儿子？为什么尽说些不上道的话？"

父亲还是那个父亲，他说："我只是希望他有个人样儿。"

母亲说："你嘴里冒出什么就对他说什么，你希望他成为店主？你希望他放弃他的书，来做你的手下？那一个圆头圆脑的家伙也学到了，说出一些与他嘴巴不相称的话来……"

"谁？"

"乌尔韩。"她沉默了片刻，然后又说："他没有权利说这些话，他没有权利。"

父亲说："他说些什么？"

"昨天，他对阿依丁说：胆小鬼。他不叫他名字，而叫他'穷酸文人'，叫他'寄生虫'。全都是你教他的。"然后，就哭起来。

父亲笑起来："说得没错呀，他就是胆小鬼，胆小鬼。"

"你没有权利对我的孩子说这些东西。"

"他也是我的孩子。"

"为了尘世的钱财,为了一百第纳尔,为了十个沙希①,把你自己变成了小丑。"

父亲咆哮:"你瞎了眼,一个劲儿庇护他。"

母亲叫道:"你才瞎了眼,一个劲儿诅咒他。"她脸上挨了一个狠狠的耳光。片刻之后,她双眼含着眼泪,把黑遮袍顶在头上,去找阿依丁了。她就在那台阶上面喊:"阿依丁。"

阿依丁从地下室的房间里探出头来,叫道:"妈!"他从来没见过母亲那样的状态。

母亲说:"穿上你的衣服,咱们走。"她的声音中奔涌着悲苦与疼痛。

"去哪儿?"他迅速穿上那件长大衣,从台阶跑上来。母亲站在门外等候,她看见阿依丁来了,就走在前面,与他保持距离。她不想她的目光落在阿依丁的眼睛上。那是梅赫尔月②的一个周五下午。街道上很清净。时而,一股疾风刮起街道地面上的尘土,让人不得不闭上眼睛。商店都关着门。除了几个无业青年在广场一角溜达之外,别无他人。他们徒步走过谢赫·萨菲大街,从干果商客栈前面经过,继续走。国王广场旁边,几辆马车在车站排成一排。阿依丁说:"咱们去哪儿,妈?"

母亲说:"公墓。"她朝着马车队伍最前面的一辆白色马车走去,说:"上车。"她自己上了车,拉上车篷。

---

① 第纳尔、沙希:都是伊朗钱币单位名称。
② 梅赫尔月:相当于公历9月23日至10月22日。

车夫说:"哪儿?"

母亲说:"公墓。"

"哪一个?"

"老的。"

老车夫穿戴着深紫色的制服、帽子、腰带、白色绶带,上了车,一声"嗨",马车懒洋洋地上路了。从阿赫旺花园经过,转向萨尔切西梅,在老妈妈街区有几家商店开着。母亲说:"别忘了咱该买点甜奶酪了。"在一个杂货铺前面,她对车夫说:"停一下,我要买点东西。"她自己下车,买了点糖果回来。然后,马车上路走向公墓。

到了那里,母亲在她父亲坟墓旁坐下来,把头靠在坟墓上,哭泣。阿依丁从来没有见过母亲流这么多眼泪。

公墓里人很多。几个人一群几个人一群地扑伏在某个坟墓上。孩子们在追逐,风高高刮起尘土,在树林间隙咆哮。那前面一点的小贩在叫卖撒糖果、椰枣、甜奶酪。阿依丁站起身来,买了一公斤椰枣,分给人群。然后回转去,发现母亲处在一种陌生的呆怔中。她双眼直视远方,但并没看什么,也不眨眼,就像一位别人正在给她画像的女人,沉浸在自己的思绪中,呈现一种被沉寂和浓厚雾霭笼罩的状态。

阿依丁表面上平静,手插在衣兜里,在母亲头顶上方踱步,说:"咱不回去了?"

母亲说:"为什么不。"她站起身来,深深叹了一口气,低下头,说话。她说,她再也不能忍受了;她说,在二十五年之后,父亲冲她脸抬手,辱骂她死去的亲人们;她说,她是囚徒,没有任何出路。

阿依丁说:"我都快二十岁了,但是从来没见过父亲笑一下。"

公墓外面人很多。马车排队运载乘客,朝城里走去。那边,也有一些人步行,在通向城市的大街上前后相续成一条线。一些贫穷的老妇人就像八爪鱼一样,纠缠着人,一个劲儿地哀求。有几个残废乞丐蜷缩在路边角落。公墓的围墙已经坍塌坏掉了。

母亲说:"我也知道该采取什么行动。"她满腹幽怨,走得很快:"我们煎熬了一生,没说一个字儿。而他在阿依达的婚礼上把那么多的灾难加诸我们头上。可怜的闺女有病,正走向吉运之家,然而,我们全都哑巴了,我们维护了名誉。现在,他说你没有权利去德黑兰。我……"她把话只说了半截儿。

阿依丁说:"您自己高抬他。"他抓住时机说出这句话。转瞬间,他又想:别再说下去。然而,在母亲的沉默中,他说:"那些舅舅们、叔叔们一个劲儿地在他面前鞠躬弯腰,他给他们带来什么好处了?多少年来,他禁止萨贝尔叔叔来这里。那一年,爷爷和姑妈们来过之后,我们再没有见过谁,仿佛我们没亲没故的。你自己难道没有亲戚吗?他们在哪儿呢?"

母亲说:"雷扎耶①。但是,他不准许的话,我怎么能去呢?我是一个女人家。你爸这脾气,他们也不敢来。"

他们朝一辆马车走去,上了车。母亲说:"谢赫·萨菲。"

---

① 雷扎耶:伊朗西阿塞拜疆省省会旧称,现名乌鲁米耶。

阿依丁很冒火，他想把他所有的苦闷用一句话说出来，但是他做不到。时间不多。他不论想到什么事儿，都会激起他自己和母亲一个世界的回忆和噩梦。他说："您自己高抬他，现在要把他拽下来也很难。"

马车懒洋洋地走着，比前一辆马车更慢。车夫是个豁嘴，没有精神打鞭子。天渐渐变黑了，风在号叫。

母亲说："无论我怎么想，我都看不到我的出路，除了跟他妥协。"

"咱该做什么呢？"

母亲怔住了，但是很快镇定下来："比如，下午或者早上，你可以去帮帮他。他所有的不高兴都是因为他的大儿子远离他。"

"他的大儿子是优素福。我有什么罪过？"

"你就当优素福死了。优素福已经不是人了。你自己也知道。你依靠现成的生活，为你自己着想，又有什么关系呢。这些年，他劳苦奔波都是为了谁？店铺为谁买的？为了乌尔韩一个人？"

"我不想重复我爸的生活。你也知道，妈，我去纳赛尔·德尔洪教授那里上诗歌课。说好了，他把我的诗歌给杂志刊出。那个时候，我还会来卖瓜子？"

母亲看了阿依丁一眼，在她看来，他脸色苍白。因此，她开玩笑地说："我才不知道你要干什么，但是，你要知道，你们所有人都很固执，全都像你们的爷爷，包括你，包括阿依达，包括乌尔韩，还有你们的爸爸。甚至，那不幸的优素福，就是因为固守他自己的愚笨，固执，一根筋。"然后，又讲起祖父卖石头的故事来。

马车在卢尔德小巷口停住了,他们下车来。母亲付了车费给车夫,朝家走去。她说:"这都是出自你的爷爷,明白吗?"

阿依丁在母亲身后,慢慢走。母亲回转身来:"只是你要记住,如果你对店铺、园子、宅子没有份儿的话,你的权益就断送了。你现在还不懂。生活很复杂。你还没有吃过苦,不知道生活的分量。但是,乌尔韩从现在起就是所有一切的主人了。我说,他有什么,你也应该有。"

阿依丁沉默不语了。当他敲击门环的时候,看见警察阿雅兹骑着他的电动摩托车朝大街北部而去。他看了他一眼,朝他点了一下头。

母亲说:"你看见了吗?"

阿依丁说:"什么?"

母亲说:"是警察阿雅兹,可怜晚上这时候还去上岗。"

"是的,我看见了。"

当他们进到家里,母亲说:"人一去墓地,心情就开朗起来。"

9

红色诗歌
——阿依丁·乌尔汗尼

初始崇高的一天,在隘口,

我们部落愤怒的男人们,

在半山腰上,

骑在马上。

一双眼睛俯瞰所有的山谷,

他们停留了片刻,

太阳是那样炽热地照耀,

大地炎热的沉闷从他们的小腿往上蹿,

所有人,

趴在石头块上,

没有把他们的马缰绳,

拴在干枯的树木上。

沉睡,

帽子盖在脸上,

酣睡,疲惫。

穿红衣服的姑娘们问,

这些男人,

是否听见马的嘶鸣?

那为什么在睡觉?

大风刮起,

吹乱了红衣服姑娘们的额发。

阿雅兹用手指尖戳了几下报纸,说:"好好读读,贾贝尔。"

父亲又再念了一遍诗歌,看了阿雅兹一眼,说:"这是我们自己的阿依丁的作品?"

阿雅兹说:"你觉得不是吗?"他眯缝起眼睛,瞥了父亲一眼:"他把诗歌的名字叫作'红色诗歌'。你知道意味着什么吗?向真主发誓,这真的是诗歌?"

父亲说:"那该怎么办呢,阿雅兹?"

"应当阻止他。"

父亲说:"我已经不是他的对手了。"阿雅兹伏在桌子上,把头靠近父亲,说:"如果不是考虑到人们说三道四,我会扔他去喝一两个月的凉水。"

父亲说:"人家诱骗了他。他常去一个地儿学习。"他对阿依丁担忧起来。

阿雅兹说:"我是知道的,他去德尔洪教授那里,那个哲学家似的疯子。"

父亲说:"如果你可以给那个疯子一点儿颜色瞧瞧的话,那就好了。"

阿雅兹说:"我得想一想。"

几天之后,在一个圆月照亮大地的夜晚,三个警员闯进纳赛尔·德尔洪教授家,以毒害热血青年思想之罪名逮捕了他,并押送到德黑兰。

阿依丁在坚持不懈学习三年之后的结果是,他身上发生了一种变化,令人对他刮目相看。几首四行诗,几首抒情诗,几首叙事诗,数十首短歌，或许还有用土耳其语写的数百首新诗。一些人认为这些诗歌是从某个人或某个地方偷来的。一位先锋队教师说："如果你们找一找阿尔达比尔四周，满地都是这种下流书籍。"

但是，阿依丁把自己的所有时间以一种令人震惊的痴迷和认真，用到读书和写作中，对这些风言风语毫不关注。他把每一件事物都转变为诗歌，为了让人们对他的话确信不疑，他会吟出一联诗歌作为见证。在短短的时间内，大家都知道了，诗歌是从他笔下流淌出来的。渐渐地，吃饭、睡觉、读书、说话，以及他的整个举止都有了某种特殊的状态。他的名声在城里广为传播。在他二十二岁的时候，他受到大批姑娘和女人的青睐。但是，大家都很惊诧，为什么在这个身材漂亮、感情丰富的高个子青年的生活中没有一个女人。甚至，母亲也把这情况，以某种方式向一个名叫福露赞的寡妇说："只要你一提到某个女人的名字，他就立马说，打住，两世太平。"

福露赞说："谁说在他生活中没有女人？"

母亲说："有吗？如果有的话，我想知道他的品位如何？"

福露赞说："要找出线索，实在是轻而易举。我来办。"

母亲说："那好，有劳你了。我看看，你是否能把这事儿的老底弄清楚？"

为此，福露赞寻找机会接近阿依丁，还寻得路径进入他的房间，跟他说话，邀请他上她家做客。

就在那个夏天，当阿依丁一踏进福露赞的家，福露赞就把门别上了。就在那门边，福露赞把他贴在了墙上。她浑身颤栗就像痉挛一般,浑身发烫,用她的身子把阿依丁的衬衣撕开,说:"你不上我吗?"她就像一条蛇一般缠绕着他。

阿依丁在另一个世界中徜徉,显然与同龄青年不一样。他越少关注别人,别人越是追逐他。在大街上,在书店里,在阿赫旺花园。甚至,连福露赞也浑身发烧,正因如此,她才到他们家来往走动。一天,她对母亲说:"您家这位公子啊,长有蛇脊椎骨①,是一株爱情草②,但是对别人不关心。"

母亲说:"别人都是哪些人啊?"

福露赞说:"对我们的问候也不答腔。"

母亲说:"他很害羞。"

福露赞是国民银行的职员,大不里士人,在丈夫去世之后,她就定居在了阿尔达比尔。她的住所就在他们家对面房子的楼上。在生活中,她唯一的爱好就是化妆。人们说,她把她所有的工资都用来买化妆品了,给自己喷的香水能让人晕过去。

母亲对那个女人出现在阿依丁身边感觉到了危险。一天晚上,她梦见,在一个火灾中,阿依丁和福露赞在火焰中洗澡。第二天,快要日落的时候,当福露赞来到他们家,母亲对她说了什么,她的脚从此再没有踏进他们家。

还有另外一个姑娘,居住在德尔洪教授家附近,每天从卢尔德电扇制造厂前面经过好几次,希望看见阿依丁。然而,一看见他,

---

① 蛇脊椎骨:伊朗民俗认为,长有蛇脊椎骨的人,不论男女,都会具有迷惑力。
② 爱情草:伊朗神话传说中的一株神草,雌雄同体。

她就容颜失色，默不作声，只是凝望，然后走掉。

还有另一些姑娘和女人，但是，在所有的东西中，阿依丁最迷恋诗歌，对自己的老师和赞助者无比尊敬。

纳赛尔·德尔洪教授教过他波斯语诗歌格律，但他确信阿依丁已经摆脱了格律诗的束缚，将在这片土地的文坛上获得卓越地位。尽管他自己在哲学、文学、玄学方面造诣高深，但也无法在众多杰出者中拥有一席之地。

他是一位瘦高个子的理性男人，像苦行僧一样生活，就像印度瑜伽信徒，一丁点儿就能满足。一头长发，脸窝凹陷，荆棘丛似的胡须，就像哈拉智①的画像——画在谢赫·萨菲·丁·阿尔达比里修道院②的门楣上。他声音轻柔，住在"皮尔·沙姆斯·丁"街区的一间屋子里，他书法漂亮，鉴赏力高超，有时还弹弦琴。在那么多的纸张、本子、书籍、墨水中间，在一个三灯芯的暖炉上，他给他的学生们沏茶。他淡泊名利，读旧体诗，作新诗，全身心地忠于尼玛·尤希吉③。

谁也不知道他的任何事情，他从哪里来，是哪个地方的人氏，为什么独自一人。没有人知道一点儿信息。但是，人家说，他在法国念过阿拉伯文学；曾多年迷恋一位得了重病的姑娘。在姑娘去世

---

① 哈拉智（857—922年）：波斯古代著名苏非圣徒。

② 修道院：这里指苏非派修道院，与清真寺不同。清真寺是做礼拜和祈祷的场所，而修道院是举行修行活动的场所。

③ 尼玛·尤希吉（1897—1960年）：伊朗现代自由体新诗开创者，被誉为"伊朗现代新诗之父"，在伊朗现代诗坛具有崇高地位。

之后，德尔洪教授与诗歌、诗艺一起匍匐隐居在一个角落里。

在纳赛尔·德尔洪教授失踪之后，他的学习班就解散了，学生们也各奔东西。从那之后，没有人获得过关于他的一点信息。

10

阿依达说："你怎么瘦成这样儿了？"

她完全变了模样，发福长胖了很多，骨头和关节也不再疼痛，能够用英文流利地交谈。那孩子气的恐惧和忧郁在她脸上再也看不见了，身上穿着非常漂亮的衣服，还给阿依丁和乌尔韩每人带了一条国外的靛蓝色纯棉裤子。她说，在阿巴丹大家都穿这种裤子；她说，他们周围全是英国人和法国人。像卢尔德先生那样的人在那个地方到处都是。母亲对她说，有好几次想来阿巴丹看看她。这段时间以来，她很想念她，在餐桌前，在厨房里，尤其是在晚上，会想起她来。但是，谁不了解父亲呢？他从来不准许。有什么办法呢？她是一个可怜的女人，驯服于她丈夫。

她还想让阿依达一定相信，她的缺席是大家的遗憾。为此，她努力想顾及她，给她的孩子苏赫拉布买了一把枪，枪嘴儿里会喷出火星来。父亲说：

"你没脑子呀？这孩子懂什么，你就跑去给他买了一把会喷火星的枪？"

阿依达每年有十五天回父亲家。现在是第三次。母亲为苏赫拉布编织了开衫和套头毛衣。阿依达在那里的时候,她不让她洗孩子的尿布。她自己洗。阿依达也努力表现出高兴快乐的样子。她已经摆脱了那久远的沉寂,但是,一种奇异的忧伤在她眼底涌动。尤其是,当父亲皱着眉头、带着劳累疲惫回来的时候,阿依达只是埋头于她的孩子,给他喂食,摇晃着哄他,给他梳头,不做别的事。如果可以的话,时不时地用目光瞥一眼父亲。

父亲问:"你骨头的状况怎样了?"

阿依达回答说:"这一年已经不疼了。但是,每个月必须打一次强力青霉素。那里有很多外国医生。"

那个晚上,阿依达去她兄弟们的房间的时候,在房间里只看到一张床,也没有阿依丁的衣服和书籍的痕迹。她说:"妈,发生了什么?"

母亲说,真实情况是,父亲成了一个茬儿头。一天晚上,他把那两个的房间换了。但是,她为了不让阿依达伤感,没有细说那事件的情况。她也认为不宜在信中写什么。阿依达问,那么,阿依丁晚上在哪儿睡觉呢?母亲告诉了她。

阿依达那样用力揪住领口的扣子,把扣子都揪掉了。她说,他们正在把她兄弟折磨死。他瘦了,两眼总是疲惫,仿佛正在罹患一场重病。母亲说,阿依丁正在成为一位大诗人,但是,自从人家把他老师谋害了之后,他很悲伤,过着十分不幸的生活。

阿依达决定把阿依丁的房间打扫干净,为他唯一的窗户缝制白色窗纱,给他的墙壁上布置上手工艺品,把他从那仓库的情形中弄出来。她说:"你怎么瘦成这样儿了?"

阿依丁抱着苏赫拉布出去了,给他买东西。因为阿依达的丈夫没有来。他说了,不再迈进那个家。他把阿依达和孩子送来,十五天之后,他又来把他们接走。在这段时间里,孩子总是任性找他父亲。阿依达擦干净了玻璃,敲打纱窗,用柳条篮子给他做成吊灯罩。她的双手变得像甜菜一样通红,没有时间梳理她的头发。

阿依丁依然抱着苏赫拉布在巷子里溜达,给他指电扇制造厂,给他买糖做的公鸡,下午回来的时候,孩子沉浸在甜美的睡梦中,小手伸进阿依丁的领口。阿依丁把孩子放在床上。那时,他没有胃口吃晚饭,走去地下室,在床上躺下来,在阿依达从恰赫巴哈尔①给他带来的红色毛毯中进入梦乡。半夜,当大家都睡了,他打开壁灯,从床下面拿出书来看,或者是在他本子上写。

阿依达住在那里的一天晚上,接近半夜的时候,阿依丁听见母亲踮着脚尖走路的声音。他竖起耳朵,的确是母亲踮着脚尖走路的声音,她一定是想下来看看他。然而,当她探头探脑的时候,看见父亲肩上披着皮袄在门框中,正怒气冲冲地张望,说:"真是奇了怪了。"

天气已经很冷了,醋和生葡萄水的气味与暖气的气味,消磨着人的高贵。阿依丁把自己缩成一团,半坐着。他的目光盯着父亲的双脚,看他到底是否会下来。母亲踮着脚尖的声音消失了,就在那里一动不动。阿依丁不知道该怎么办。他双手哆嗦,书页发出一种

---

① 恰赫巴哈尔:伊朗东南部港口城市。

奇妙的声音。他努力想用一只手止住颤抖，但是做不到。父亲慢慢从台阶下来，转了一圈，深深吸了一口气，摇了摇头，走了。他的嘴唇僵硬发紫，想要在愤怒中做点什么。那时，在令人窒息的沉寂中，他说："现在，你得了诗歌痢疾，什么时候能止住腹泻，只有真主知道。"然后，他走了。

阿依达说："你为什么瘦成这样儿了？"

阿依丁依然抱着苏赫拉布出门，给他买糖公鸡和小汽车，在巷子里溜达，从电扇制造厂的斜坡把他带下去。阿依达在的那些日子里，阿依丁热衷于苏赫拉布。

阿依达说："你想要一个这样的孩子吗？"

"什么了？"

阿依达把她脸上的一绺头发用手指头顺到耳朵背后，说："我给你找了一位好姑娘，很淑女。"

阿依丁说："我有别的决定。"

"什么决定？"她兴奋地问，没把眼睛从阿依丁挪开，用手把白窗纱拨开。

阿依丁说："我想与这生活划清界限，我要去寻找我自己。你明白吗，阿依达，我很喜欢我的德尔洪老师，我对自己说过，有什么必要上大学呢。但是，现在，人家把他谋害了。我想去德黑兰，租一间屋子，上学念书。德尔洪老师对我抱有很大希望，而我也满怀热忱。"

两天之后，阿巴丹尼来接阿依达和苏赫拉布，把他们带走了。

然而，无论大家如何恳求，他一如往常，脚不迈进那个家。甚至，也不准备在家门口喝杯茶。他来的那天下午，用汽车带着母亲、阿依达、阿依丁在城里转。他说，已经说好了，他们要在阿巴丹待五年，之后不清楚他们要去哪个城市。他对阿依丁说，如果他想的话，他可以来阿巴丹，学习英语，跟他们待在一起。但是，阿依丁说，在省城，发展的可能性很小。人们把一个国家毁掉了来建造德黑兰，那么，最好是去那里，他想做什么就从那里开始。

阿依丁满脸阴郁和呆怔，在他眼底深处有一种奇异的状态。阿依达说："你似乎爱上了谁。"母亲说："如果他娶妻子，我就把他的财产分割，让他们各自舒坦。"

阿巴丹尼说："当他想要进大学学习的时候，我请求你们别阻拦他。"

阿依丁说："即使人在这个家里会变老，但我还是要忍耐，等到我完全准备好。最后，猛地一跳，进入大学。当人在这样的省城里感到孤独，就会陷入胡思乱想。"

阿巴丹尼说："我能理解，我能理解。"然后，他讲起他在美国学习的岁月，独自一人。他很喜欢那些展翅高飞的青年。他发誓，阿依丁会成为一位伟大的人物，因为他的理解力超越了他的年龄。那个晚上，阿巴丹尼睡在宾馆，第二天早晨，他把阿依达和苏赫拉布带走了。

第二天，又变得只有母亲独自一人了。寂静笼罩了宅子，时间过得很慢。母亲在叹息她忘记了给阿依达买马拉给①的香皂，孩子的这条裤子也落下了，祈求真主让他们平安到达。

宅子的气氛总是那么单调沉闷，让人感到很厌倦，仿佛有什么东西失落。没有人来，没有争吵，没有庆典，也没有哭丧。只有乌鸦时不时的叫声在院子的松树枝间隙中萦绕。父亲不让人到家里这禁区来。如果是他朋友来了，就在那店铺，在他们面前放上一盘瓜子，或者是从客栈里的小店给他们端来一杯茶水。甚至，萨贝尔叔叔也不上家里来。他们也不去。父亲说："那个酒鬼，对我孩子的事情指手画脚，没权利来我家。再说，如果那个时候，他不是侵吞了我的钱，现在，半个客栈都是我的。"

母亲说："难道可以断绝关系？难道可以对兄弟说末日审判再见？"

父亲说："我撒尿羞辱这兄弟，如果我再看到他，我会砸他四瓶果子酱，算他插手管闲事儿的账。我知道，他在蛊惑阿依丁，教他去装模作样，而不来店铺做工。哼，写诗能当工作呀？就是因为这些裤带诗歌人家叫他寄生虫崽子。"

阿依丁时不时地看见萨贝尔叔叔在一个买酒的小木屋那里，或者是正想进去，或者是正要出来，总是醉醺醺的。有一次，他手伸进衣兜，逃出一沓钞票来，说："拿去，拿去，你想要多少就拿多少。我知道，你不要你爸的钱。不管怎样，他是我兄弟，我了解他，从来不会给你零花钱，好让你跪下来求他。这条格子裤和这件大衣你穿了多少年了？那你想什么时候享受你的青春啊？但是，你记住，

---

① 马拉给：伊朗东阿塞拜疆一城市名字。

叔叔的心肝，请跟这生活划清界限，去继续学习深造。我就像一头狮子一样做你的后盾。"钱还攥在他手中："叔叔的心肝，拿去吧。"

阿依丁说："我不需要，亲爱的叔叔。"

"你不要客套，至少拿一点。"他把脸转向一边。此时，他双下巴的红色厚肉从白衣领子里钻出来两层。阿依丁突然感到，他心里很想把萨贝尔叔叔的领带结替他解开。他说："谢谢，亲爱的叔叔。"

贾贝尔叔叔说："不要错过我的手哦。我把头转过去，你想要多少就拿多少。"

阿依丁说："你还如此惦记着我，谢谢。"他用手把他的手推回去。萨贝尔叔叔把钱放进口袋，说："那么，至少，走，咱一起再去喝两杯。"

"我不喝，亲爱的叔叔。"

"那好吧，另找时间。但是，你要记住，你有很好的未来。我对你的未来抱有很大希望。"他用力压住阿依丁的肩头，说："你说过你想上大学？"

"是的，亲爱的叔叔。"

"哪个大学？"

"我说过了，德黑兰大学，或者任何一个录取我的地方。"

"很好，那里很好。设拉子大学也很好。尤其是，设拉子有哈菲兹和萨迪①；尤其是，还有无可匹敌的葡萄酒②。"他双手紧握住

---

① 哈菲兹（1320—1389 年）、萨迪（1208—1291 年），二者皆是伊朗古代最杰出的诗人，因此，设拉子又被称为"诗歌之乡"。

② 以"设拉子"命名的葡萄酒是世界上最著名的葡萄酒之一。

阿依丁的手摇晃。他摇晃得那么厉害,连他的双下巴也在颤抖。他说:"真主保佑你,叔叔我已经不成材了。你好好念书,也许能成个什么。我对你非常抱有希望。当你打点行李准备走的时候,来我这儿。我想开一张支票给你,至少你一两年内可以无忧。"

那个晚上,阿依丁在餐桌前说,他看见萨贝尔叔叔了。父亲瞥了一下阿依丁的双眼,说:"你弄错了。"

阿依丁说,萨贝尔叔叔想给他一两年的学习费用。父亲说:"胡扯,那个疯子,他一贫如洗。如果他说的是实话,为什么住在租的房子里?"然后,他以非常柔和的语气说:"好了,王子,你有什么决定呢?"

"我正在为自己上大学做准备。"

"那又能咋样呢?你究竟在追求什么?你说,我可以给你。"

阿依丁说:"爸,不是所有的人都应该像您一样成为一个店主,不是所有的人都应该靠父亲的遗产吃饭。这么多的职业,这么多的思想……"

"别跟我讨论,要么是你来,要么是你走。"

"我已经花了很多时间,爸。现在已经很不公平了。"

母亲说:"在这些日子里,他只挣体面有价值的钱,然而,你……"

父亲说:"就让他去追逐他自己的方式,但是不要来找我。"

阿依丁说:"我也没有打算要来。"

父亲吼道:"你知道厚颜无耻吗?"他站起身,走动起来。沿着房间走来走去。他说:"这是我最后的话。从今之后,我们之间再无任何权利关系。这是最后通牒,阿依丁。"他在沉默中踱步了片刻,又说:"你到底要寻找什么?"

"寻找我自己。"

"滚。"

11

那是一个春天的炎热中午,十二点半钟,突然,日食落在太阳光芒上,仿佛就像一只手覆盖住了它的脸,就像日落一样。父亲为吃午饭回家,在昏暗中看了钟一眼,尽管看见指针正确待在它们的位置,依然认为他的眼睛出了差错,十分惊愕地说:"乌尔韩,晚上了吗?!"

乌尔韩从房间里跑出来,嚎叫:"阿布·法兹尔保佑!"

天黑得更加深沉。就在那个时候,卢尔德电扇制造厂的哨声响了,因此父亲确信是晚上了。或者,他感到是在前一晚的延伸中思考警察阿雅兹的话,过度疲劳使他陷入一种迷茫状态。

前一天,阿依丁的诗歌《岁月与瞬间》在《消息报》①上刊发了。诗歌开头还有一段总编的介绍分析,让父亲无比愤怒。"阿依丁·乌尔汗尼即使还不太为公众熟悉,但已为国家的著名诗人和文学家们所了解。他是阿塞拜疆人,一个小店主的孩子,在已故的纳赛尔·德

---

① 《消息报》:德黑兰出版的一家报纸,属于伊朗最有影响力的报纸之一。

尔洪教授的门下学艺三年,是新诗追随者。本报编委会通过刊出《岁月与瞬间》这首诗歌发出邀请,为了促进更多的了解与合作,在周一或者是周三中的一天……"

父亲读了诗歌,一点儿也不懂,但是他很害怕。他害怕,阿依丁千万不能去德黑兰,成为他不该成为的那种人。那个年代,去德黑兰意味着永远不再回返。在"玻璃熨斗"车站前总是聚集着大批旅行者,去往德黑兰,或者大不里士,或者其他地方。每个旅行者都有一群人送行,一种苦涩不愉快的送行。此时,父亲在想,如果阿依丁迈步走进一个不熟悉的大都市,那么整个家还剩下什么呢。阿雅兹常说,德黑兰诗人们的脑子都被毒害了,全都是左翼,留浓密唇胡。正因如此,父亲在他坐着的地方——楼上房间的皮榻上,直瞪眼睛,说:"你要跟着这些唇胡子们把什么地方砸碎呢,穷酸文人?"

阿依丁说:"你如果看见过唇胡子纳赛尔·德尔洪教授,你会说些什么呢,爸?"

父亲把阿雅兹的话原封不动地对他重复了一遍:"你别忘了,人家把那些浓密唇胡子们在哪儿吊死了。"

母亲说:"这些话跟咱有什么关系呢?关你什么事儿呢?贾贝尔!难道真主一定要咱总是找茬儿,在餐桌上说些不开心的事儿?"

"咱跟诗歌有什么关系,跟诗艺有什么关系?"

阿雅兹说:"以前啊,每个人的孩子都算作自己的财产。纳德尔国王[1]还吩咐人把他儿子的双眼挖了出来呢。但是,现在,兄弟,不是你所能支配的了,不是你所能掌控的了。你看见这个寄生虫了吧?"他用手指头指了一下正从店铺前经过的"豆芽"贾姆希德。父亲仔细打量他。阿雅兹说:"要么成为这个,每个晚上都把妓女玛尔塔带到四周的荒地里,要么是像你的诗人儿子。不是所有人都出落成乌尔韩。"

此时站在门前的乌尔韩喊了一声贾姆希德,然后挪开地儿让他进来。说:"贾姆希德,你要像赊账人那样躲着走吗?"

贾姆希德问了好,靠近桌子,站在阿雅兹旁边。他剃了发,显得比往常更瘦。他说:"我服兵役去了。我现在手里一分钱没有。但是……"

父亲说:"他赊了多少账?"

乌尔韩说:"超过一百一十土曼了。"

父亲说:"如果他不去放荡,我就免了他十土曼。"

阿雅兹说:"但是,他还是一个走正道的小伙子,现在也去服兵役了。等回来,就是一个十足的人模样了。"他拍了他后脑勺一巴掌,说:"去吧。"

父亲说:"如果可以的话,这阿依丁也去服兵役就好了,就可以有个人样儿了。"

阿雅兹点点头:"耐心一点,耐心一点。"

父亲再次打开报纸,无论怎么读那诗歌,也读不懂。大声重复

---

[1] 纳德尔国王:伊朗阿夫沙尔王朝君主,1735—1747年在位。

了其中的几个词儿,都是一些散发着鲜血、叛逆、复仇气味的词儿。用阿雅兹的话来说,红色词儿。一座城市,里面的人全都僵死了,在巴尔哈鲁河①两岸不是长的树木,而是竖起了绞架。父亲怎么读也弄不明白这条河在哪儿。是否就是这条巴尔哈鲁河?正在接待顾客的乌尔韩说:"裤带诗歌。"便笑起来。但是,父亲笑不起来,而是无比愤怒。危险在他家里生长,扎根,正在长成树木。

一直站着的阿雅兹,坐下来,正好在父亲身旁。他说:"你知道吗,贾贝尔?昨天我在院子里,有人叫我,我抬起头,看见警察局局长打开他房间的窗户,正在看我。我向他敬了个礼,说,长官。他说,你上来。我走进他的房间。他说,阿雅兹,我们太少像你这样的人了。我说:上校阁下,愧不敢当。他说,阿雅兹。你知道吗,贾贝尔,就像你叫我阿雅兹一样,他也叫我阿雅兹②。说真的,昨天,我和上校一起吃的午饭。狗日的,真是消息灵通的很呢。"

父亲说:"不是吗?"

阿雅兹说:"没错。反正我是力所不及。德尔洪教授是左翼分子。还有一个浓密唇胡,他一手做的这些工作。我们把他押送去了总部。但是,我该把这个孩子怎么办呢?"

父亲说:"阿雅兹是你啊,你还问我该怎么办?"

阿雅兹说:"说真的,为了维护家庭的面子,我希望你允许两

---

① 巴尔哈鲁河:伊朗阿尔达比尔省最大的一条河流,发源于高加索山脉,流入里海。

② 按照伊朗人称呼习惯,亲朋好友之间才直呼名字,表示亲昵;普通同事和上下级之间一般称呼姓氏表示尊重。这里,"阿雅兹"是名字。

个警察今天晚上冲进你家去。"

父亲说："会发生什么呢？"

"让他们逮捕他。我亲自给他娇嫩的屁股来十一二警棍，我们拘他一两个月，诗歌诗艺就从他脑袋瓜里全飞走了。我跟你说过很多次，跟两类人无法讨论，一类是有文化的，另一类是没文化的。你得永远记住了。"

父亲说："请给我一两天时间，我想对他下最后通牒。"

阿雅兹说："你知道吗，贾贝尔，我没有什么好处，是你们家的面子……"

父亲站起身来，踮起脚尖，亲吻了一下阿雅兹的面颊："你像父亲一样维护我的权利，阿雅兹。"

阿雅兹哭了。父亲此时想着阿雅兹是因为捍卫友谊而嚎哭。房顶上敲打铜盘的声音、人们的喧哗声、巷子里可怜无助的人们的嘈杂声传来。有人在喊："太阳。"父亲走到伊望上，看见乌尔韩和母亲在院子里盯着天空。说："什么情况？"

母亲哭起来。片刻，又想起在阿巴丹生活的阿依达来。这下可找到一个借口，就因难过而流泪，说："灾难，灾难，灾难。"

父亲这才注意到天空，抬起头，看见太阳的血红色圆轮，黑色的尘埃包围了它。暗哑的喧哗声从远处传入耳朵。仿佛谁在痛哭，或者是一个男人在哭号。父亲浑身颤栗，平生第一次对独自一人感到害怕。宅子笼罩在纯粹的漆黑中。世界失去了自己的信誉。在那黑暗中，父亲唯一能做的事就是把他的皮高帽挂在一个地方，然后从台阶上下来。

母亲低声念着祈祷,以悲伤的声音哭泣。乌尔韩坐在水池边上。天空沉没在星星中。天空中有那么多的星星。从来没有一个夜晚看见过这么多的星星。

父亲站在母亲旁边,说:"这是灾难降临。你知道这意味着什么吗?"他摊开两只手掌,以一种发烧的神情说:"我们犯下血案了?"

母亲哭泣。父亲说:"这是我们造的孽,我们和我们的孩子造的孽。真主啊,求求你别。"

片刻之后,街上的喧嚣平息了,城市陷入黑暗和寂静中,仿佛其中的人们已经死了好多年了。黑暗持续了一个半小时。远处传来一种哭泣的声音,一种像女人在废墟下呻吟的声音。甚至,优素福也在嚎叫,想动动窝。看起来,即将发生地震。父亲在惊恐中做了礼拜。然后,天蒙蒙亮起来。父亲没跟谁说话,去了院子。他用脚踹开地下室的门,恰好是在太阳从黑暗中钻出来的时刻,他把那间屋子连带里面的家什和书籍全都烧了。水池旁边的那块黑斑,几个月前,就像黑蜘蛛把自己的尸体铺展在那里。父亲使劲跺那黑斑,说:"这是魔鬼的灵魂正在燃烧。"

在天黑前的日落时分,阿依丁回来了。宅子笼罩在悲伤的寂静中,仿佛是家人中谁死了,墙壁掩盖了死亡的秘密。很多年以后,当阿依丁回忆起这些日子的时候,对母亲说:"非常令人悲伤。"

焚烧的气味传来。阿依丁仿佛知道发生了什么,以全然的冷静走到院子里，走近地窖，面对那片黢黑，他感到了一种失重。他简直不敢相信，愤怒得浑身哆嗦。他从地下室的台阶走下去。那里，只有黑乎乎和一无所有，黑色的水覆盖了地面，废墟和死亡的气味传来，原始人的气味，动物性的气味。仿佛谁被焚烧了，然后他的骨灰被抹在了门和墙上。房间里到处是灰和烧了一半的木头，书本和诗歌随同火焰一起升上了天空。甚至，阿依丁找不到一件可以让他坐一会儿的东西。瞬间，他决定用石头把家里所有的玻璃都砸下来，然后大喊："如果我不烧掉你的生活，我就不是你儿子。"

很多年以后，母亲说："从你诅咒的那天起到现在，我们没有过过一天快乐的日子。那天，连优素福也嚎叫了。"

12

就在那个秋天，阿依丁去了拉姆阿斯比，在拉姆阿斯比的木材加工厂里做工，从一个养牛人那里租了一间拉姆阿斯比山上的小屋。屋子的门朝马厩开着，非常嘈杂。从晚到早，牛群都在叫。但是，阿依丁很满意，因为他把那些糟糕的日子甩在了脑后。有一些日子，他处在饥饿中，囊中空空，无论他怎么想，都找不到一条可以让他前行的路。他的精神状态就是在那些日子里出现了危机。他认为，人们在徒劳地行走。所有的事情都成了另一个样子。颜色也不是真实的，时间过得很慢。早晨，中午，晚上。

第一周就那么过了。接下来的两天，他在读书中度过。那是他随身携带的唯一一本书。从早到晚，以各种方式度过，阿赫旺花园，公共图书馆，或者是在舒拉比岸边。但是，每当晚上来临的时候，全部的忧伤和痛苦都来了。他想他自己创作的诗歌，但是，他甚至连一个字也想不起来，仿佛书本和诗歌在他脑子里也被烧毁了。

一天晚上，他在阿努希尔旺小学背后的荒地里睡着了。早晨醒来的时候，他看见一群女人带着装满衣服的篮子，朝着城外的河走去。阿依丁不好意思起来，没去管自己满是尘土的衣服，觉得不妥当，就赶紧离开了那里。一天晚上，他又睡在阿赫旺花园，但是，豺狼的叫声折磨着他。他不得不爬到一棵树上面，把自己绑在树枝中间。接下来的那些日子，失眠、噩梦、疲惫让他变得无助困顿。他无法做到乞讨，但是，也不知道该吃什么；他也无法做到睡在墙根，但是，睡在哪儿呢？

一天，他不由自主地走向卖酒的小木屋。萨贝尔叔叔在那里。他说："你好，亲爱的叔叔。"阿依丁很饿。萨贝尔叔叔给他买了豆子饭，说："我听说你离开父亲家到了外面。"

阿依丁脸色苍白，问："谁给您说的？"

"我有消息来源。"

"是的，亲爱的叔叔，他们把我整个生活都烧毁了，把我赶了出来。"

"你爸是一个很严厉的人，阿依丁。"他仰头倒下最后一杯酒，等着阿依丁吃豆子饭。然后，他们一起来到外面。忧伤的傍晚，树叶覆盖了所有的街道。酒肆前面，大街旁边，一个漂亮的女人在车里等谁。她的眼镜被推到头发上，四处张望。萨贝尔叔叔的注意力在那里。他说："现在，你喜欢你的工作吗？"他用两个指头把西服搭在肩头上，又完全解开了他的领带，看起来似乎热得要窒息。阿依丁无论怎么想，也不明白萨贝尔叔叔说的是什么工作。

阿依丁说："没有办法。但是，我不明白他们为什么把我赶了出来。他们可以好好跟我说呀，用好言好语。我可以卷走我的铺盖卷，活该我自己倒霉。唉。"

萨贝尔叔叔不时地看阿依丁一眼，说："在我看来，你不应该放弃父亲的生活。你，阿依丁，你做错了。你满脑子的青春狂妄。你以为你能够打拼出你父亲打拼出的那样的富裕生活吗？在我看来，你应该回家去。请求你父亲原谅你的罪过。"

"我犯了什么罪过？"

"也许你没犯什么罪过，但是，你应当像乌尔韩那样考虑生活。吃吃喝喝，溜达溜达，蹦跶蹦跶，索取点什么，羁绊于什么，总之，谈恋爱吧。"他那样站着，仿佛正跟车里的女人说话。他说："生活变得十分艰难，叔叔的心肝。"

阿依丁说："是的，您说得很对。我该走了。"

萨贝尔叔叔说："无论如何，我对你的未来抱有很大希望。"然后，他跟跟跄跄从一条小路的斜坡上走远了。

孤独和异乡的忧伤攫住了他的精神。一种在熟悉的城市中的异乡感抓住了他。人多么孤独啊，就像一根在暴风中的稻草叶。很多次，他产生回家去的念头，或者是从他们自己的小巷经过，但是，他恐吓自己，便忍住了。在此之前，他从德尔洪教授那里学了一些东西，见识过他的孤独，现在，他正感受它。德尔洪教授是一个在木头上用笔作画的人，在相框边精雕细琢，挣自己的面包钱。他把他的时间放在诗歌上，他说："我作了一首'邮递员'诗歌。"他说："你作一首'穿红衣服的姑娘'的诗歌"。对教授的回忆让阿依丁激动起来。他决定去德黑兰，他认为他已经没有人了。但是，以空空的两手，甚至连一个沙希的钱都没有，能够做什么呢？打工。

那天下午，阿依丁去了吟诵堂①。吟诵堂的负责人，在退休之前，是小学教师。他认识阿依丁。他是个矮个子、棕红色头发的瘦男人，一张水痘斑痕脸，一双大耳朵。甚至，在他还没退休、耳朵还听得见的时候，他的名字就叫"耳聪的赛义德"。然而，现在，人们说话，他已经听不见了。当人家使劲喊的时候，他说："小声点，难道我聋了吗？"阿依丁从砖头房子的台阶走上去，向耳聪的赛义德请求给他几天的报纸，让他至少能找到一份工作。当他翻阅报纸的时候，耳聪的赛义德问他喜欢什么样的工作。他说，一种适合他的工作。就在这个时候，突然，他的眼睛落在一则在他看来很奇怪的吊唁启示上。他又读了一遍，又读一遍。字词在他双眼面前跳起舞来，分崩离析。吊唁全体艺术家。巨大损失。吊唁纳赛尔·德尔洪教授受尊敬的全家人。但是，哪个家人？他可是一个人也没有啊。或许他有一个老母亲，也或许他曾经有过妻子孩子。但是，他压根儿就不

---

① 吟诵堂：教人们吟诵《古兰经》的地方。

是一个普通人。尼玛·尤希吉在一封给他的信中写到：德尔洪，已经成了先知的助手，为什么还不从茧中出来？沙赫里亚尔①大师在一次去那里的旅行中，在他府上过了一夜，并说道："我们现在成了城里人，并且人家占领了我们周围。你来看看我们在遭受些什么，德尔洪。"

他把报纸折起来，没说再见就从台阶下去了，不知道要去何处。一种迷茫的感觉笼罩了他全身。他用目光巡视广场一周，然后在街上走起来。那天晚上，他比往常都更加难过。不是为了德尔洪教授，而是为母亲、阿依达，甚至为父亲难过。但是，有一种力量在迫使他逃离，到一个角落，一个僻静处，一个远离城市的地方，一个远离人群的地方。

他为一个老妇人难过，她来向母亲要面包、灯管，有时候是方糖。她的手脚是残废的，贫穷降临她的全身，她住在一个破破烂烂的小店里面，小店在舒尚尼克医生的诊所对面。那天下午，她摔倒在炉子的火上，她的心脏烧毁了。总之，阿依丁为一个死了的老妇人难过，他认识她。人家说她是一位汗的女儿，为结婚采购从山村来到城市，然后残废了，没有了走回去的脚。

城市外面，有一座破破烂烂的客栈，以"麻风病人客栈"而著名。老人、年轻人、瘾君子、最饥饿的人在那里蠕动。最不幸的孩子在哭闹。阿依丁在那里站了片刻，带着被消耗掉的体力，带着疲惫无助的感觉朝福露赞的家走去。只有那个女人能够帮助他。或者，

---

① 沙赫里亚尔（1906—1988年）：伊朗著名的阿塞拜疆族诗人。

即使她无能为力，至少晚上他可以待在那里。她家正好在他们家对面，如果有谁知道了，福露赞将会颜面无存。他到了他们自己的巷子。电扇制造厂在那下面悄无声息、一片黑暗。他们自己的家因那高高的围墙看起来像是被遗弃的建筑。福露赞房间窗户的灯光照亮了四周。

阿依丁战战兢兢地站在一个角落。他朝福露赞的窗户扔了一个小石子儿，把自己隐藏在墙壁的阴影中。片刻之后，他朝窗玻璃又扔了一块小石子儿。又扔。那时，福露赞打开窗户，惊诧地看着外面。

阿依丁走上前去，说："是我，阿依丁。"

福露赞兴奋地说："你好。"她一下手足无措起来，说："等一下。"她化了浓妆，双眼欢笑着打开了门，呼吸急促地说："你好。"

阿依丁不知道该怎么办。福露赞说："你好。"

"你好。"然后，他进去了。他有一种很糟糕的感觉，想起德尔洪教授说过："这种女人会让人成为俘虏。你可以与她在一起，但是别成为她的俘虏。"

那个夜晚就像一千个夜晚那么长，当他吃晚饭的时候，当他把一杯接一杯的茶水喝干的时候，甚至，当他睡觉的时候，他的心就像在煮蒜和醋，仿佛有谁在等他。他睡不着。他想就在那深更半夜跑出去，奔向一个未知的地方，但是，在尽头，他的目的地是德黑兰。他希望不惜一切代价度过他的大学时代，把他所有的梦想都付诸实践。但是，他不希望依靠谁。

福露赞说："赶紧睡吧。"

"我这就睡。"

福露赞说：" 你们家房子着火的那天，我去了你家。你母亲开的门。我看见，她正捶胸顿足地哭泣。我说，发生什么了？是你们家在烧吗？她说，这些不信宗教的，点着了我孩子的房间。他们甚至对那潮湿的地窖也不放过。"

阿依丁沉默不语，就那样躺着，眨眼睛，动脑子。

福露赞说："现在，你想怎么办呢？"

"我走。"

"哪儿？"

"德黑兰。"

福露赞起身来。朦胧的月光从窗户照在她脸上，使她显得更漂亮，看起来就像坐在蓝色雾霭中。她说："我准备跟你一起去。你在这里待一段时间。我自己先搬家去德黑兰。那个时候，你可以放心地去大学读你的书。但是，你却不接受。"她的双眼仿佛要把整个阿依丁吸纳进去。她说："我花了多少钱，你以后再还给我。就算是借债吧。"阿依丁说："不，我已经说过了。"

福露赞说："那好吧，你自力更生。银行的工作你又不喜欢，你也不愿意受雇于文化部门。然而，我在银行里认识很多人，他们可以给你找一个好工作。"

"我就是为此来找你的。"

"那么，你不是为了我而来的？"她用两个手指头捏住阿依丁的鼻子："你自力更生。"

"福露赞,以你喜欢的人的生命发誓,明天给我找一个高收入的工作。"

"我不知道你喜欢什么工作?"

"什么工作都行,不要紧。"

福露赞说:"有一个亚美尼亚人在我们银行里有账户。我认识他,他是俄国埃里温①的人。他的名字叫米尔扎扬先生。我明天跟他说。他有一个大工厂,我想他的收入也非常可观。"

"在哪儿?"

"拉姆阿斯比的木材加工厂。"

从第二天开始,阿依丁就在拉姆阿斯比的木材加工厂做领计件工资的锯木工,管三顿饭,一个睡觉的小房间,下午可以在城里的吟诵堂自由学习。每个月能挣二百土曼的工资。米尔扎扬先生答应,由于他喜欢阿依丁的人品,他会帮助阿依丁尽快攒钱,能够通过一两年的工作和学习准备好他去德黑兰的行装。

阿依丁去城里的时候,有时也会去看望一下福露赞;有时,福露赞来拉姆阿斯比,晚上待在那里。之后,乌尔韩也来看望他,讲家里的情况,因为母亲很担忧难过。阿依丁对他说没有回去的打算,但是,如果乌尔韩愿意,他可以来拉姆阿斯比。然后,乌尔韩就时不时地来。

一天,父亲来看他了,请求他忘记过去。阿依丁说,最好父亲忘记他。他也不需要什么东西。

---

① 埃里温:现今亚美尼亚共和国首都,当时属于苏联。

冬天来了,下了很厚的雪。阿尔达比尔、拉姆阿斯比以及所有的村庄,白茫茫的一片。学校停课了,道路也封闭了,但是,木材工作没有结束。工厂在山的缝隙里面,或者,换一种说法,坐落在山涧,一条清澈的河流从它下面流淌。左边,白色的木材在山峰下,排列在天然的庇护所中;右边,是工厂有顶棚的车间,前面用防水帆布覆盖。车间里有电锯、旋工机器、铣床。几个工人和木工师傅在那里面工作,但是,只有阿依丁在露天锯木头,因为他急躁,且沉默寡言,无法与其他工人建立起密切关系。他戴一双蓝色毛线手套,从早到晚,瞄准,把大木头切割成更小的木块。

一天早上,工厂主人叫他去。阿依丁去了米尔扎扬先生的小木屋,站在门边上,说:"您好。"

米尔扎扬先生坐在桌前,说:"过来,我看看,小伙子。"阿依丁进去了。"坐。"

阿依丁坐下来,看到米尔扎扬先生是个身材魁梧的男人,有几缕银白色头发躺在他头的一侧。他的衣服非常干净,他的眼睛稍微有点斜视。他说:"小伙子,你为什么这么干活儿?"

"我怎么干活儿的,米尔扎扬先生。"

米尔扎扬先生有亚美尼亚口音,他的脸非常有生机,看起来刚刚从澡堂出来。如果谁仔细看的话,还可以看到他脸上的毛细血管。他说:"我看到你从早晨到下午锯木头,晚上呢人家告诉我,你看书到很晚。是吗?"

"是的,米尔扎扬先生。我是按照合同做事的。"

"我知道。但是，我问的是，为什么你在害死自己？"

"我在第一天就告诉您了。我想挣出四五年在德黑兰生活的花销来。"

米尔扎扬笑了，摇摇头，说："如果机器也这样工作的话，一年它的齿儿就全都钝了。"他从桌前站起身来，站在窗前。山村雪景在他眼前铺展开来。他说："我想成为中间人，与你父亲……"

阿依丁打断他的话："我请求您别这么做，米尔扎扬先生。"他的语气充满恳求。

米尔扎扬先生说："就我听到的来说，你们之间的分歧是非常微不足道的。可以与你父亲谈谈，给你提供方便，让你去上学读书。我跟你父亲也有点头问候之交，我猜想，他不至于把我的话扔地上。"

阿依丁说："似乎是我给您添麻烦了，你想以一种方式赶走我。"

米尔扎扬先生回转身来："不，不，根本就不是这样。我希望你舒心。我有三个儿子，他们三个都在美国。我做的所有工作都是为了他们。因此，对于我来说，不忍心看到一个年轻人在桀骜不驯的年龄，如此戕害自己，然后还要读书学习。"

阿依丁说："我也是剩下最后一根弦了。我不想谁来托住我的翅膀。"

米尔扎扬先生说："你是一个聪明有悟性的孩子。在我看来，你应当理性行事。"

阿依丁说："如果谁把您的所有一切都付之一炬，您会怎么办？"

米尔扎扬先生说："我赞同你。你的想法都很圣洁美丽。但是，也有别的路可以让你抵达你的希望。"

阿依丁说："这是最美的路。"

米尔扎扬先生说："现在，你感到舒心吗？"

阿依丁说："是的，非常舒心。"

米尔扎扬先生摇了摇头，来到阿依丁身边，把手放在他肩上，说："昨天，当你正在锯木头锯的时候，来了三个警察。你没看见他们吗？"

阿依丁说："不是。我看见他们了。"

"他们来到这里，问，阿依丁·乌尔汗尼是哪一个。我说，你们找他有什么事儿？他们说，他该服兵役，他还有特殊的罪状。我说，你们来晚了一个星期，因为上周他已经从这里走了。"

阿依丁目瞪口呆，说："服兵役？"

"是的，你自己也知道，这些天他们流行在山村转悠，征兵。但是，我不知道为什么我不愿意他们把你带走。这些天，你得小心点儿。"

"是的，米尔扎扬先生。"

"我不愿意发生什么让人头痛的事情，不论是对我，还是对你。如果他们再一次来找你，就不是我的事儿了。"

"是的，米尔扎扬先生。"

就在这个时候，从远处，在雪覆盖下消失的山村道路上，五个警察朝工厂走来。雪没到他们膝盖，他们努力要到达这里里。米尔扎扬先生说："你看见了吗，他们又来了。"

阿依丁看见了他们。在那五个人中，他也认出了正在雪中挣扎的警察阿雅兹。阿依丁惊恐地看着四周，说："我去木材中间。我去木材中间。"

米尔扎扬先生说："你先赶紧藏起来。然后，我再想想你怎么办。"

13

周四晚上，在下雪。从前一天晚上开始的，到下一个周一，还在持续下。道路白茫茫一片。远处，城市的灯光若隐若现。阿依丁，身上穿着大衣，肩上扛着斧子，带着一个小箱子，里面有他的书和衣服，朝城里走去。他的脑子里充满一些混乱的念头，挤压着他的太阳穴。

阿依丁不能相信，父亲想要报复，策划了邪恶阴谋。警察在木材工厂一直待到下午。他们如此有信心，不再跟谁谈话。每个人都在一个地方蹲守，抽烟。警察阿雅兹对米尔扎先生说："他除了该服兵役之外，还是一个危险分子，有左翼思想。"然后，他们离开那里的时候，他说，他知道，有一个锯木工人把他藏了起来，或者是让他跑掉了。但是，他会不惜一切代价抓住他。

"在他的档案中还有一件特殊的罪状。您如果庇护他，您会遭殃的，米尔扎扬先生。"

阿依丁带着十足的焦虑不安和一颗忧伤的心，从"塔巴尔·伽布斯"城门进了城。雪依然在下，看不见街道的任何迹象。一堆一堆的雪从房顶上铲到街道中央。唯一一条留给马车通行的蜿蜒的路，到第二天早上一定会在新雪的覆盖下消失。

随时有可能谁认出他来，或者是碰巧，警察阿雅兹看见了他。他跟自己立下誓约，一旦在这种状况下，他就割断自己的动脉，从那所有的惩罚中解脱出来。然而，严寒和大雪，超出了让人有勇气走出家门的限度。他走完巴列维大街，到达伽兹朗街区。片刻之后，在亚美尼亚街区，他转入亚美尼亚小巷，尽管有种被人跟踪的感觉，但他并没有回头，而是敲了敲那条死胡同尽头一道绿色的门。他先弹指敲了几下，又敲门环。他回转身，在巷口电灯昏暗的光线下，看得见"芳塔兹"浴室的招牌。这是亚美尼亚人的浴室，与其他的浴室压根儿不一样。片刻之后，他听到脚步声，然后门打开了，一个个子非常矮小的女人出现在门框中。她头上戴着白色头巾，身上穿着套头毛衣和多彩外衣。阿依丁抢在她发问之前，说他从锯木厂来的。妇人说："阿依丁？"

"是的，阿依丁。"

妇人说："请进。"她让开路，以便阿依丁进去。这是一个老式宅子，有很高的围墙，拱形木窗，窗纱是白色或粉色。院子中央是一个圆形的大水池，已经结冰。水池两侧是一些长方形的小花圃，排列开去，从两侧围绕着房子。

突然，他的眼睛落在一栋漂亮的白色建筑上。那是教堂，在院子左边，以一道非常矮的墙，界定它的边界。妇人说："为什么站着，亲爱的？跟我来。"她把阿依丁带向房子。

在房子前面是一个六边形的伊望，三根圆柱子支撑起圆形拱顶，两侧有台阶。走到房子的大门前,妇人说:"把你身上的雪抖一抖。"

阿依丁跺了跺脚,用手把肩头上的雪拍打下来。妇人用手推着门保持敞开状态,以便阿依丁脱掉鞋子之后进去。厅很大,一张长方形桌子在中央,大厅尽头一个装满柴火的壁炉把整个空间都烘烤得很温暖。桌子远处,一个老妇人在编织毛活儿。米尔扎扬先生和另一个男人也坐在壁炉附近。一个大约三十岁左右的金发女人与桌子那边的一个男人在下象棋。阿依丁问了好。

米尔扎扬先生说:"你没遇上什么麻烦吧?"

阿依丁说:"没有。"他就待在那里,不知道该做什么。

米尔扎扬先生说:"过来,暖和暖和。"他站起身来,与阿依丁握手,引他在壁炉旁边坐下。他说:"别害羞,亲爱的孩子,我们中没有外人。"然后,把每个人介绍给他:"我兄弟,苏兰先生;我兄弟的女儿,苏尔梅;我外甥米卡伊尔,他明早要去埃里温,这位是尤金娜夫人,苏尔梅的祖母。"阿依丁跟每个人握了手,在壁炉旁边的椅子上坐下来。

苏兰先生说:"您的手冻僵了,赶紧暖和一下。"

阿依丁仿佛想把火吞下去。他享受着那红色舞蹈的温暖。米尔扎扬先生说:"这位阿依丁·乌尔汗尼先生,有数学文凭,是一位诗人。"

埋头下棋的米卡伊尔说:"真棒,真棒。"然后,走了他的象。

米尔扎扬先生说:"他是一个干果大商人的儿子。但是,他陷入窘境,不得不从零开始。好长一段时间,我看见他非常卖力地干活。你在听吗，苏尔梅？就是我总谈起的那个人。"

苏尔梅说："是的，亲爱的叔叔。"又埋头下棋。

米尔扎扬先生笑着说："一个高个子的漂亮女士是他的担保人。每次我去国民银行的时候，她都要问他的消息，问候他的身体健康。她跟您是什么关系？"

阿依丁说："是我们邻居。"

苏尔梅转过身来，看着阿依丁说："您吃过晚饭了吗？"

米尔扎扬先生说："没有，肯定还没有吃。苏尔梅，你弄点什么？"

苏尔梅站起身来，从房间里出去了。

苏兰先生说："您的情况我到底也没弄明白。几天之前，伽鲁斯特[①]说了些什么，但是我喝醉了，没搞懂他说了些什么。"

苏尔梅回到房间的时候，阿依丁坐在那里，正把手放在胸口上，详细地讲自己的遭遇。他的声音中蕴含着愤怒，但是，所有的事情他都中立平静地叙述。仿佛这些是发生在另一个人身上的事情。

然后，苏尔梅用亚美尼亚语说了点什么，瞥了他一眼，又用亚美尼亚语说，阿依丁听不懂。瞬间，有种感觉攫住了他：在那姑娘面前，他是多么卑微啊。那黑色的长大衣，呢绒裤子，木头的气味从全身上下钻入鼻子。他感到不好意思。

姑娘坐下来，埋头玩棋，时不时地用眼角看他，并不转过头。一种不游移的目光，出自骄傲，仿佛是在看一个值得同情的人。

苏兰先生比他兄弟的口音更重，他说："唉，过的是什么日子啊。"

---

① 伽鲁斯特：米尔扎扬先生的名字。

米卡伊尔说:"您的那个女邻居,没有帮您一下吗?"

阿依丁说:"我没有接受。"

米尔扎扬先生说:"阿依丁对这个问题没有任何商量余地。我有一种奇怪的感觉,他有像我一样的桀骜不驯的性格。"

苏兰先生说:"真的是很可耻。这些人以为他们是奴隶主吗?"

米尔扎扬先生说:"你是一个意志坚定的人。别担心,你想去哪里就去哪里。"

阿依丁说:"他们越是反对,我就越是要努力。"

米尔扎扬先生说:"我不想说我是你的救星。我也不想找麻烦。但是,我也不知道为什么对你有好感。就像我说过的那样,我会帮助你。我尊重你的信念和目标。但是,我不知道这侦查要持续到什么时候,你的父亲是否会对你放手?"

阿依丁说:"总有个时候他会明白我已经离开这里了。"

米尔扎扬先生说:"我在考虑隐藏你一两年。但是,你能忍受得了吗?"

阿依丁说:"能。"然后,他看了一下尤金娜夫人,她在很认真地编织一件紫荆色的东西。

在这个时候,那个矮小的妇人,端着大餐盘进来,她把大餐盘放在桌上就走了。米尔扎扬先生说:"如果你暖和起来了,就过来吃晚饭。不要太难过。"

苏兰先生说:"没错,老弟,不要伤悲。"

米尔扎扬先生说:"我们没有事先准备,只够你吃饱肚子。"

阿依丁说:"谢谢。我不想你劳神。"他看了一眼苏尔梅,而她点了一下头,笑了一下。

苏兰先生说:"你父亲是一个眉头紧锁的人,但我也不认为他会这么无情。"

姑娘就那样看着他,阿依丁想,如何才能在那目光面前吃饭。

在苏兰先生、尤金娜夫人和米尔扎扬先生的恳请下,阿依丁坐在了桌子前,手颤抖着拿起勺子。

米尔扎扬先生用亚美尼亚语说话,他们都看了阿依丁一眼。然后,尤金娜夫人说:"那么,您母亲是什么态度?没有反对父亲吗?"她依然在编织毛活儿。

阿依丁说:"您更了解,无论如何,我母亲是个女人,而像我爸这样的男人……"他沉默不语了,不知道对父亲该用什么形容词。

晚餐之后,米卡伊尔说:"可以朗诵您的一首诗歌吗?我到了埃里温的时候,推荐给我的朋友们。"

阿依丁脸红了,不安地说:"不是值得您关注的东西。"

米卡伊尔说:"您谦虚了。"

苏尔梅笑得很甜美,用眼角盯着他。阿依丁感到心在颤动。之前,他从未震惊于什么东西或什么人的美丽;之前,也从未有什么东西让他如此震颤。

他说:"我不知道该朗诵哪一首。"

苏尔梅说:"全部。"然后,就笑了。再笑。

阿依丁闭上双眼,沉浸在对苏尔梅容颜的记忆中,他努力集中自己的思想,平静了一下,然后说:"唉,全部我没记住啊。"

米尔扎扬先生说:"你记得多少就朗诵多少。"

苏尔梅用认真的语气说:"朗诵吧。"

他朗诵道:

> 如我这般的乞丐血脉只会出自哈拉智,
> 爱情锁链的传系留存在脚上直到永远。
>
> 痛苦的爱情之云啊,别弯刀的姑娘啊!
> 我是琴弦你是拨子,弹吧今晚来把我拨弹!
>
> 因你离去我嘴唇闭上,成为死人队伍中的男人,
> 这日子既如炼狱煎熬,也害怕末日审判。
>
> 痛苦啊心在哭丧,谁能忍耐分离?
> 从这巢中逃离吧,这把斋要到何时?
>
> 夜莺怎能知道降落在哪家房顶?
> 自由者没有夜晚,自由地把你思念。
>
> 我就像筝咆哮起来,当你拨弹我的时候,
> 这些形形色色的人们,这些恶棍敌人。

今夜我那桀骜不驯的美人偷取了我燃烧的心,
我成了熄灭的火山,山区寒冷的画像。

唉,对于心被烧毁者,没有踪迹的恋人,
道路中央被遗弃者,心情舒畅的废墟。

你对我的家点火,让这躯体失去生机,
我是灰烬之于酒,我的塑像具有英雄气概。

旗子是记忆的显示,插在房顶上空,
疲惫在岁月中,爱情隐藏在记忆中。

大家都为他鼓掌,甚至,尤金娜夫人也把她的毛活儿放在桌上,鼓掌。阿依丁的双手在桌子上颤抖。苏尔梅用那样的眼神看着他,似乎大家想给她拍照。

米尔扎扬先生说:"太棒了,太棒了。你真是一位当之无愧的诗人,小伙子。"

苏尔梅说:"你这首诗是为谁而作的?"

阿依丁说:"我也不知道。就这样作的。"他耸耸肩。

苏兰先生说:"多么奇妙的日子啊,太美了。"

米卡伊尔说:"当然,还没完全成熟。"

米尔扎扬先生说:"米卡,公正地说,是一首动人的诗歌。不是吗?"然后,他对阿依丁说:"这些诗歌你是在哪儿学的?"

"跟着纳赛尔·德尔洪教授学的。"

米尔扎扬先生瞪圆了眼睛:"德尔洪?你真让人震惊,孩子。似乎你的脑袋对你的肉身感到厌倦,就像那个德尔洪。"

苏兰先生说:"我认识他。他来过我店里,买咖啡和茶。是一个瘦子,留着女人一样的头发,还有浓密的唇胡子。我不知道,他是达尔维希①呢还是共产党。但,是一个奇特的人。一天我听说,人家除掉了他。"

米卡伊尔说:"再朗诵一首。"

阿依丁说:"可惜,我记不得了。"他愁眉苦脸,声音哽咽地说:"可惜,我不记得了。"

米卡伊尔说"您不会作新诗吗?"

阿依丁说:"恰好,我是尼玛·尤希吉的追随者。但是,我想不起来了。"

苏尔梅说:"难道你没写过吗?"

"我写过。但是,你知道的,我爸全都给烧了。"

米卡伊尔说:"他有很好的才华。我希望他能成一位好诗人。"然后,继续下象棋。

苏尔梅说:"将。"她沉默了一会儿,又说:"将。你已经陷入僵局一个小时了。"

---

① 达尔维希:伊斯兰教苏非派苦行僧,大多衣衫褴褛、蓬头垢面的样子。

米卡伊尔说："哎呀,对不起,我走错了,我没集中注意力。"

苏兰先生说："如果你不介意的话,我带你去我的店里,我教你磨咖啡。到底,我们可以挣得一口面包,还可以享受生活。"他给阿依丁的杯子里倒上葡萄酒。

苏尔梅说："再将。"

米尔扎扬先生说："他既无法公开活动,也无法从城里出去。他必须在一个安全的地方工作,以便将来……我也不知道会怎么样。"

阿依丁说："是的,什么地方不要紧,要紧的是我不想依靠谁,我想工作。"

"无论我怎么想,也找不到一个安全的地方。除了在教堂地下室,就是那个我一开始就想到的地方。"

苏尔梅皱起眉头,几乎是在喊:"叔叔,那里那么黑暗,让人恐惧。"

米尔扎扬先生说："我们拉上电线,把那里变成一个工作坊。对于阿依丁来说有什么区别。他就在那里工作,在那里睡觉,在那里生活,直到他的事儿结案。"

苏尔梅说："那个地方非常不舒服,到处是老鼠和蟑螂。"

阿依丁说："我已经做好了思想准备,哪怕生活在一个山洞中,只要能达到我的目标。我爸想让我屈服,但是……"他又沉默不语了。

米尔扎扬先生说："是的,他自己必须把那里收拾妥当,我给他提供设备,让工作坊运作起来。他可以着手做轻松一点的工作。你会做些什么活儿?"

阿依丁说:"德尔洪教授有时做边框制作。我也会。"

米尔扎扬先生说:"那太好了,那就做边框制作。"他兴奋得笑起来,仰头喝干了他的酒杯。

阿依丁说:"我喜欢木头,喜欢与木头打交道。"

"我知道他想要什么。从明天起,我弄一百套边框来,还有小盘子、钉子、锤子、胶水、工作桌,从早晨到晚上,他可以做几个边框,可以挣得很好的报酬。晚上,他可以坐下来读书学习。大人物们都饱经忧患。有些先知放过羊,有些先知做过木匠。"

苏尔梅说:"将。死了。"她起身来,站在桌边。

阿依丁说:"我什么时候去?"

"从明天早上开始。"

第二天早上,米尔扎扬先生在去工厂之前,把阿依丁带到说好他待的地方,说:"现在,已经不可以再冒险了。他们警告我:你会陷入麻烦的。我知道,很苦,但是你必须要有毅力,全身心工作。无论如何,这里比监狱和军营更好一些。我不会让你孤独,我会给你准备书和报纸。同时,我希望你要忍耐。你知道,这里是教堂,不时有人来,如果人家看见你……唉,这里是一座小城市……"

雪在下,那些人的膝盖没在雪中追踪。阿依丁说:"您就像天使。"

"不,不是这样。我们在一起完成一桩生意活儿。我应当保护你。"他用手指着教堂那边:"就在那里。"

地下室的台阶正好在教堂建筑墙壁的一侧:"我们下去。"他自己走在前面。他一边从台阶往下走,一边用嘶哑的声音解释,人应当一直工作,进行创造,否则,内心就会空洞。无所事事比孤独更糟。无所事事的人即使在人群中也很孤独。

他打开深灰色的木门,合页发出可怖的干涩声。后来,阿依丁才知道,那里之前曾是一位教堂雇员的居所,他在那里去世的。他是巴德库巴人,红头发,总是穿领子上了浆的白衬衫。战争岁月中的一天,人们把他忘在了这个地下室中,两天之后人家去找他,面对的是他紫蓝色的尸体。

仓库非常大,在一个角落里,几个俄式大桶排列成行,更那边一点有几个木盒子,四根柱子在中央托住圆形拱顶。阿依丁数了一下,有九个拱形门框。在仓库尽头,是一间小屋子,前面挂着帘子。

米尔扎扬先生说:"这里的好处是,冬暖夏凉。"他用两个手指头把帘子撩到一边,在进去之前,又把帘子一下拽下来,扔到一个角落里。房间里面摆放着一张床,一张桌子,一把椅子。简单,寒酸,窄小。如同监狱。所有的东西都陈旧腐烂。砖头墙壁,其缝隙用蓝色水泥勾缝。多么令人忧伤的地方。

看起来,那个地方任何时候都不会变得干净整洁,但是,几天之后,变成了一个作坊。工作的激情在年轻人的心中激荡。工作桌正好在天花板的玻璃小窗下面,柔和的光线落在桌子上。边框制作工具挂在右侧柱子那边的工作柜上。锯子、锤子、小盘子、钳子。有一个烧柴的铁皮暖炉,让工作坊暖和。他们在小房间前面挂上蓝色帘子,拉上电线,换了床,搬来新的桌椅,还放置了一个柜子,上面一层可以放他的书,下面一层放他的衣服。

阿依丁，着手工作的那天，制作了三十个相框，后来，他对操作木头十分熟练了，一天能做五十个。每天早上，米尔扎扬先生把它们拿到他的商店去。从那之后，"伽鲁斯特"木制品商店的生意随着精美的相框而蒸蒸日上。米尔扎扬先生每个相框给一土曼的工钱，工具、原始材料由他提供给阿依丁。女佣每天给他送三次饭食。每天在日落时分，天花板的小玻璃窗，或者用苏尔梅的话来说叫"普塔什卡"，会被打开，苏尔梅的脸会在那窗框里出现，她微笑，问候，扔进前一天的报纸，然后走了。

从那之后，阿依丁整整一天都在那一瞬间的会面带来的激动中工作，苏尔梅把天花板的花玻璃小窗打开，把阿依丁全部的疲劳都消除掉。会面仿佛让大海掀起波涛，让时间变得缓慢。爱的激情悄悄在阿依丁心中酝酿。很多个星期、很多个月过去了，他把他的家庭从记忆中拔出了，把他的诗歌也完全忘记了，并且越来越消瘦。

一整天工作，在一天结束的时候，一瞬间的会面，见到她那蜂蜜色的双眼。

14

春天来临了。太阳照耀，还不是太热。雪融化了。天窗把更多的光线投射进里面。每天两次，有人来仔细清洗那场院和那厚玻璃。有时，会有几滴水流落在阿依丁的桌子前。"伽鲁斯特"框架制作厂的工作在继续。相框毛坯，雕饰过的相框，金色的，咖啡色的，还有黑色的，在工作坊的一角排列放置。

没有人知道，米尔扎扬先生从哪里弄来的这些精美的相框。其制作者又是谁。甚至，当一个店主问道："米尔扎扬先生，厂子在哪儿呀？"他回答说："你认为这些相框在阿尔达比尔能制造出来吗？"不能。相框的做工是那样精美娴熟，看起来不太可能是在这个国家制造的。但是，非常便宜。此时，或许城中所有的人家中都有一两个这样的相框来装饰亡故者的相片，或者是画和风景。甚至，乌尔韩也买了一个这样的相框，钉在了厨房正对面的墙上，装的是阿里①尊者的像。阿里尊者坐在宝座上，怀中别着双刃剑，穿绿衣的伊玛目哈桑在右边，穿红衣的伊玛目侯赛因在左边。天使在他们的头顶上张开伞状翅膀。初始之光从他们身后一直照耀到永远。

有一天，一封没有寄信者落款的信被扔到家里。阿依丁送来他的健康消息。上面写道：他没有任何对家和家庭的感觉，但是有时他很想念母亲和阿依达。说真的，小苏赫拉布的情况怎样？阿依达是否还与那里来来往往？还写道：他已经准备好在公证书上签字，他在那个家庭没有任何权益，条件是父亲放弃侦查他，让他在一个角落继续生活。还写道：为什么人们自己制造分裂，让大家彼此成为路人。为什么人有这么多的孤独。诸如此类。

母亲气喘的毛病更厉害了。她不知道阿依丁在什么地方，但是

---

① 阿里：伊斯兰教第四哈里发，也是伊斯兰教什叶派崇奉的第一伊玛目。阿里是先知穆罕默德的堂弟和女婿，与先知的女儿法蒂玛生育两子，即哈桑（第二伊玛目）和侯赛因（第三伊玛目）。

知道他独自一人。她很确信，不断地说："让我为你的孤独死去吧。"时不时地在一个角落坐下来哭泣。无论怎么哭泣，心也无法平静。她感到她的双胞胎都没有好命运。阿依达在阿巴丹，很少有消息来，有消息也是电报，简述她自己和孩子身体都好。现在，距离更远了。然而，阿依丁就在那个城市犹如一滴水流入了地下，他们无论如何寻找也找不到他。母亲很多次派乌尔韩到拉姆阿斯比锯木厂，也没能找到线索。有一次，她亲自去了工厂，也没有找到他的一丝痕迹。她求助于米尔扎扬先生；她用钱贿赂里兹旺先生；她去警察阿雅兹家，让他妻子作调解人；她去吟诵堂。全都一无所获。

有一天，她也去了圣母玛利亚教堂，去了伽鲁斯特·米尔扎扬的家。她看见了尤金娜老夫人，看见了苏尔梅，看见了苏兰先生，跟他们大家都谈话了，她还流泪了。她诉说自己的无助，诉说自己的忧心和无所归依的心，难以安宁。他们对她说，不仅没有阿依丁的任何消息，而且根本就不认得他。母亲说他的儿子是个诗人，他们怎么会不认识他呢。他们说，听说过他的名字，但不认识他。那么，该怎么办呢？

母亲回到家的时候，感到那个姑娘似乎在哪儿见过，看起来眼熟，仿佛在那姑娘脸上看到了阿依丁的影子，他见过他们。或许是阿依丁的一种气味，或者是双手的一种颤动，或者是双眼的左顾右盼，当她提到阿依丁名字的时候。

第二天，母亲又去了圣母玛利亚教堂，看见那个姑娘正在用水龙带冲洗地面，给花儿浇水，有时又把麻雀淋湿。母亲在教堂建筑的台阶上坐下来,说:"亲爱的姑娘,你叫什么名字?"

她回答说:"苏尔梅里娜。"

"苏尔梅,多美的名字啊。您太像我的阿依丁和阿依达了。"她又哭起来,注视着姑娘的行动。日落时分她回到家,疲惫,无助,忧伤。

母亲的忧心也传染给了父亲,震动了他,尽管他看起来是那么严厉和不受人左右。父亲请求阿雅兹帮助,把整座城市尽可能地搜了个遍。周边的山村、军营、医院、墓地。最后的迹象是,在两年前的冬天,一个夜晚,他从拉姆阿斯比走了,再没有回去过。真的是没有人知道。没有任何人知道。

米尔扎扬先生除了物质利益和在框架制作上的利润之外,他以名誉发过誓,决不出卖阿依丁,要保护他。他毫不动摇地回答,在警察们来追查、纠缠之后,他就把阿依丁开除了,因为警察们恫吓他说,如果他是阿依丁·乌尔汗尼的同谋,那他就该倒霉了。

"那么,在哪儿呢?"

母亲没有阿依丁的任何回音。阿巴丹尼来接他妻子和孩子的最后一天,搜遍了所有的地方。然后,阿依达也没能看见阿依丁就离开了。每一次,苏赫拉布在那十五天中,都会想起他的舅舅,而母亲则抱着他痛哭。

父亲家里的生活变得苦涩和困难。母亲失去了耐心,父亲一个劲儿的咆哮也不起任何作用。不再有那些香喷喷的各色菜肴的气息。母亲不断地生病。乌尔韩则在进攻,把店铺和家中的所有事务都置于自己的掌控之中。采购，卖出，还有一些别的决定。然而，优素福在那间昏暗的小屋里号叫。他用手抓下他周围墙壁的石膏来吃，又吃墙上的草泥，但是无法把坚硬的砖头拽出来，便号叫。腐臭的气味从房间钻出来，覆盖了整所房子。父亲咆哮："真主啊，把这个从我们这里带走吧。"

父亲与母亲的关系变得冰冷，没有生气。一两个不得不说的词儿，然后各自沉浸在自己的痛苦和不幸的生活中，母亲说："您让我的孩子流离失所。"

福露赞说："可能会去哪儿呢，毫无消息？"

乌尔韩说："肯定是到德黑兰读书去了。"

父亲驳斥了所有的看法，也驳斥了他自己的看法，因为他陷入一团巨大的无头乱麻中："搞不清楚。他既没有正确的、了不起的宗教信仰，也不会做生意活儿，也不听我的话。可惜了那所有的才华。真是可惜。他还是个孩子的时候，甚至一根黄瓜都不让我给他削皮。他说我自己来。似乎这家伙不需要任何人。但是，我不知道。如果他去了德黑兰，那就一了百了，我们就不要想他，把他从脑袋中驱除出去。阿雅兹说，也许出境了……"

母亲说："让那阿雅兹的祖坟倒霉吧。"她在亲人离别的忧伤高烧中销熔。后来，她向阿依丁说起这些的时候，她一个劲儿地流泪，让阿依丁也哭起来。

总之，阿依丁跑掉了，没有消息，无论什么情况都不打算返回，甚至连一丝痕迹都没有。当母亲对他说起这些的时候，他深深吸一口气，只是说:"有什么办法呢？"从早晨天亮到晚上，他制作相框，进行雕刻，读报读书，他也在单相思的爱情高烧中销熔啊。直到日落时分，苏尔梅把小天窗，或者用她的话来说，把普塔什卡打开，喊他："阿依丁先生。"把报纸或者书扔进去。没有一句话，没有其他联系，甚至也没有微笑。时间的流逝消减着他疯狂的决定。他怀着他最终俘获苏尔梅的爱情的期待，躲在工作中。

等待使时间拉长，转变成不透明的厚玻璃形状。教堂的礼拜者把脚放在那上面，下午有人来冲洗它，然后一滴一滴的水流在阿依丁的桌子上。他等待着，在工作坊灯泡不足的光线中，凝视苏尔梅的脸庞，他张口结舌，心脏狂跳，口干舌燥。他想跟她说什么，他自己也不知道。任何一句话也许就像脱靶的子弹，让他仓皇逃跑，在他脚步溅起的尘埃中，不再可能看见她。他不能相信，也或许他不想相信，这震慑力，这娇媚与秋波，这纯粹的漠然，都是苏尔梅性情的组成部分。他是这样一个人，任何时候在不吃饭的情况下，都可以想待在哪里就待在哪里。坐靠在房子的伊望处，或者是靠着壁龛上的瓷花瓶，在树叶丛中，甚至在火焰中央。

他爱上了她，但是甚至对自己也不能说他爱上了她。他所有的勇气都从掌中失去。由于环境的枯燥单调，没有太阳光线，那单调的习惯，还有工作，他变得苍白、消瘦、苍老，并且心惊胆战，任何一点声音都可以让他心脏怦怦直跳；一张银灰色的脸，满是皱纹，苍老，没有尽头的挣扎。他每天做五十个相框，把钱放在柜子的抽屉里。但是，他已经不知道为什么要做，为什么存钱，在那里要待到什么时候。致命的爱情和恐惧从内部吞噬他，使之空洞。爱情是针对一个不认识的人，恐惧是针对认识的人们。而现在，他不想知道，他是为什么而活着。甚至一次也没问过米尔扎扬先生，他要在那个潮湿的、没有阳光的地下室里待到何时。但是，他对米尔扎扬先生无限尊敬，对自己制作和雕刻的相框的数量很满意，对日落和普塔什卡感到愉悦。

普塔什卡打开了，浓密而平直的金发撒落进来，一张没有笑容的严肃的脸，带着雍容华贵的稳重和一丝怒气，停留片刻，然后才说："阿依丁先生。"

"哎。"

"您把门打开，我想下到里面来。"

冰冷的软弱无力攫住了他全身。他一下脸色都没了，双手哆哆嗦嗦地打开了门闩。他对自己说："真主啊，我该怎么向苏兰先生和米尔扎扬先生交代？"苏尔梅来到室内。她双目炯炯有神，双眉纤细，颧骨凸出，站在工作坊场地中央。她穿着一件艳绿色上衣，脖子显得好长。他的心脏狂跳。是否他总是心跳过速？他跑步了？总是跑步吗？那么，为什么他总是心跳过速？是否人们一看她，她就厌烦？她是多么美丽啊。

什么东西也看不见。时间停止了运动和声响。那有裂缝的地面在视野中延伸，没有任何色彩。花朵是干枯的，也不刮风。头皮一下肿胀起来，人在强大压力下失重运行，几乎要爆裂。既不是白天，也不是夜晚。那么，是什么时辰？为什么有东西在一直敲击？

"您的心脏。"

阿依丁一下子回过神来,他站在苏尔梅面前。他想,他是在做梦。

"您正在发抖?"

他只能够说:"向真主发誓,请您离开这里。"

"我去哪儿?"她的声音就像天鹅绒,具有黏性,就像清脆的铃声,撩动着人的耳廓和眼皮。阿依丁很怕她,害怕丢脸,害怕人家把姑娘绑在木头上让其成为女人,害怕人家把他丢人现眼地扫地出门,在城市中当众宣布他恩将仇报。他不知道该怎么办。他说:"如果人家看到您在这里,对我们俩都不好。"

"不好?为什么不好?"

她没有搞明白问题,这让阿依丁很受折磨。他感到他双膝发软,接着就像猎物一样跪在了地上,说:"向真主发誓,请您离开这里。"他哀求,想哭。

那时,苏尔梅没有看他,而是在工作坊里转悠:"害怕与死亡是亲兄弟。"然后,她以一种特殊的威慑力说:"我想在哪儿就在哪儿。"她手里拿着一本书和两张报纸,她把它们放在阿依丁的工作桌上,看了一眼天花板上的小天窗,然后在阿依丁的工作桌前坐下来,拿起两颗小钉子,十分认真地把它们敲进桌子。她双手拿起工具,想把一个做了一半的相框做完,但是做不到。阿依丁说:"请允许我示范,不是这样的。"

"我自己知道该怎么做。"然后,又说:"这里环境不适宜。你很苍白,你这长胡须和奇形怪状的头发的样子会吓住人的。"

"那有什么办法呢?"

苏尔梅脱口而出:"任何办法都可以。"

"将近两年了,没有谁来看过我,除了米尔扎扬先生。"

"您是一个很小心谨慎的人。我来到这里,但是您根本就不屑一顾。"

"今天对于我来说是一个非常重大的日子,小姐。"

阿依丁感到突然的热浪在他脸和耳朵上奔涌,他说:"现在我已经习惯了。"

苏尔梅一边捣鼓着工具,一边说:"我爸也来看过您一两次。"

"是的,您父亲是一个好性情的人。"

"我呢?"

"您是风暴。"

苏尔梅说:"一开始任性,然后消失。不是这样吗?"

阿依丁说:"不是。因为风暴任何时候都不会消失。"

苏尔梅说:"我是一个女人。"

阿依丁说:"充满喧哗骚动。"

苏尔梅说:"这些全部都是感觉而已,不是真实情况。"

阿依丁说:"我的真实状况是苦涩。"

苏尔梅说:"生活嘛更多的是苦涩和辛酸。"

阿依丁说:"您也如此?"

苏尔梅说:"唉,最终如此。"

阿依丁说:"我很喜欢这个小天窗。"

苏尔梅说:"普塔什卡。您为什么喜欢它?"她看了天窗一眼,兴奋地笑起来。

阿依丁说:"因为您每天打开它,一瞬间……"他沉默不语了。

苏尔梅又笑起来,让阿依丁感到他说的话很孩子气。

苏尔梅说:"对于您有什么意义?"

阿依丁说:"我会很高兴。"

苏尔梅说:"就这些?"

阿依丁说:"是的,就这些。"

苏尔梅说:"奇了!"她用指头摸了一下钳子,把它放在一边,然后拿起锤子:"您以前喜欢过谁吗?"

阿依丁说:"没有。"

苏尔梅说:"但是,我在很多年以前结过婚,我丈夫在结婚之后三个月出车祸了。"她抬起头看着阿依丁:"死了。"

阿依丁说:"我此前不知道。"

"幸好我没有他的孩子。"

"您喜欢他吗?"

"压根儿不。"

"那您为什么结婚?"

"我也不知道"

"什么事儿让您今天来看我?"

"我也不知道。就这样,我心里想来您这里。"

阿依丁说:"我很高兴。"

"好吧。"她抬起手掌,从桌子前站起来走动。每迈一步,她的头发都会晃动一下。那时,她朝阿依丁的小屋走去。在小屋前站住了,用一个手指撩开帘子,走了进去。阿依丁不知道是该站在那里,还是该进去。他站了片刻,忍住了。然后,当他决定要撩开帘子的时候,苏尔梅出来了,说:"把您自己的样子收拾一下,剃掉胡须,剪短头发,时不时地出来晒晒太阳。"她就那样说着话,从台阶走上去,走了。

她有一张吉普赛人似的脸庞,有时她把头发散开,有时把围巾围在头和脖子上,有时穿紫荆色,有时穿紫罗兰色,有时温柔,有时暴躁。这个吉普赛姑娘留下的痕迹,把阿依丁变成了一尊石像,他坐在床边,沉浸在石头自身的厚重存在中。那个晚上,他想起母亲和阿依达,想起家里的台阶,想起他那被火焰吞噬的地下室,想起"豆芽"贾姆希德——他是一个美男子,身材瘦长,每当他来的时候,在房子前,一只脚放在墙上,靠着,等着乌尔韩出来。

那个晚上,他想起每件事情每一个人。他的脑子时而浮想联翩,时而空空如也。他不知道苏尔梅来到那里,说那些话,有着什么意图。她说:"我非常孤独。你想想看,很多年来我一直独自一人。"

她的出现不仅把那整个空间填满,而且在阿依丁看来,她那无所畏惧的样子超出了限度,热情,吵闹,充满激情和调皮。现在,她已经走了,仿佛重量把时间也带走了,一种奇特的味道留在阿依丁的鼻子中。一种骚动的味道,一种清醒过来的苦涩味道——人从美梦中醒来看见了晨光。

她说:"如果我想您念诗,您会念吗?"

"您有必要一定要戏弄我吗?"

"不,不。我没有这个意思。我只是想听一首诗歌。您如果不愿意,我也不勉强您。"

几天之后,当阿依丁正用铁砂纸打磨做好的相框,以便上色,门被敲了两下。阿依丁打开门,苏尔梅进来。她问了好,仿佛她对那里很熟悉,对阿依丁很熟悉,在她双眼中看不到好奇的神情。她手里拿着一面镜子、一块白布、一把剪子,朝椅子走去,指着说,阿依丁您请坐。她说:"您最近在镜子里看过您自己吗?"

"没有。"他看了她一眼,感到羞愧:为什么要看她。但是,他心里想再瞥她一眼。

她把镜子在桌上立好,把椅子往后拉,说:"好了,过来坐下吧。"

阿依丁在椅子上坐下来。苏尔梅把白布围在他脖子上,开始剪起来。她甚至一个字儿也没说,非常认真地、以一种母亲般的神态修剪他的头发,把胡须收拾整齐。她的双手在镜子中飞快地晃来晃去,让阿依丁简直以为剪子会剪断她的一根手指头。

苏尔梅说:"去年您母亲来过。两次。"

"我母亲?"他转过身去。

苏尔梅说:"您别动。一下子您会看到您的一只耳朵夹在剪子里了。"

阿依丁说:"她来做什么?"

苏尔梅说:"找您。她从工厂那里获得您的踪迹,她一直认为您在这里。"

阿依丁说:"多么奇特的感觉!"

苏尔梅说:"是的。她非常爱您。"看他沉默不语,她又说:"她说我很像阿依丁和阿依达。但是,您的双眼是鞑靼人的。而我是金发。"

阿依丁说:"我发誓,不是因为相像,而是她看见了一些迹象,认为我一定在这里。"

苏尔梅说:"也许是这样,也许不是这样。"

阿依丁说:"什么意思啊,也许是这样,也许不是这样。"

苏尔梅笑了,说:"意思是,她明白了我对您的感觉。"

阿依丁说:"难道您对我也有一种感觉?"

苏尔梅说:"您怎么老动来动去?是的,我有。"

阿依丁以一种特殊的平静说:"我对您的爱情已经成年累月。小姐。"

苏尔梅说:"或许就像葡萄酒。"

阿依丁说:"我出于礼貌和责任,我没有权利喜欢您。"

苏尔梅说:"为什么?"她的手停下来,肘支在桌面上,正对着阿依丁的脸。

阿依丁说:"如果他们把我从这里赶走,我不会难受。但是,一想到您父亲会憎恶我,我就害怕。"

苏尔梅说:"您又没犯什么错误。您变得很胆小。人家灭掉了您所有的勇气。您看看镜子，看看您变得多么苍老和憔悴。"

阿依丁说："您认为我不需要友爱吗？"

苏尔梅又接着干活儿："所有的人都需要友爱。"她把头发从中间分缝，梳理她的头发，然后说："您看看，您变得像耶稣基督了，只是需要去澡堂。"

阿依丁看了一眼，一点儿也不像基督，更像一个消瘦的、头发修整过的鞑靼男人。在苏尔梅的手下，他无论如何也控制不住他的激动。他说："我一直是在这里烧热水，给自己洗澡。"

苏尔梅说："我们有浴室。从今之后，您如果愿意，可以使用我们的浴室。"

阿依丁把围裙抖落了一下，然后就去弄相框。苏尔梅说："我喜欢您工作。"

她在工作坊里溜达，然后跪坐在地上，用铁砂纸打磨。阿依丁说："您别把手弄脏了。"

苏尔梅说："为什么您总是眉头紧锁？"

阿依丁说："我不知道。我自己也没觉得。"

苏尔梅说："您总是在思考，仿佛您的船沉没了。"

阿依丁说："我在寻找过去的自己。我们在过去拥有很多现在没有的东西。"

苏尔梅说："比如什么？"

阿依丁说："我也不知道。"

苏尔梅说："从今之后，我每天都来。"当她要离开的时候，去看了看阿依丁的小房间,在床上坐了一会儿,翻了翻一两本书。然后说:"您是木匠约瑟①吗?"

阿依丁说:"苏尔梅小姐。"

苏尔梅说:"苏尔梅里娜。"

阿依丁说:"苏尔梅里娜小姐,您允许我爱您吗?"

苏尔梅站起来,笑了一下,把舌头慢慢伸向上嘴唇,说:"随便您。"

那时,阿依丁吻住了她,以全部的爱,把她就像一块早已指定给自己的土地一样据为己有,脚踏上去。

15

每个星期天,城里和周边的亚美尼亚人成群结队地来教堂做礼拜,捐赠,许愿,在教堂富有生机的、花木成荫的院子里吃午饭,下午才回去。建筑的正面是红砖,有两排双层窗户。中央,正对着大门,有两根很高的巴洛克风格的柱子,一直延伸到天花板。在那上面鸽子建了巢。一块纪念碑在院子中央,从地面凸起,上面伫立着圣彼得,一只手抬起来作祈祷状,然后是小花圃从两侧围绕着建筑。

教堂大门口的钟在多年以前已经坏掉了。大木门开关的时候总

---

① 木匠约瑟:圣母玛利亚的丈夫。玛利亚童贞女怀孕诞下耶稣,丈夫与她没有性关系。

是吱呀嘎嘎地响，如同呻吟一般。在所有的人群、看门人、看守房屋的雇员中，最后只有一个矮个子的女人留下来，做教堂的所有事务，甚至伽鲁斯特·米尔扎扬家的事务。

每个周日，除了虔诚的香客，流动小贩们也把他们的摊子在教堂周围、亚美尼亚小巷和伽兹朗街区摆开，把整个偏僻的街区变成一个热闹的集市。街区到处是卖报纸的、卖熟甜菜的、卖蚕豆抓饭的、卖蔬菜的、卖衣服的、周边山村制作香皂的、卖玩具的——老奸巨猾地愚弄孩子、流动的剃头匠——也有卖茶叶和桂皮、卖蜡烛的，全都希望把他们一年的花销从这些非穆斯林身上挣出来。马车夫也在巷子口等乘客，打瞌睡。

除了周日之外，有时谁去世了，或者姑娘与小伙子结婚，总之，这些都会让街区热闹起来。伽鲁斯特·米尔扎扬派马车去牧师家，吩咐苏尔梅给牧师做柔软的老人饭菜。那天，他自己也不去上班，并请求苏兰先生留下，给客人倒茶和咖啡。

一个周四的下午，天气很热。苏兰先生去了工作坊，跟阿依丁一起喝咖啡，跟他说话。他从尤金娜夫人那里听说，苏尔梅会定时在那里消磨时间。现在，他想知道阿依丁是怎样的一个人，他的想法是什么，对未来有何打算。

阿依丁对苏兰先生说，他打算几天之后离开这里，这事儿到现在他还没有告诉其他人，但是，他不能忍受再留下来。

苏兰先生怔住了："你要走？去哪儿？"

阿依丁说："德黑兰。"

"去做什么？"

"去读书，去生活，就像其他人一样。"

"这样的追踪和逃跑，这样糟糕的情形，我不认为是理智的想法。"

"也许吧，但是，我生命中的四年时光消耗在工厂、作坊和地下室。似乎他们已经结案了，扔一边儿了。我想离开，看看我能做什么事。苏兰先生，我遭受了很大损失。我的文凭被烧掉了，我的诗歌和写的东西被烧掉了，仿佛他们斩断了我的过去。我感到我变得缺乏耐心。最终我必须离开。"

苏兰先生显得很不安和担忧。他所有的这些状态在他的举止和脸上显露出来。他把钉子倒在桌上，又把它们捡起来，盖上盖子，又把钉子倒出来。把相框一个一个地叠放，又去找锤子，显得神经质。他说："我也被烧毁了。我妻子死了，我的孩子达里尔在一岁的时候夭折了。战争把我们摧毁了。在那所有的欢乐生活中，只有苏尔梅留给了我，她的状况也不比我好。也许她没有跟您说过，她有一次无望的、糟糕的婚姻。她丈夫在婚后三个月就死了。然后，随着时间的流逝，苏尔梅失去了她的热情和兴趣。很多次，亲戚家的小伙子向她求婚，但是她都没有同意。我们呢也不能强迫她。唉，就这样待着。现在，她变得有魅力，用踌躇的眼神打量男人们。我既没有能力把她送到埃里温去，心里也不愿意她待在这里。但是，我把所有的事情都抛在脑后，就过日子而已。这就是我们的生活。你看见了，我们的情况不比你更好。我们与命运也不抗争。"

阿依丁说:"是的,您说得没错。您也烧毁了,但最终还可以啊?而我到生命终结都必须待在这里,待在这没有光线的、潮湿的地下室,制作相框。而不知道它的收入对于我有何作用,不能享受社会生活。那么,我为什么来到这个世界?"

苏兰先生说:"那么,为什么突然你就下这决心?"

阿依丁说:"我已经考虑很久了。我有很多闲暇来思考,现在……"

苏兰先生说:"您还年轻,生活在您自己的国家,受过教育,懂得事理,但是,为什么必须要这样呢?"

阿依丁说:"我爸在我餐桌上放得有面包。①"

然后,他们的心里话就变得一样了,仿佛两个人是一个人似的,一起抱怨。两个人都坍塌、疲惫、悲伤。在苏兰先生走之前的最后一刻,说:"你再想想,也许还有别的路。"

深夜,所有的声音都沉寂了,苏尔梅从台阶上下来,敲门,进去了。这天白天,她太忙了,没能来看阿依丁。此刻,显得受了惊吓,神情散乱。她把报纸放在桌上,走去小房间,在床上坐下来,仿佛看见了飞机坠毁,她瞪着阿依丁,沉默了很长一段时间。

阿依丁说:"我猜想,你一定很累。"

苏尔梅说:"你想走?"

"你父亲说了?"

---

① "我爸在我餐桌上放得有面包"是一句波斯语成语,意思是"我有现成的财产可以享用"。

"是的。"

阿依丁说:"是的。"

"那么,为什么之前你不跟我说?"

"但愿我不给苏兰先生说就好了。"

"就这?"

阿依丁沉默不语。他之前从没见过苏尔梅是那样的神情恍惚。

"那么,我该怎么办呢?"

阿依丁说:"我对于你来说是不适宜的,苏尔梅,请你相信。"

"你怎么变成这样了?"

"我对我自己也很厌倦,我已经失去耐心,我的心正在变得空洞。"

"那么,我呢?"

"我不知道。"

"阿依丁。"

阿依丁看着她。苏尔梅不再言语。他们对视片刻。然后,苏尔梅浑身颤抖,但她努力控制住自己,说:"那么,这所有漂亮的话……"她盯着地面。

阿依丁说:"所有的这些话都是我的真情实感,依然还在。但是,在我羁绊于你之前,我必须离开,必须把激情扼杀在我心中,必须把爱情从我的心脏里除掉。"

苏尔梅的眼泪从她颧骨上滚落下来,她以一种特殊的平静说:"爱上你不是一件简单的事。"

"请相信，苏尔梅。我不适合你。"

"别说这话。"

"我不是铁石心肠的人，苏尔梅。这里过一天对于我来说是过一千天。如果我为了自己的心，或者是为了爱你，我会留下来。但是，我也想成为诗人，我必须唤醒我身上的激情，我对所有的东西都无能为力了。"

"至少让我跟你一起走。"

阿依丁说："去哪儿？"

苏尔梅说："你去的任何地方。"

阿依丁说："这很不理智。在一个我完全不熟悉的城市，我怎么可能让你也流浪？"

苏尔梅说："这不公平啊。"哽咽冲破喉咙，她哇哇哭着离开了那里。

那个晚上，阿依丁梦见他成了基督，荆冠戴在头上，十字架扛在肩上，人们把他带往荒野，要把他钉在十字架上。一个人在鞭打他，说："快点，快点。"他背不动那沉重的十字架，他的双脚一点儿力量都没了，仿佛心脏停止了跳动。在那远处，一个像阿依达身影的女人在为他唱哀歌，为他哭泣，而风在嚎叫。

第二天，当他看报纸的时候，完全不记得他昨夜的梦了。吃过午饭，他翻阅报纸。报纸的第三页，在沙赫里瓦尔月十五日周四的广告栏中，用粗体字写着："一个名叫阿依达的女人在阿巴丹自焚。"

在标题下面写道："这个年轻女人，在她儿子哭泣的、惊呆的双眼面前，在周日晚上半夜，用汽油点着自己。烧得太厉害，最终丧命。没有人顾及她的喊叫。当安保人员……"

第三乐章

剧烈的电闪雷鸣。恐怖的声音和硕大的雨珠。回声在城市上空伸展翅膀,最后离去。他看着头顶上的乌云,跑到杜鲁斯特卡尔钟表店的拱形门下,站在那里避雨。双手放进衣兜,面带微笑——让他的面容显得更加忧伤。

他在心里说:"硕大的罂粟花在天空炸裂,冰冷的水滴重重叠叠,降下花朵。"然后,他无论怎么想都想不起诗歌剩下的部分。他又看了一眼天空,然后蹲到苏兰咖啡店关闭的门口。他心里难受起来,有东西压迫着他的心脏。他从西服兜里掏出香烟,划火柴。从夏天开始,他就抽上烟了。划火柴。但是,在那暴雨带起的风中划不着。那时,他合上双手,划火柴。这一次,点着了香烟,用牙咬住,想着我走路的姿态,匆匆浏览着路人。没有谁像我这样走路。甚至,那些上学的姑娘们从学校回来,穿着那藏蓝色的外套和白色袜子,怀里抱着书本,兴奋又调皮,就像在雨中跳舞,她们也不能吸引他的眼光片刻。她们头发上扎着粉色的发带。其中一个的头发又黑又浓密。但是,没有一个姑娘像我这样走路。

我走路很快,双手在我身体两侧甩来甩去,我飞跃的步伐就像马儿在比赛。当我行走的时候，甚至当我走得慢的时候，我的头发在脑后会飞起来。就是因为如此，他以为我在跳跃。他压根儿就不知道其中原因，只是神情恍惚，看着天空。雨下得很大，冲刷着地面上残冰堆成的泥土层。树木正欲抽芽。我行走得很快。

他说："我想，你现在双脚在打绊，要摔地上。"

我说："樱桃李①。"我恰好想要撅起双唇，在那满是鲜花和树木的大院子的秋千上坐下来，荡秋千。我说："你吃吗？"

他说："不。"在水池沿上坐下来，他穿着碧绿色的西服和裤子，淡蓝色衬衣。

我说："别沾上土了。"

他说："不要紧。"盯着我荡秋千。

我说："一点儿也不？"我笑了，把头偏向一侧。

他说："一点儿也不。"

我说："因奇帕萨斯？"

此时，他怎么想也想不起这个词儿来。他拼命想，还是无济于事。他看了一眼咖啡店紧闭的门，站着等雨停。他把左手和右手的三个指头放进裤兜里。一口一口地咂着香烟。一个人问了他一声好。他没听见。真的是没听见。他正在想我。

那时，雨停了。我不再荡秋千。水池表面泛起细小的涟漪，鱼儿跳跃，吞咽着雨泡。他说："我感觉，这雨是为我下的。"他用眼

---

① 樱桃李（ālbālū）：一种樱桃与李子嫁接的水果。波斯语在发音这个单词的时候，双唇撅起。

角那样看着我，让我不得不再次说："樱桃李。"

他说："你也为了我而变得这么漂亮。"

我说："我没做什么呢。既没有化妆，也没有别的。只是冲了个澡。"

他说："你一直是在冲澡吗？"

我说："你别逗我了。"

我们走进房子里。在台阶处，他抓住我的手。我从他的双手听见他心脏在急速跳动。然后，我们走了上去。楼上房间的窗纱是白色的。我把所有窗纱拨到一边，好让我们能够观看雨。

他说："那些树也为了我而抽芽了。"他用手指头把他额头上的几缕头发拨到一边，声音颤抖地说："但是，我不知道我为什么而活着。"

没有人能懂得他眼睛的深邃，而我从一开始就懂得了它。那个晚上，他进入我们的生活。穿着罩衣，肩上扛着斧头，迈着大步，只需一下就能把木头砍成两半，同时发出"嗨"的一声。但是，他所受的教育使他的举止跟别人不一样，比其他人更认真地了解世界。那个晚上，我以为他是因为害怕而陷入这种状态。但是，后来，我明白我想错了。我知道，理解他比嗅闻一朵花更简单。谁只要看他一眼就足够了。我不知道，他母亲是否像我一样爱他？是否有谁能够了解爱他是多么令人惬意的一件事，让人接近怎样的一种永恒？他是一个内心充实的人，不想考虑别的事情，不想让他的心为别人颤动，任何时候都不会陷入犹豫。不会。他不是仅凭那件长大衣、粗硬的针织上衣、旧的皮高帽就能显示出来，你把这些衣物从他身上拿掉，就是一轮升起的太阳。

他总是散发着木头和清漆的气味。这气味我已经从普塔什卡闻了一年。当我打开它，把报纸扔进去，清漆和木头的气味钻入我鼻子，我很享受。

突然，寂静笼罩了他的脑海。所有的一切都处在真空和失重中。阿依丁的双眼失去了对焦。雨、奔跑的人们、一把黑伞、苏兰咖啡厅的招牌。他看着所有的这些东西。令人恐怖的寂静填满了他脑海中所有人的位置，他已经想不起来他刚才在想哪些人。只有一块出自美好记忆的温馨残片折磨着他，它一出现，他就捕捉住它。阿依达出现了。他对此无能为力。阿依达在他脑海中笑，在树荫下点燃火，给父亲沏上茶。她的孩子苏赫拉布也在阿依丁怀中，而他靠在树上，一边摇晃孩子，一边读书。

父亲说："你在读什么，阿依丁？"

"我在背诵诗歌。"

母亲为阿依丁刨干净香瓜，加了一勺砂糖，一些冰块在香瓜上闪闪发亮。父亲说："给乌尔韩？！"

母亲说："他在那里无所事事地、不害臊地坐着。要么，他过来拿去吃。"

父亲说："难道那一个一年十二个月都在下双黄蛋吗？"

母亲说："托真主的福，您俩已经是双黄蛋了。"

父亲说："我不是为了一个香瓜在说话，我的意思是你不要分别对待你的孩子。"

母亲说:"或许就像你。"

怨恨的种子在多年前就播下了,没有必要再重新翻出来。孩子们都应该学习。

我抓住他的思绪,再次征服他。但是,我并不想要折磨他。他自己也不愿意我放开他。他想要我说:"头发就像小花圃,需要不断细心照料。"我说了。我的手指在他头发中搅动。我感到浑身发烫来。我说:"但是,我不是太会。"

他说:"不要紧,小姐。就你做的这些,我已经很感激了。"

我说"您的耐心不会消失吗?"

他说:"对什么?"

我说:"对这作坊。对你经过的这一年半的孤独。"

他说:"我已经习惯了。"他闭上双眼,让我趁机放心地修剪他的头发。后来,我知道了,他喜欢我一直拨弄他的头发。但是,他没有给我说过。必须我自己去了解他喜欢我抚摸他的脸庞。有几次他半撑起身来,说:"你不睡吗?"

"不,我想在你睡觉的时候看着你。"

他平静地睡了,无比的平静。他在我的双手中释放了他自己,进入梦乡。一天早晨,在阿依达死后几个月,当他从睡梦中醒来,我还坐着,抚摸他平直的头发。他起身来,跪在我面前,亲吻我的双手,哭了。他说:"就是这些东西让我无法跟你了断。"

阿依达的死亡对他是一个沉重的打击,他感到非常难过和孤独。

晚上无法平静入睡,做噩梦,出虚汗,说梦话,动辄哭泣。他说:"她的邻居们说,那个晚上,阿巴丹尼把阿依达赶出了家。究竟为什么?谁也不知道。报纸上什么也没写。那个不是东西的男人放下一切,去了美国。我猜想,阿依达处在一种糟糕的境况中,既无颜面回阿尔达比尔,也无法去别的地方。唉,把这灾难弄到自己头上……"

我从他的脑海中离开了,阿依达来了。她站在一个地方,咬她的指甲。

父亲说:"我给你的嫁妆跟我这样的人是不相称的。但是,对自己的好运尥蹶子的人不应当有比这更多的奢望。"就是那些多年前他对阿依丁说过的话:"你不配穿纯毛西服和裤子,我给你买一套棉质的卡泽伦呢,不要再说一些放肆的话。"阿依丁从来没穿过那套西服和裤子,说:"我的旧衣服我保存得很整洁。"

打雷下雨依然在继续,大街的坑洼处都积水了。时而,一辆汽车经过,朝四周溅起泥水。路人聚集在拱形门下躲雨,街上几乎空无一人了。母亲多么坚持要他娶妻子啊。她不断地说:"你愿意我给你娶纳赛尔舅舅的闺女吗?"

他说:"你说得太多了,妈!"他想起我来。

母亲说:"你过来看看她的照片。你看,出落得多漂亮。"

"妈,我自己在这里都是一个多余的人,你想把纳赛尔舅舅的女儿从乌鲁米耶弄到这里来,会如何呢?"

母亲说:"你想咋样儿就咋样儿吧。"她不再言语。阿依丁又想起我来。

此刻，我又来到他脑海中。我穿着紫荆色连衣裙——长袖，有领子，裙长到膝盖下面，配黑鞋子。当他看人的时候，并不放开手，他就喜欢这样。他希望我在他面前走动，端来茶，把书放在书架上，把木柴扔在壁炉里，在工作间隙说说话。而我在这些片刻也很高兴，为他而说话，拉上帘子，又打开，不断地在他面前找事儿做。因为他希望我在他面前走动，这是我后来才明白的。时间总是像风一样过去，我很害怕，他千万不要走掉了。

我说："你想我怎么生活我就怎么生活。你吩咐的任何事情，我都会去做，哪怕你说，去死吧。"

他坐在椅子上沉默不语，看着。我说："你是我绝对的司令官。"

他笑了，站起来，朝窗户走了几步，我以为他想回他家。但是，他又转回来坐在椅子上。我心里想跟他说点什么，好让他知道我有多么爱他。我说："你是我的基督。"我在他椅子跟前跪下来，划十字，双手合十，以尊崇的神态把我的头伸过去。他吻我的额头。我总是意乱情迷地想看见他。我不知道为什么会害怕，如果他不来，我该怎么办。我对他说，他应该全身心地接受爱情。只在他身体中找无法找到，而要在身体、灵魂和空气中寻找。在镜子中，在睡梦中，在呼吸中——仿佛他进入了肺部。人不断感觉到正在长大。这些事情我是在他一个月没来我们家的时候，才明白的。那是在阿依达死后，也是他在四年之后，回到他们家的那些日子。

一天，我坐在教堂前面，看着小花圃。那天，院子里的小花圃，还有教堂，飞满了蓝色的、黄色的蝴蝶。那天，如果谁对我说在我肩头上长出了两个翅膀，我也不会感到惊奇，因为我正准备转化成另一种存在形式。下午四点，阿依丁来了。比过去更加憔悴，简直就像要进坟墓的人，僵硬、忧伤、枯萎。

我高兴得想叫起来，但是，我并没有去关注他，而是走去我们自己的房子，飞快走到楼上，从窗纱的一角，看他。他仿佛沉浸在一种奇异的失重中。他不相信我会不理睬他。他在教堂前站了片刻，正好是在我刚才坐的地方，伫立，然后在教堂院子里的沙路上踱步。然后，我看见，他正迅速地从教堂出去。我心咚地一下，手脚颤抖，不知道该怎么办。我打开窗户，叫道："阿依丁。"

他没能分辨出声音的方向，我仍然感到，他落在失重中。我在心里说："上帝啊，让我死吧。"

他转过身来，茫然地看着四周。我把窗户完全打开，用我全部的存在喊道："你好。"

他微笑了一下，说："你在哪儿呢？"

我说："你等一下。"我跑出房子，说："你一定是想看望叔叔。"

他说："不是，我是来看望你。"

我说："我想对你发怒。"我看到他皱起脸来。我为阿依达之死向他表示哀悼，为她祈求宽恕。

他说："你不知道，苏尔梅，你不知道我失去了怎样的一个姐姐。"

我们一直说话、走路到晚上。绕着教堂和我们自己家走了很多圈。他跟我说他的父亲、母亲、乌尔韩，还有他在这四年里不知道的很多事情。每次他说到阿依达，我就想为她哭泣。

他离开之后的那个晚上，我无法入睡。我不是疯癫到把他的思绪装入我的脑海。不是。我感到，他的思绪正在逃离我，所有的一切都在逃离我，甚至家里的家具从窗户跑出去，墙壁也远去，只有我和对他的思念独自留下。仿佛我还在他的双手中，仿佛也不在。谈妥了，白天他去他父亲的店铺，后下午①自由活动。他父亲拥抱了他，哭着说："我除了你们还有什么？"

现在下着雨，阿依丁看着充满水的水沟，水沟延伸到前面，把水排出去。大街面变得宽敞了。父亲在一年之前去世了。父亲的形象在他脑海中显得圣洁起来。父亲在白色的干净的病床上因心脏病即将离世的时候，说："阿依丁，乌尔韩，你们俩要彼此相爱。生活，生活没有任何价值。"那天，阿依丁握住父亲的手，从近处，正好在父亲病床边，看见他闭着双眼，不断哼哼，已经控制不住他的口水。母亲不停地用手帕给他擦干净。父亲的脸色慢慢变黄了，很吃力地说话。这些话对于阿依丁来说很陌生："真主在麦子中划定了区别。每个人的账目都不相同。但是，彼此依赖。"当他快要断气的时候，说："这下好了，前前后后的商队……"

这一刻的圣洁永远不会从他记忆中消失。那一天他距离父亲非常近，把糖浆倒入他的喉咙，念诵祈祷经文。如果是我在的话，我会划十字，以替代这些。

---

① 后下午（asr）：伊朗人把日中（zohr）至日落（ghoroob）之间的时间分为：前下午（ba'd az zohr），一般为日中至下午三四点钟；后下午（asr），一般为下午三四点钟至日落。

在父亲去世之后，母亲的哮喘更厉害了。她神情萎靡地盘腿坐在走廊的角落，注视着院子。乌鸦一群一群地飞来飞去。她就那样看着。她全部的担忧都是阿依丁。她说："如果你愿意的话，我写信给你纳赛尔舅舅，让他把女儿带来这里，你看看。"

他说："别说这些。"他不想听这些话。他不愿意忘记我。早晨他从睡梦中醒来，一如往常地想起我。巨大的忧伤仿佛牢牢地驻扎在他心里。我不断出现在他脑海中，每一次，我都有一个崭新的形象。有时，我是那么朦胧而淡色，仿佛他正从雾霭中看我。我说："我还在昨夜的酒醉中。你也喝了太多的酒。"

我很想知道他有何感觉。当他吻我的时候，不再闭上他的双眼，好看见我脸上的吻痕。他真坏。如果他问我，我自己会说我有怎样的感觉。

他说："你身上什么香味？"

我说："我在衣领里放了茉莉花。"

他的呼吸散发出风的气味，雨的气味。清凉。他的嘴里散发着木头的气味。我突然一下就在他的双手中激情似火。

前一天他说："苏尔梅里娜小姐，您允许我喜欢您吗？"

我说："随您的便。"我在心里说："喜欢是不需要获得允许的。"接着，我知道有必要说，很多年以前，我十六岁的时候，与巴德库贝的一个尉官结婚。三个月之后，当他去俄国的时候，我接到消息说他在车祸中死了。后来，我很容易就把他忘了。有一段时间我震惊于他那蓝色眼睛的幻影。之后，我变得与世隔绝，我习惯像我的祖母尤金娜夫人那样独自生活。但是，我必须拯救我自己。经过了一年半的时间，我把自己送到了阿依丁身边。每天，我都在对他的思念中度过。奇怪的是，只要他的眼睛落在我身上，他就像塑像一样沉默，显得胆小惊惧。他愿意在教堂的地下室里独自一人。每次我们在恰当的时机请他来参加家宴，他总是说："我没有思想准备。"

我爸说："新年夜，面对这雪、这冰，你怎么能忍心不去叫他来呢。"

叔叔说："就在今天，我去看了他三次，每次我都说，跟我们一起吃晚餐吧。他都说：我没有思想准备，米尔扎扬先生，请您原谅。"

我说："那我去邀请他。"我走到教堂院子里。很冷，雪没到我膝盖。我用手扒开小天窗上的雪，打开小天窗，看见他在一个铁皮桶里生了火，正在他的工作桌前看书。我叫："阿依丁先生。"

他抬起头，说："您好。"他从他待的地方站起身来，我想，吓着他了。

我说："快上来，我们一起吃晚饭。"

他说："如果米尔扎扬先生不会不高兴的话，我还是想待在这里。"

我说："大家全都等着您呢。您为什么不来？"我简直是快要冻僵了，上下牙齿直磕碰。

他说："我这乱蓬蓬的样子，唉……我不知道该怎么办。"

我说："我爸和叔叔会不高兴的。"我冻得上下牙齿一个劲儿磕碰。

他说:"您要感冒了。您先走。我马上就来。"他来了。他一定是在水池里洗过脸和手了。他脸上的胡须结着冰茬子。

叔叔说:"怎么了,孩子?你别是对我们生气了吧?"

他坐在壁炉前,水滴从他下巴滴下来。他说:"我不想给你们制造麻烦。"就在那时,我给他端来一杯柠檬茶,我说:"圣诞快乐。"我笑了。

父亲和叔叔两个都喝醉了,哈哈大笑。阿依丁听着他们说话,时而笑一下。我感到,当人孤独的时候,全世界的忧伤都会驻扎在他身上。他感到,他是那样的远离人群,已经不再能够接近他们了。他看到,在这些人中间,他是无比的孤独。也就是说,他没有任何人。那个晚上,我想把我的快乐分给他一半。就像一个苹果从中间分开,他想要哪一半就拿哪一半。他也许明白这些,只是对我不表示出来,甚至也不挂在他自己脸上。只是,有时,他的眼光停留在我的耳朵或者是头发上,当我回过头去,那目光就像麻雀一样飞走了。

我说:"世界就像火圈。它转得越快,人就越快被抛出去。"

他说:"是的,是那样的快,人能体会自身的晕头转向和孤独。"

我说:"那又有什么办法呢?"

他说:"忍受和沉默。"

我说:"当人喜欢上一个人的时候,会更加孤独。因为除了对那个人之外,无法对任何人诉说自己具有怎样的感觉。"我想看看,当他听到这些话的时候,会有一种什么样的反应。但是,他依然那样认真严肃地说:"我还没有经历过这一阶段。"

我爸正跟叔叔说笑，他说："苏尔梅，请人家吃水果。"

我把两个橙子放进一个盘子里，递到阿依丁手上，说："如果那个人就是把你蛊惑进孤独的那个人，你的孤独就完满了。"

他说："除此之外别无他法。"

那个晚上，一直到天蒙蒙亮，我们一直在说话。我到底也不能感知他究竟是否对我倾心。

我说："我给您倒酒吗？"

他说："不，谢谢。"

我说："您在客气吗？"

他说："不是。我不会喝酒。"

我在心里很高兴他对酒不感兴趣。但是，我想看看他是否在酒醉的时候还这样谨慎。我说："好的，我们刚才正说什么？"

他说："我也不知道。"他摊开他的双手，我才看到他手上几个地方受了伤，然后我仔细看，他手上的皮肤也皲裂了。

我说："您要甘油吗？"

他说："现在不要。过后我向您要。"

伽鲁斯特叔叔已经吃饱了，说："如果您无聊，我们就玩扑克。"

我说："您玩吗？"

他说："我不会。"

父亲和伽鲁斯特叔叔在沙发上睡着了，我们还在说话，但我也没能了解他的内心。早晨，在太阳出来之前，我带他去教堂，在拜位前做了礼拜。我在心里祈求上帝让他喜欢上我。

雨突然停了，乌云撕裂成一块一块的，刺眼的美丽的太阳照耀着城市。躲在拱形门下的人们一边看着天空，一边走开散了。每个人都奔向自己的方向。阿依丁朝店铺走去。铃声，就像锣鼓声一样在他的脑袋中回荡。我穿的是白衣服，他身上是藏青色的西服和裤子。突然，一辆自行车撞到他。他跟跟跄跄，在水沟边保持住了平衡。他抓住一棵树身，回过头来。我在骑车人之前已经离开了。

卖肉的从他铺子里出来，说："快去追。如果你栽倒在水沟里，咋办？"

阿依丁耸了耸肩，意思是，不。他转入谢赫·萨菲大街。拐角处是卖帽子的商店。一个翘胡子的老头儿戴着帽子，在玻璃后面盯着大街。阿依丁以为是一个塑像，又看了一眼，这下老头儿眨了一下眼睛。阿依丁在午后的嘈杂中，在人群中，尽快让自己到达店铺。

他又想起我来。

我说："随你便。我没做什么。"

他说："对添麻烦我感到很不安。"他还想说什么，但又说不出来。

我说："我性格古怪。如果在街上我看到谁没把裤子提好，我就想去把他裤子提上去。如果谁家的门没关好，我就去关上。一大早，我就把家里所有人都叫醒，给他们早餐，赶他们上路，去上班干活儿。"

他说："两年了，我没有在镜子中看过自己。"

我在心里说："我还在昨夜的酒醉中。你真能喝呀。"

我说："以前，我在爸爸的咖啡店里工作过。我磨咖啡，煮咖啡，洗杯子。还是不错的，在那里能待在爸爸身边。"

就那样，锤子停在他手中。我说："您做您自己的事儿。"他坐在桌子边，看着我走来走去。我说："您知道，如果您穿上西服和裤子，会成为绅士。"

他说："您的意思是我现在不是？"

"您当然是，当然是。您现在也非常绅士。"

他说："如果我能够从这里到外面去，一定会让人给我做一身西服和裤子。"

我说："您一点也不知道吗，那件长大衣根本就不适合您？"

他说："不知道。到现在为止，谁也没给我说过。但是，我已经习惯它了。"

我说："您穿藏青色的西服和裤子，配蓝衬衫，再系上红色窄领带，会成为绅士。也就是说，您会变得更加英俊。"

他说："我要是能去外面就好了，我可以在城里逛一逛。"

我说："没有必要交给人家给您做。新开了一家商店，那里有成衣。有您穿的尺码。"

他说："您说的是真的吗？"

多么可爱、淳朴、可敬的人啊。那个晚上，我祖母已经打呼噜了，但我不让他睡。我站起身来，走到窗户旁，看了院子一眼，树木，远处的建筑，在半夜的黑暗里，看起来就像象棋的形状。树木就像象棋的士兵，有着尖尖的脑袋，一双瞪圆的眼睛让人羞愧得无地自容。看了一眼沉浸在睡梦中的悄无声息的城市，我又转过身去，坐在床上。我从第一天起就内心颤抖，为什么这么长的时间我没有去找过他？此刻，我不知道有什么事情可以做。我们两个单独待着，但是我们没有勇气说出来。也许，如果伽鲁斯特叔叔不引导的话，我永远不会有勇气走进地下室，与他熟悉。尽管在圣诞夜，一个晚上与他共度到早晨，但是我还是对他一无所知。伽鲁斯特叔叔对我说，阿依丁提供的利润几乎是那个傻大个儿工厂的三分之一。他高兴地从嘴里拿下烟斗，朗诵道："嗨，繁星密布的天空啊；嗨，繁星密布的天空啊。"他的声音就像唱歌剧的演员一样颤抖。

我在心里说："上帝诅咒你。"我划十字。

那个晚上，我与父亲在院子里散步。我说："爸，伽鲁斯特叔叔有权利如此剥削这个可怜的人吗？"

我爸用惊诧的眼光看着我，说："我看到，一段时间以来，你精神饱满、生机活泼，又开始调皮捣蛋，对此我很高兴。我知道为什么。我对生活没有学到什么东西。战争把我们摧毁了。你母亲得了伤寒，不幸去世了，我们所有的一切都毁灭了。你一定还记得。但是，我说这些是要你知道，如果我们滞留在这里，如果我没有考虑一下你的未来，是因为我已经举起双手投降了。我是一个失败者。我欠你的。我亲手毁了你的生活。我曾一度希望你能重整旗鼓，快去追寻你自己的吉运。但是，现在，我的心已经碎了，习惯了单调的日常生活。我不知道阿依丁对你有何感觉。我能很好地体会你的感觉。但是，我不知道，他是怎样的一个人。无论如何，他是一个穆斯林,而你是亚美尼亚人①。你要收拢你的心思。"

我说:"我对生活没有抱怨。但是,当我看到伽鲁斯特叔叔如此剥削这个可怜的人,我的心很受煎熬。您在圣诞夜看见他的双手了吗?"

我父亲说:"是的。我去看过他一两次。一个稳重的小伙子,心被烧毁了。你跟他来往一下也不错。他懂文学,还会一点法语。是一个有条理的人。"

我说:"每个下午我给他送报纸的时候,他就像鱼儿冒出水面张开嘴。"

第二天,我拿着《消息报》和《死屋手记》②去了阿依丁那里,而不是把它们从天花板扔给他。我走下台阶。他打开门,脸色苍白,盯着我。

我说:"您的心脏。"

他说:"小姐,如果人家看到您在这里,会怎样?"

我说:"什么事儿也不会发生。"

他说:"向真主发誓,请您离开这里。这样不好。"

我说:"不好?为什么不好?"我直接走到他的工作桌边,在他椅子上坐下来,用手把玩工具,无意识地捣鼓锯子。他的尖嘴钳的手柄是红色的,就像麻雀的嘴一张一合。我从盒子里拿起一些小钉子,把两颗钉子钉入桌子,又拿起一个螺丝刀,说:"这是干什

---

① 亚美尼亚人是基督徒。一般来说,基督徒与穆斯林之间不通婚。
② 《死屋手记》:俄国著名作家陀思妥耶夫斯基(1821—1881年)的作品。

么用的？"

他说："我用这个把相框合拢。"

一个做了一半的相框被我用钉子和锤子弄坏了。

他说："不是这样的。请允许我示范。"

我说："我知道我该怎么做。"

他浑身颤抖，瞠目结舌，以一种发高烧的状态待在工作坊中央。我起身踱步。很多年了我没到过这个地下室。对于我来说，这里已经不再吓人，而是有一种很好的气味。一张照片挂在工作坊中央的柱子上，相框制作得非常精美。整个边框上，浮雕的小鱼一个一个头腹相接。我说："这是您父亲的相片？"

他说："所有诗人的父亲。"

我说："是尼玛·尤希吉？"

他说："是的，去年去世了。"

我再次看了一眼相片，一个老人，他瘦削的手指头伸进他的头发里，注视着地面。我说："您在这里也正在变老，您脸色也很苍白。你为什么不考虑一下？"

他说："考虑什么？"

我说："到外面去；呼吸空气，晒晒太阳。"

他说："如果有人看见我……"

我说："您太小心谨慎了。"

他说："我不得不注意很多事情。"

我说："您现在为什么发抖？您冷吗？"

他说:"您知道的。因为米尔扎扬先生保护了我,我不想成为他的耻辱。"

我说:"您成为他的耻辱?难道您犯了什么过错吗?"

他说:"就因为您在这里。"

我几乎要生气了,说:"就因为我在这里,您就会成为伽鲁斯特叔叔的耻辱吗?"

他说:"唉,他会怎么想呢?"

我说:"他犯了个大错误。如果……如果您不高兴,我就不再来这里了。"

他说:"那么,我就去城里,去警察局自首。"

我说:"那会怎么样呢?"

他说:"您就可以跟我撇清干系了。"

我笑了,他也笑了。他说:"谢谢您给我带报纸和书来。"

我说:"您没注意到吗?每天的报纸没有什么差别。"

我说:"您一定是感觉无聊了才来这里的。"

我说:"不啊,我有好多事情呢。"

他说:"那为什么这么长时间……"

我突然一下转过身来,瞥了一下他的双眼。在我看来,他很愁闷。我的漠视碾碎了他。我说:"您也从来没有邀请过我来您的工作坊看看。"

他说:"实际上,是你们自己的工作坊。"他笑了。然而,一丝焦虑在他眼中涌动。

我说：" 我们不像其他人那样生活。我们比您更自由地长大。我在埃里温度过了十三年的时光。我母亲在战争中死去了。然后，我们来到了这里，滞留在了伽鲁斯特叔叔这里。"我又说，我之前结过婚，三个月后我失去了我的丈夫。很多年来到现在，我一直做家务。

他说："压根儿看不出来您经历过这么多的不幸。"

我说："也看不出来您正承受着这么多的不幸。"

他说："那有什么办法呢？"

我说："任何办法都可以。我来到这里，但是您根本就不屑一顾。"

他说："今天对于我来说是一个非常重大的日子，小姐。"

我感到，他激动得脸红了。

有人在叫："阿依丁。"

他回过头去。是乌尔韩。乌尔韩站在干果商客栈前，正冲他笑。他说："你去哪儿了？"

他说："我没去哪儿。我就待在妈跟前。我觉得无聊了。"他们俩进入店铺，在那里看见伊斯马友尔朝他们这边走来。他笑着说："阿依丁先生，有你的信。"

他接过信，把一张五土曼的钞票放进伊斯马友尔手中，在桌子前坐下来。信封上盖有德黑兰文学会的戳。他没有看那信的心情，把信放进西服兜里，看着对面的店铺，已经点亮了他们的汽灯。

乌尔韩忙着把干果袋子装满。一袋一袋地码放在零售秤盘边上，嘴里嚼着什么。他说："什么信？"

"没什么。"

乌尔韩用眼睛瞥了他一眼,说:"为什么,你也不是一无所知。"

阿依丁不开腔,不想跟他顶嘴。

"你不舒服吗?"

"我没什么不舒服。"

"你又不缺觉!"他把麻袋挪了挪地方,把盆钵重叠在一起,放在秤旁边,然后去弄汽灯。他开始打气:"书你也放一边儿了。"又打气。说:"到底,她还是抛弃你走了?"

阿依丁说:"你别干涉我的事儿。"

乌尔韩说:"她去哪儿了?"

我去哪儿了?阿依达为什么自焚了?乌尔韩多么叨唠啊!阿依丁双手捂住脸,不再回答。无论他怎么努力,他心里也跟乌尔韩热乎不起来。他并不厌恶他,但是觉得难受。他很多次对他说:"不要为了钱财而践踏兄弟情义。"

乌尔韩回答说:"我诅咒这兄弟情义。"

可以回答他吗?求助于这火焰般的仇恨?有一次,他对我说:"我不言语,就那样持续下去,直到他屈服。"

在阿依达死亡之后,每个下午四点钟我去看他。我们一起在城市里转悠,然后回家。伽鲁斯特叔叔把楼上房间让给我们使用。现在,每天下午四点钟他就去亚美尼亚街区。在教堂前溜达,敲门环,但是没有人来为他开门。很多个月,他在这条路上来来回回。毫无用处。我在哪儿呢,他不得不独自回到他们家,蜷缩在地下室。有时,如果可能的话,他就读书,其他时间他就躺在床上眨眼睛?

在漫长的冬季之后,初春的一天早上,春天的第一缕阳光照耀着城市,阿依丁来到店铺。店铺的门关着。他向搬运工询问乌尔韩去哪儿了。谁也不知道。他在廊道上踱步了几个回合,然后回家去了。母亲也什么都不知道,只知道乌尔韩在日出之前就从家里出去了。

阿依丁说:"那为什么不说一声。"

母亲说:"难道你没钥匙吗?"

阿依丁说:"没有。"然后再次回到店铺,决定叫来锁匠,打开门。接近中午的时候,锁匠正在撬锁,搬运工们正围着他,乌尔韩来了,说:"你们在干什么呢?"

"我们撬锁呢。"他们把撬下的一个锁给他看,第二把锁撬了一半。

"你们为什么撬锁?我有钥匙啊。"

阿依丁说:"兄弟!你想去哪里的时候,请把钥匙留下。"

乌尔韩说:"我没有得到许可把钥匙交给谁手上。"

阿依丁大喊:"阁下,你错得离谱。"给了他一个大耳光。

乌尔韩气得直发抖,喊道:"寄生虫,吃白食的。"

他们抓住对方的领子。搬运工们赶紧劝架,但是已经迟了。乌尔韩在空中手脚挣扎,他的腰带和领子在阿依丁手中,他双脚在空中乱蹬。搬运工们吵吵嚷嚷地把他弄了下来。

那一天,兄弟俩没有开店铺。晚上,母亲说:"父亲在坟墓里颤抖。但是,你们俩却彼此憎恨。他对你们嘱咐了那么多,跟你们说了那么多话。但是，你们却视而不见听而不闻，只知道考虑自己。"

乌尔韩说："上的是一把新锁。钥匙也放在他衣兜里了。"

阿依丁说："请允许一段时间由我来掌管钥匙。"

乌尔韩说："那你干脆说，我把整个商店交出来，走人。"

阿依丁说："他并不希望你交出来。我在，你也在。但是，要做人。"

乌尔韩说："你有什么权利打我耳光？"

阿依丁说："你不要诅咒你自己瞎了眼。你嘴里的话要有分寸，你行路不要越界。"他转过脸对母亲说："他一个劲儿地叨叨，暗中讥讽，招人厌烦。好吧，我就只管账和读书，还有接待顾客。我无法……"

母亲说："乌尔韩，向真主发誓，我跟你锱铢必较，我亲自去站在那里，让人把店铺中间砌上隔墙。"

乌尔韩说："我辛苦了十四年，我不让谁半道进来……"

母亲喊道："够了，闭嘴。你爸他并不希望你当我面卖弄你的辛苦。你记住了，我们的全部财产，所有的一切，一半归你，一半归阿依丁。"

乌尔韩说："他在店铺里浪费时间。"

阿依丁说："不关谁的事。我自己决定我该做什么。"

母亲说："我不知道为什么我们的生活成了这个样子。谁导致了这耻辱和分裂？大街小巷的人们会说些什么？你们不能总是彼此争斗啊。"

阿依丁说："谁教乌尔韩今天对我说寄生虫、胆小鬼、穷酸文人，父亲给了我尊严？我难道不是兄长？"

母亲哭了，之后她就身体难受了。两兄弟请来医生。等母亲恢复过来，已经是深夜了。他们费力地给她喂了食物。然后，母亲要求乌尔韩亲吻阿依丁的脸颊。两兄弟彼此拥抱，亲吻脸颊。

乌尔韩说："明天我们也不去店铺。我们去维勒山谷。我们也许是太累了。"

母亲说："好吧，去吧。去呼吸一下新鲜空气再回来好好工作。"但是，第二天下雨，去维勒山谷的事拖延了一个月。

他从桌子上抬起头来，点燃香烟，又想起我来。他想起那天，我们一起乘四匹马的马车去纳敏①，说好伽鲁斯特叔叔出席四个新生婴儿的洗礼。当天下午，我们返回。在我们快要到达阿尔达比尔的时候，伽鲁斯特叔叔对车夫说停一下。我们下车来。叔叔买了几个蜂窝。我们在那里的园林散步。阿依丁一直来回溜达，张望四周的荒野，但有时也用眼角看我一下。当我的眼睛落在他身上时，他不好意思起来。路上的尘土几乎把他弄得满头白发。后来，叔叔又想去买蜂蜜，我们又溜达了一会儿。阿依丁给了我一朵罂粟花。当我到家的时候，花已经凋成一瓣一瓣的了。尤金娜夫人说："你手里拿的是什么？"

我说："花儿。"

她说："你向谁要的？"

我是："一个可爱的人。"

---

① 纳敏：阿尔达比尔北部一个风景秀丽的山区。

她划十字,担忧起来,说:"这不是好兆头,我的妈呀,你得躲着这个人。"

我说:"哎呀,可别。为什么?"

她说:"因为他会把你撕成一瓣一瓣的。"她的手停止编织毛活。

我说:"祖母,别怕。把这些迷信扔到一边去。"

她又继续编织起来,然后说:"尽管你父亲和伽鲁斯特叔叔不干涉你的事情,但是,你们怎么可能一起迈入婚姻?"

我说:"是父亲和伽鲁斯特叔叔选择了开初,但是他们都同意这次由我自己做决定。再说,父亲比我更喜欢阿依丁。"

我父亲对他有一种特殊的尊敬。时不时地给他拿来巧克力和咖啡,两人坐在一起,下象棋,时而喝点什么。父亲总是叫他:"阿依丁先生。"

阿依丁叫他"苏兰先生",而不是像别人那样叫"先生",或者是叫"苏兰"。当父亲来到房间,阿依丁会尊敬地站起来。

我父亲说:"我比你们所有的人都更喜欢这个阿依丁先生。"

但是,我从来不会相信谁会像我这么喜欢他。我祖母怎么也不相信我会跟阿依丁结成婚。她总是说:"我没有看到好兆头。我害怕他把你撕成一瓣一瓣的。"

我把这些东西讲给阿依丁听,他就笑了。我说:"你已经把我撕成一瓣一瓣的了。"

他说:"我心里很想你能戴着帽子。"

我说:"遵命,先生。"

我总是跟我的衣服搭配着,戴一顶粉色的或绿色的或蓝色的帽子,把长发散落在帽子周围。那天,我身上穿了一件紫荆色衣服,高领子一直盖住了我的喉咙,袖口扣子也扣上了,头上是紫荆色帽子。我父亲说:"就像大家闺秀。"他又对阿依丁说:"盼着你自由。"

第二天,我给阿依丁买了一身藏青色的西服和裤子,我说,晚上穿着这衣服上楼来。

"你让我不好意思了。"

我说:"可能你不会喜欢。"

他说:"怎么可能呢?那可是我妻子给我买的礼物。"

我笑了。我说:"啊哟,你的意思是你是我男人?"

他凝视着烟雾,强压住喉咙的哽咽。他很想念我。他想起来,他父亲在多年以前,在朝觐告别仪式上,在"玻璃熨斗"车站,先是轻轻在他脸上扇了一个小耳光,然后亲吻他的脸,又对母亲说:"这样我就不会忘记他们了。"

他转过头来。顾客们已经走了,而乌尔韩站在那边,说:"已经四点了。"

时钟的布谷鸟叫了四声。

乌尔韩说:"你为什么变成这样了,阿依丁?整天沉思,不集中注意力。"

阿依丁说:"我也不知道,我走了。"他就上路了。

乌尔韩说:"去哪儿呀?"没等回答,他又说:"如果天气好的话,明天我们去维勒山谷。"

哪儿？当然是亚美尼亚街区。他为我作了一首诗。我埋头做事的时候，总是用晨鸟般的旋律来吟诵这首诗。他说："真遗憾，我已经没有那样的状态了。要不然的话，我每天给你作一首诗。"

他把我比喻为拥有四十个太阳的天空，把他自己比作没有月亮的夜晚；把我比作一棵枝叶茂密、树荫覆盖的树，把他自己比作一棵根系已经腐烂的树；把我比作萨布朗①雪峰，把他自己比作一堆任何时候都没有客人来访的废墟，一堆永远是夜晚的废墟，而现在比一堆废墟更糟糕。

我眉头紧锁，他以为我对他的这些话不高兴了，

说："你皱眉头不好看。"

我笑了，说："笑一笑。"

他说："这雨也是为我下的。但是，我不知道我自己为什么而活着。"

我说："你也就来这里一天，必须要说这样的话吗？"

他说："苏尔梅，你得考虑你的未来。我不适合你。"

我气得发抖，我说："那你走，走。"

他说："去哪儿？"

我说："从我生活中走开。"我哭了。

他说："我不害怕结婚。但是，我害怕你也像阿依达一样被碾碎。我在追寻我弄丢的东西。我正慢慢地变成一个思考'思考'本身的人。现在思考对于我来说已经习惯了，成了目的本身。整天我都希

---

① 萨布朗峰：伊朗阿尔达比尔省的最高山峰，海拔4811米。

望能坐下来思考。我的双手正在做着什么事情,这并不重要。"

我说:"你要坚强,那些人摧毁了你的生活,但是,你在阿依达死亡之后把你自己吊上了绞架。你依然还不准备放手。"

他说:"现在已经没有什么区别了。我已经放弃自己,让水带走我。你对我的内心一无所知。"

但是,我知道。他成了这样一个人,放弃了他的现在和未来,沉浸在过去。心死了。喜欢孤独胜过所有一切。在碰撞与逃避之间,总是选择逃避。刚开始,我还以为他是在逃避我。如果他没有来,我就想,是否我就活该受惩罚?他为什么漠然?我正慢慢地失去对自身的信心,我感到我已经从世界旋转的圆圈中被抛了出去,我对自己说:"苏尔梅里娜已经死了。"

但是,后来,我了解了,他本质上就是如此。我知道他喜欢我,从他的举止中我看出来,或者我努力从他的行为中发现一些东西,让我明白他喜欢我。他从城市那头为我而来,很多个小时我们面对面坐着说话,说过去,说他的伤心事:为那个名叫贾姆希德的瘦高个子伤心,他淹死在了舒拉比河中;为那个掉进炉子、烧坏心脏的女人而伤心;为白白交付给死亡的纳赛尔·德尔洪教授伤心;或者是为他的童年时代伤心。阿依达曾说:"你陪我一起去,看一看电扇制造厂。"他从来没有陪她去过,阿依达也从来没有看见过那该死的工厂。

当他生气的时候,我就等他喊叫。那所有的愤怒都是因为什么?因为一个名叫阿雅兹的警察——他有两个老婆,每个晚上,当他从第一个老婆家去另一个老婆家的时候,人们都以为他是在上岗巡逻。那时,人们都在谈论可敬的、任劳任怨的警察。或者是因为一个名叫玛尔塔的臭名远扬的波兰女人,甚至在桥底下跟男人们睡觉。然而,他的幽怨都是因为乌尔韩不停的隐喻讥讽。他越是谨慎行事,乌尔韩就越是倾洒更多的毒液。他说:"到底,我还是要忍受他的毒液。"

下午,我去他们的店铺。这事儿对我来说已经习惯了。我必须带走他。我说:"倘若有一个晚上,人们告诉你苏尔梅里娜死了,你就一直做爱到早晨。"

他笑了,说:"跟谁?"

我说:"你想跟谁就跟谁,跟任何女人,甚至跟玛尔塔。"

他说:"你也说伤人的话,苏尔梅?"

我们正好在我父亲的咖啡店前面。我站了片刻,说:"你知道一件事吗?"我们走进我父亲的商店,喝咖啡。然后,回家。

我父亲说:"阿依丁先生,将[①]军,将死了。"

阿依丁说:"您快点。"

我们上路了,我用手挎住他的胳臂,我说:"哎,趁我们还没到,你朗诵一下《岁月与瞬间》那首诗。"

他说:"在我们到达之前,如果我想起来,我就朗诵《岁月与瞬间》这首诗。"他闭上双眼,我微笑着点点头,看着他。但是,他无法把眼睛闭上,因为人行道上拥挤不堪。手推车、树木,最糟糕的是

---

① 将:这里是象棋术语的"将"。

快速奔跑的孩子。他更想走在荒野中,一个没有人的地方,可以让他闭上眼睛走路。不知道为什么他心里希望有个人不断关爱他;不知道为什么他总是喜欢我出现在他脑海中。但是,他知道,当他从睡梦中醒来的时候,我会出现在他的记忆中,我喜欢他,然后我消失。

晚上,他害怕睡觉,因为有些时候他梦见我,当他醒来的时候,我已经张开翅膀飞走了。他害怕睡觉,因为他知道,他会在睡梦中突然起身,坐在某处,张望四周,然后,就像死了父亲的孩子,在那冰冷的水泥房间中,哭泣。他沉浸在心中的一个忧郁世界,以一种巨大的悲伤哭泣,哭得脸色苍白,双手颤抖。那个时候,母亲会来看他究竟怎么了,给他喝热冰糖水,跟他说话,恳请更换他的房间。但是,他说:"我就待在这里。"

他说:"我为什么总要去想这些事情。我如果想起来,我就朗诵《岁月与瞬间》这首诗歌。"这是一首土耳其语的诗歌,有着优美的旋律。当他走过萨尔切西梅大街十字路口的时候,他想起来了,他就念道:

"我很了解,生活就是一台戏。

我很了解

然而,须知并非所有人都是为了卑微的一台戏

而被创造。"

他怎么想也想不起来接下来是什么。再后面的几联:

"想一想那些令人忧伤的岁月吧

想一想……岁月吧。"

他无法继续下去，只记得住诗歌的最后结尾部分：

"好好记住吧

岁月与瞬间永远不会返回

想一想时间，还有时间暴虐的突然袭击：

漫长的冬天，还有我们前方将面对的艰难

不会从记忆中溜走的冬天

我还能说些什么呢

除了不要忘记你冬天的衣服。"

我为他鼓掌。我们到了亚美尼亚小巷，教堂建筑就在我们对面，小巷里没有人。我看了一下身后，什么人也没有。我就那样为他鼓掌，吻了他。我说："我在上帝之家前面吻了你。"我说："你是我的基督。"我的声音此时已多次在他脑海中重复。我又说："你是我的基督。"

他走到家门口，回过头。他拼命想他是从哪里、又如何走过这所有的路，但他想不起来。他只是看到他抵达了。他打开门，悄无声息。不像别的那些男人想宣告自己的出现，径直走去地下室。房间是暗色的水泥墙壁，没有任何装饰，除了一张家庭照片：父亲坐在一张椅子上，母亲站在他身后，披着碎花的白色礼拜袍，一如往常的消瘦；阿依丁站在左手边，乌尔韩站在右手边，在大家身后，看得到阿依达的半张脸，缩在她自己的黑遮袍里。她缝纫的窗纱和帘子非常漂亮，褶子打得非常好。然后，她说："阿依丁舅舅，好了吗？"她是从苏赫拉布的角度说话的。

他关上房间的门，拉上帘子，点燃一支香烟，躺在床上。他挣扎着首先想我，然后想阿依达。但是，他做不到。所有的一切都一起涌来，又一起远去。他的脑海喧哗起来，然后又像一片干枯的荒原，没有一个人在那里。当他在外面的时候，或者是在看书的时候，可以很容易地随心所欲地想任何人。想我，想阿依达，想母亲，甚至想贾姆希德——淹死在舒拉比河中，长年来他的灵魂折磨着阿依丁、母亲和乌尔韩。母亲说："我总是觉得他在敲家门。我很害怕，一旦打开门，我就会看到贾姆希德站在门前，说：您好，伯母，劳驾您叫一下乌尔韩。"

"乌尔韩不在。"

"那您就叫阿依丁来。"

母亲说："我很害怕他来找你们中的一个，让我再也见不到你们。因为有些时候，死者会来找人，带走一个活着的。"

乌尔韩说："若他来，你就说优素福在，让他把优素福带走，也让我们省心了。"

母亲说："你是在诅咒吗？"

阿依丁说："石头碰在脚上会跑得更远。小心你自己，乌尔韩。"

然后，他感到他的太阳穴刺痛，他的双手正在颤抖。他想起阿依达来。他不知道为什么总是以为他看见了姐姐自焚的场景，清清楚楚地看见火吐着火舌，吞噬了阿依达的整个身躯。夜晚，街上没有一个人，甚至连狗都没有，只是听见远处的狗叫声。苏赫拉布坐在关闭的家门前，哭号。阿依达在燃烧，在奔跑，但是她依然折转身来，看孩子是否掉进水沟里，或者是否被狗咬了。然后，家门打开了,阿巴丹尼跑出来。但是,已经太迟了。阿依达已经缩成了一团。

然后,他又想起阿巴丹尼来:穿着黑衣,流着泪,头发乱糟糟的,神情恍惚,跟着尸体来到阿尔达比尔。由于害怕,他没有勇气抛头露面。然后,他带上他的孩子苏赫拉布,去了美国。一年之后,他在一封信中,请求父亲、母亲、阿依丁和乌尔韩的宽恕。他写道,他把他对阿依达的负疚偿还在她的纪念品苏赫拉布身上,他把一切的一切和他的悲伤都用在苏赫拉布身上,不再回到伊朗。但是,没有人明白究竟是怎样的灾难降临到阿依达头上,以至于让她不得不自焚。甚至,报纸上也什么都没写。

他又点燃一支香烟,片刻之后,房间的门开了,母亲进来,说:"你为什么不上来?"

"我身体不舒服。"

"咋了?又跟乌尔韩吵嘴了?"

"不是,妈。我没心情。"

"究竟怎么了?跟我说说。"

"我想起阿依达来。"

"阿依达。我可怜的阿依达。"

"怎么会变成这样?"

"我要是知道就好了。我要是知道她的痛苦就好了。但是,所有的一切都藏在阿巴丹尼的脑子底下。他们俩的水最终没能汇聚成一条溪流。"

两个人沉默了片刻。阿依丁盯着天花板,双眼失去了对焦。母亲坐在台阶上,说:"这房间太让人抑郁。健康的人也会生病的。你为什么不愿意回到你以前的房间?"

"我讨厌那个地方。"

"你想我把大房间给你收拾出来吗?"

"不,不,妈。我就待在这里。"

"你究竟为什么变成这样了?"

阿依丁想独自待着,沉浸在思考中。他生他自己的气,他不能在家外面弄一个固定的房子。他说:"我变成咋样儿了,妈?"他深深叹了一口气。

"从早到晚,你都在沉思。你一直沉浸在自我中。我不该知道你在想什么吗?你愿意让我写信给你纳赛尔舅舅,让你成家立业吗?……"

"向真主发誓,妈,你别再说这个了。"

"你正在毁你自己。"

"现在,我还没有决定。"他使劲砸一口香烟,把烟蒂揉碎在他胸口上的烟灰缸里。

"你大概愿意,直到生命终结都在想苏尔梅。想你能够自力更生,坐在她跟前。"

阿依丁害怕了,如果他说"是的",母亲会劝告他说:"不要想着亡者。"为此,他不开腔,正在他喧哗的脑海中寻找我。母亲说话的时候,他终于想起我来,想我走路摇曳的姿态,想那个雨夜,想诺鲁孜节①,我发了绿苗。他说:"你们以前不庆祝吗?"我说,我们从今年开始庆祝,你别忘了压岁钱哦。他说,你想要什么?我说,还是想要你吻我。他吻了。我说:"樱桃李。"我笑起来。

母亲走动起来,走了两三步,走到房间的一个角落,看见那里重叠堆放着的书,她回转身来,看着阿依丁,又走来走去。她说:"你一点也不知道吗,当你这样折磨你自己的时候,你也是在折磨她的灵魂?"

"苏尔梅又不是在泥土里,妈。"

"我又没说要你忘了她,不用忘记。你可以喜欢她,你可以想念她。但是,也要为你自己考虑一下。你看看。"她来到床边坐下:"乌尔韩是个吝啬爱财的人,就像你已故的爸爸,一门心思地想做生意,想他的瓜子,祈求真主没有你,而让他的整个生活蒸蒸日上。但是,我想,现在就把你们俩的生活清算干净。既不对你不公,也不对乌尔韩不公。但是,你把生活当儿戏。如果我一下子倒下了,你这种糟糕的情形,我也不知道你脑袋里都装了些什么。这么多年都是为了你,我才跟你父亲妥协。现在我还要受那家伙的折磨。为什么?因为你不想捍卫你的权利。你一听到哪怕一个字儿,就溜一边去了。究竟为什么?"

阿依丁再点燃一支烟,还是那样盯着天花板。我在那熙熙攘攘

---

① 诺鲁孜节:伊朗历新年,以公历3月21日春分为元旦日。诺鲁孜新年习俗之一是,在桌子上摆放七中名字以字母S开头的物品,称为"七S"。其中一种是"绿苗"(Sabze)。伊朗境内的基督教徒一般不过诺鲁孜节。小说中,女主人公苏尔梅的家庭是亚美尼亚人,是基督教徒。

的人群中失踪了。所有的人都消失了。他怎么想也想不起来，我用亚美尼亚语跟他说了些什么。烟雾笼罩了房间，母亲撩开帘子，打开门，说："为了我，你尽量不要想过去。"

她站起来又坐下去，看着外面。乌鸦们栖息在松树折断的树枝上，一动不动，时间回到了多年以前，一个干枯的地方。阿依丁十四岁，挎着他上学用的咖啡色书包，坐在楼下走廊的台阶上，正在吃馕饼和别的什么东西。然后，他去了店铺。父亲从来不问他功课怎样，学多久。但是，父亲知道他学得很好。父亲所有的心思都集中于如何让他对店铺和生意感兴趣，说："总是要不停地做点事情，应当让身体习惯。"

放假的时间里，阿依丁在店铺里工作。洗地，用石灰和水泥堵老鼠洞，把价签插好，或者是引导顾客。乌尔韩在父亲的桌子下面，用木块和钉子做盒子和小椅子。父亲有时弯下身去看，他正在桌子下面用钉子把两块木头钉在一起。他说："你在做什么呢，儿子？"

乌尔韩说："做巢呢。"

父亲说："为谁做呢？"

乌尔韩说："为鸟儿们做。"

父亲说："为什么不干活儿，儿子？"

乌尔韩敲了几下锤子，说："难道这不是活儿吗？"

父亲笑了，抓了一把开心果，伸到桌子下面。乌尔韩把他的小盒子递过去，让父亲放里面。阿依丁在店铺那边看着。父亲很明白他在看着。就在那个晚上，父亲对母亲说："他太清高了。尽管他做事做得好，读书读得好，但是，太清高了。让人想要打破他的这种清高。"

母亲说："你抽了多少烟了？你以前不抽烟的。"

阿依丁说："我不知道。"又点燃火。努力想那天，我说："随你便。我是何人呢，哪敢教你该做什么。只是，我心里想看见你修饰整洁。"

他说："今天晚上，我想获得您父亲的准许，跟您结婚。"

我说："我俩不相配。"

他说："您是我全部的生活。"

我说："我们举办两次婚礼。一次在教堂，一次在公证处。"

他说："您喜欢什么花？"

我说："怎么啦？"

他说："我想要送您一束花。"

所有的花我都喜欢。我喜欢混合的花。

他使劲砸了一下香烟，在心里说："可惜。"然后，他看着母亲，想把注意力转移给母亲片刻，说点什么，或者是听点什么。但是，他还是想起我苍白的脸，我不断有种反胃的感觉。然后，我双眼的黑圆圈越来越大，越来越大，一直覆盖了我整张脸，在那漆黑中他什么也想不起来了。除了阿依达——她走出来展示自己的时候，已经在火焰中缩成了一团。

他低下头，又看见我的双眼，然后是我椴桲花色的脸，或者是我的耳廓——他不断用话语挠它痒痒，让我浑身麻酥酥的。他拿起一支短铅笔，说："让我在你唇上再画一颗痣。"有一颗小黑痣在我的上嘴唇右边。阿依丁在左边画了一颗。我感觉疼，但是没说什么，我让他好好地上色。然后，我看着镜子，笑了。

他说："压根儿没画好，擦掉吧。来，我把它擦掉。"

我说："哎，等它这样。"

他说："不。我犯了个错误。美丽的事物是不可重复的。"

我说："求你别逗我了。"

他说："你不信任我吗？"

就在那一刻，母亲清晰的影像出现在他眼前，她的礼拜袍滑落在了肩上。她坐在地下室台阶的最后一级上，不说话。

他咂了最后一口香烟，使劲想，但是我没有进入他的记忆，除了一块白布单在那躯体上，用他的话来说，铺得很精致。一具肿胀得发紫的尸体，此刻浮现在他眼前，躺在医院冰冷的尸体柜里。他说："人若是能与死亡抗争就好了。"

我说："怎么抗争？"

他说："以他不想死亡的方式，一个巨大的挣扎。"

我说："不可能。死亡也不总是一个样子的。每一次都有一种新的形式。"

他脑海里想要我说，你正在做梦。我就说："你正在做梦吧。"他扔掉烟蒂，用舌头舔湿了手指头，看见母亲正看着他。

他说："尘世是一场空，毫无价值。没有任何价值。"

我说："说点好的话吧。尘世不是毫无价值，只不过人生活得很艰难。"

他说:"是的。"他想要我说"不"。尘世不是毫无价值,也不艰难。你正在做梦。我就说:"尘世不是毫无价值,也不艰难。你正在做梦。"我一字一顿地说。然后,我笑了。他想我坐在秋千上笑。我就坐在秋千上笑,风拨弄着我的头发。我说:"你不荡秋千吗?"

他说:"不。"

他坐在水池边,穿着碧绿色的衣服,天气有雾霭,因为要下雨了。我说:"一点儿也不?"

他说:"一点儿也不。"

母亲想说什么就说什么,就像往常一样,随心所欲地做饭洗碗。阿依丁蜷起身子想起父亲来:仿佛就在昨天,他那矮小的身子刚从店铺回到家,戴着黑色皮高帽,穿着灰色长大衣,咚咚地从台阶走上去。突然,那奇特的威严,那经久不散的在场,在他记忆中消失了,在城市的老公墓里,在泥土下,化作几块骨头。他所想到的每一个人都是这个样子。突然一下,影像展翅而飞,别的东西占据了它的位置。甚至,我苍白的脸也无法固定片刻,能让他在脑海中好好看一看。之前,他想到什么事情还能够几个小时地想它,建造它,毁灭它,跟它说话。然而,在这最近的一个月,尤其是在这几天,他想什么出现在他脑海里,就出现。因此,他想起父亲,然后又想起自己的童年——从楼上伊望跳入水池中,父亲想把他从家里扔出去。在他脑海中,还看见那个兄弟的童年和他令人忧烦的幻想。俄国人的飞机和蓝色衣服的伞兵从空中缓缓降落下来,也许是为了把那十岁的孩子拽入毁灭。父亲离开了,又穿着另一件衣服来找他。要是能把这所有的事情都告诉母亲就好了。生活不总是吃喝睡觉,还有一些精致的细小的东西,他无法跟母亲说。

父亲说:"你为什么没拿全校第一名?"

"但是,我拿了第二。"

"你不能拿第一吗?"

"为什么不能。我能。"

"你去拿呀。"他正在为他自己的腰疼和孩子们的脚疼制作"柏拉图糖浆",把开心果、榛子和核桃的果仁混合椰子一起砸碎,调进牛奶里,一连接着喝下两杯。仿佛就在昨天,他说:"你们快过来喝。"给阿依丁一杯,给阿依达一杯,也给乌尔韩一杯。乌尔韩坐在父亲怀里,就在那里尿了。父亲说:"这孩子像谁呢?"他冒起火来,从水中抽出双脚,换了裤子,又坐回他的地方了。母亲正在用缝纫机给孩子们做裤子。阿依达在做练习。母亲说:"他的性情就像你。但是,他尿尿的方式,我也不知道。"

父亲说:"好了好了,你现在赶紧去给他换了。雄驴崽子,六岁了还尿裤子……"

暖气炉子在那角落呼呼作响,烟雾冲上了天。父亲对阿依丁说:"如果你得了第一名,我就给你买一辆自行车。"

那一年,他白天黑夜地读书,他的相片被文化局印在了报纸上,父亲把相片放在他桌子的玻璃板下,指给顾客们看:"阿依丁·乌尔汗尼。你看见了吗,平均分二十分[①]。"

---

① 伊朗考试以二十分为满分,平均分二十分即为每门功课都是满分。

但是，不管是那一年，还是之后的任何一年，父亲都没给阿依丁买自行车。

他抬起头来。母亲已经走了。香烟刺鼻的腐臭气味还留在他的上唇胡须上。他不知道，为什么回到家来。他站起身来，想去店铺。母亲从厨房窗户说："去哪儿？"

"店铺。"

"现在已经晚上了。这个时候，乌尔韩也要回来了，我正要摆晚饭呢。"

他回到地下室。在夜初的寂静中，听到唤礼的声音，还有电扇制造厂持续不停的声音，没有任何含义地轰隆轰隆。迷人的夜晚。仿佛它就想那样待在那深坑中，埋入地下。但是，长年来，它一直待在那里，既没有更陷下去，也没有从那下面上来，只有贾马斯小货车把电扇从那斜坡运上来，带走。

他躺在床上，看着天花板。他比我更喜欢普塔什卡。但是，后来，我走到了他跟前，他的观点就变了。他说："您多少岁？"

我说："我像多少岁？"

他说："二十二。"

我说："我没有这么年轻。"

他说："您多少岁嘛？"

我说："我比你大三岁。"

他说："我多少岁了？"

我说了。他很高兴，很兴奋，说："您从哪儿知道的？"

263

我说:"小喜鹊。"我笑了。他很兴奋。我又从心底里笑了。他也从心底里感到兴奋。这样的兴奋是永无尽头的。他心里就希望我这么笑。但是,我说:"鞑靼部落的基督。"

现在,我在房间的天花板上消失了。他闭上双眼,想我像那天一样笑。我笑了。然后,替代我的是阿依达站在那里,披着黑遮袍,很好地遮住了她的脸。她说:"兄弟,真主让我为你牺牲。你为什么忧伤?你想来阿巴丹跟我们待在一起吗?"

他说:"不,阿依达。我正要离开,在我死掉之前,我必须离开这座城市。"

阿依达说:"为什么?"

但是,这个夙愿留存在了他心底。他从来没有机会看见阿依达,并对她说:"他们烧掉了我的书,烧掉了我的手稿,我的诗歌。你明白吗,阿依达?我心爱的诗歌。"

阿依达说:"真主啊,让我死吧。"

阿依丁说:"这次你跟谁一起来的?"

阿依达说:"独自。"

阿依丁说:"独自?苏赫拉布呢?阿巴丹尼呢?"

阿依达在跑,在燃烧,在跑。不管她朝哪个方向跑,她都在燃烧,在尖叫,在火焰中熔化。她的孩子在家门前哭泣。然后,人们在柏树下给她挖掘了坟墓,比公墓的其他地方都更偏僻。人们把她放下了。

我又从路上来临。我说:"你让我做什么呢?"

他说:"说,你再说。"

我一字一顿地说:"我,该做什么?"他很好地记得,我把右手掌像花瓣一样张开,说:"我该做什么?"

他说:"你就坐在这里,让我看你。"

我说:"啊哟,你真要命。"

他说:"我们赶紧上路吧。大家都等着呢。"

我们上路了。一些街坊邻居已经在教堂等着我们了。我们到达的时候,大家全都鼓起掌来。那时,我们走进教堂里面,在拜位前站好,牧师为我们举行婚礼。

第二天,我们去了公证处。祖母,父亲,伽鲁斯特叔叔也在场。一个缠白头巾的先生坐在桌子前,正在看身份证。他说:"对不起,您是基督徒?"

我说:"是的。"

他说:"新郎先生是什么?但愿他是穆斯林。"

阿依丁说:"是的,我是穆斯林。"

那位先生说:"不可以,不可以结婚。"

我说:"那我该怎么办呢?"

那位先生说:"除非您成为穆斯林。"

我说:"我愿意。"

他说:"你说见证词:万物非主,唯有真主。"我说了。他说:"你说见证词:穆罕默德是真主的使者。"我说了。他说:"你说见证词:

阿里是穆罕默德的继承人①。"我说了。他说:"祝福你们。"然后,他念了结婚致辞。

传来敲门的声音。过了一会儿,母亲说:"晚饭摆好了。"

他走到楼上房间,在餐桌前坐下来。乌尔韩说:"你好一些了吗?"

"我好些了。"

"你应该休息。明天如果出太阳的话,我们一起去维勒山谷,换一换空气,重新恢复状态。"

阿依丁说:"难受劲儿已经过去了,兄弟。"

母亲说:"快吃。"

他吃了两三口,又回地下室去了。在半道上,他听见乌尔韩说:"一大早,非常早。"

"好了好了。"他缩进他的房间,又躺在床上,看见我倒在冰冷的琉璃砖上,身上盖着白布单子。他在挣扎,不让我这个样子来找他。但是,我还是以那个样子来了。他睡着了,而我来了。

我们上了一辆两匹马的马车,在城里转悠。父亲跟我们俩握手,亲吻我们。然后,伽鲁斯特叔叔也跟我们握手,亲吻我们。我们回到我们自己的房间。

他说:"我在寻找过去的自己。我们曾经有很多东西,现在没有了。"

---

① 伊朗是信奉伊斯兰教什叶派,只承认第四哈里发阿里是穆罕默德的继承人。不承认前面三位哈里发:阿布·贝克尔、欧玛尔、奥斯曼。

那里没有人来回答他。他叫:"苏尔梅里娜。"好让我回答:"我的心肝。"

尤金娜夫人说:"昨晚我梦见你了。"

我说:"我在做什么?"

她说:"很吉利。我梦见阿依丁先生给你两只耳朵戴上漂亮的镶丝耳坠。"

我对阿依丁说,我怀孕了,他就在那天给我买了一对椭圆形的镶丝耳坠,他亲手给我戴在耳朵上,然后走到旁边,那样看着我,让我不得不把头依靠在他胸口上。

然后,我们去旅行了。没有人在家。我已经怀孕七个月了。我说:"这是你的孩子。你想要男孩还是女孩?"

他说:"女孩。"

第二天,我们出发了。

穿白衣的医生,戴着黑边小眼镜,走上前来:"抱歉。"

阿依丁蹲下来,把白布单从我脸上撩到一边,凝视着我的脸,仔细端详。眼底和额头都是乌紫淤血;脸肿胀而焦黄,边角上还有乌紫淤血;头发湿漉漉乱蓬蓬的。

医生说:"在这个时间交给我们的唯一尸体,就是这个。"

他的心脏剧烈跳动,双手颤抖。他说:"这个不是,医生先生。您相信这就是,但是,我确信这不是。"

苏兰咖啡店关闭了整整七个月,教堂的钟也不再敲响。他说:"那么,你在哪儿呢,苏尔梅里娜?"他踏遍了所有的地方,医院、警察局、公墓,只要他认为我有可能去的地方,他都去了。

我张开左手掌——一枚镶嵌着绿松石的戒指戴在我的中指上,我把手伸进他的头发中,叫道:"亲爱的,亲爱的。"

他叫道:"你在哪儿?"他哭起来。

我叫:"亲爱的。"

他把手伸到头顶上方,关了电灯开关。在黑暗中,他看见我把手伸进他的头发中。他想要我说"亲爱的"。

我叫:"亲爱的,亲爱的。"

第四乐章

如果不是伊斯马友尔，谁会叫我苏吉①呢？乌尔韩也叫我苏吉。他还叫我雄魔。雄魔，你在这儿做什么呢？我想沏茶，大哥先生。考虑一下生活，考虑一下令人忧伤的岁月。我的鼻子尖上挂了冰棱。我说，啪嗒，碎了。大哥先生，我为你捐赠了一支蜡烛和两支冰棱，祈祷你不要感冒。一支在这边，一支在那边。是你吗，大哥先生？那就请说，我期望。

我生活在一个大城市。那是一处大宅子，有宽敞的、令人心旷神怡的正大门，就像王子们的花园。苏尔梅里娜说，你想看看父亲和母亲。我可以不看吗？不行，你必须看。

我们走进五门大厅。有一个苏尔梅里娜已经坐在那里了。我们乘马车去的。阿赫旺花园也结冰了，那里有很大的石头，变成了山区。苏尔梅里娜的母亲个子很高，但是不能走路，从地下钻出来，就像一棵树，从树枝分泌出汁液。

这铁链的痕迹留在我手上。那里有一千个人，一千条铁链，一千只栖息在树枝上的乌鸦，斜眼看着"穷酸文人"阿依丁·乌尔

---

① 苏吉："废物"的意思。

汗尼。我改变了我的声音，就像俄国士兵那样说话。兄弟！应该打点行装了。糟糕的状态已经过去了。过去了。过去了。什么时候过去的？小巷有缺陷。你看见了吗？没有，你没有看见。你看见了吗？所有的人都在窃窃私语。那一个是卢尔德先生，在石子路上行走，然后走下坡去。他的双脚在石子路的天空上，他的头在地里面扭动。仿佛人们把他的相片在水里印出来。

早晨，我走在路上，不论我看到什么木头块儿，我都搜集起来，扔进铁皮炉子里烧。伊斯马友尔，你别弄得到处是烟雾。乌尔韩先生的眼睛。哎哟，我都窒息了。

我说，你从水里钻出来。他说，蠢货，烟雾让我窒息了。我说，那你就别抽了。他就打我耳光。这边一下，那边一下。雄魔。关我什么事呢？我双手被解开的时候，我就读一张报纸，或者是一封信。从这些栅栏走到上面去。不是我，是优素福。他走到上面去，一个猛子跳进水池里。父亲说，狗日的，不害臊。至少，你去用放大镜把孩子们的书都点着啊。谁忘记了战争？和蔼的顾客。水池充满。

如果可以的话，让我做一天希特勒就好了。我会说，每个人所有的一切都不属于他自己，而是属于真主。我们也是来自真主。神的光辉包含了我们的状态。我们有书，在路上。我把你给的一顶旧皮高帽戴在头上，走向关着门的咖啡店。"老瓦"先生？老瓦。德国也进步得很快啊。父亲说，如果我是希特勒的秘书，战争的结果就不一样了。我说，爸，楼上房间的灯泡烧坏了。父亲说了什么？你把它换掉。哪儿的灯？楼上房间。不是这个。是那个，猫儿在里面下了小崽儿。

先生，您有刚进的旧杂志吗？今天的，上面有希特勒相片。苏尔梅里娜不放开我的手。她的父亲也在那里。她父亲的声音结了冰。苏尔梅父亲是苏尔梅父亲，但不是苏兰先生。是一个坏脾气的人，穿着竖条纹的咖啡色西服和裤子，样子像法语小写字母。

根据最近的消息，发现了一个南方国家，名字叫布朗尼，签订了石油合同。每天很多很多运输船运走石油，运来椅子。合同下面还按了指纹。他们大使还想来这里。他说，我直接去那里看看，我能在舒拉比治疗自己吗？他有风湿病。阿依达也有风湿病，她死了。母亲有什么？有哮喘，她死了。这个人有风湿病，疼痛是从他腰部开始的，逐渐蔓延到双脚，然后绕一圈回到腰上，走到肩头。只剩下四根指头。我说，大哥先生，这布朗尼在哪儿呀？我在地图上怎么找也没有。我想不起来是否在学校地理课上看见过。乌尔韩说，我猜就在那边吧。我说，哎？我以为是在这边。他笑得要晕过去了。我们又在地图上找起来，但不是找布朗尼，而是在寻找一片新的土地，其北部与这个布朗尼相接壤。它的一边是陆地，南边与海洋相接。好像在左边有一片郁郁葱葱的土地，种有杏树，但是没有主人，一定有人来采摘。这座果园的命运在战争中是显而易见的。我的兄弟乌尔韩说，如果遗产继承人插手，事情就完了。我说，兄弟，为什么一昼夜是二十四小时。

我说，大哥先生，我们的这个克里斯托弗·哥伦布还没有死吗？他说，那又咋了？我说，他去发现新大陆，但是，为什么不来发现这个地方？然后，我就走动起来，大喊大叫，克里斯托弗·哥伦布先生，您为什么不来发现我们？大人物的肥肉。大人物的肥肉。让人想起猛犸来。但是，我又不是人，正因如此，我不会想起猛犸。我想起瘘病。然后，我又想起我自己的纳赛尔舅舅，他属于被封舌头的一代。我纳赛尔的兄弟是受压迫的，蜷缩在那陌生的城市。你想我给你娶他女儿吗？不，母亲。向祖宗发誓，如果我说谎，大哥先生。雄魔，害臊吧。我很害臊。我一看见他，我就开始手脚哆嗦：我所有的话我都不记得了。唉，它自己要盘踞在我们体内。我有什么办法呢？

我们是多么飘零脆弱的人啊，就像烟雾。父亲说，要像人的孩子。人的孩子是个什么模样？如果你想明白书到底属于谁，就看它下面的注释。卢尔德先生每周日都放假。卢尔德先生去世了，我们向他致敬。老爹啊，最终有一天，这卢尔德电扇的风将带走我们所有人。

她正在呼吸最后一口气，吃力地呼哧呼哧。我没弄明白，她是如何呼吸最初的气息的。已经成为鲁特①之城了。如果我成为首相，我就让每个大臣都娶妻。然后我去莫斯科避难。因为国家已经失去了。你别这么笑，阿雅兹·汗。你是萨贝尔叔叔？你的头发也快要掉光了。那么，你的希望在哪儿呢？我还是待在地下室。毕竟，只有一天而已②。

---

① 鲁特：《古兰经》中先知之一，相当于《圣经·旧约》中的罗得。鲁特虔诚信仰真主，但他所生活的城市中的人多行鸡奸，放浪形骸。最后，真主降下石雨，毁灭该城。鲁特因虔诚信仰而得救。鲁特之城，即《圣经·旧约》中的所多玛。

② 此句出自一句格言"尘世也就一天而已"。

我在上帝之家的前面吻你。我在上帝之家的前面吻你。亡者们心里想怎么睡就怎么睡。人从管道的这端可以走上去,从屋顶上钻出来。长长的,没有光芒,就像贾姆希德?不。关我什么事呢。就让他把我的手脚套上铁链。对于我来说,一定不错。

　　一座大城市。苏尔梅里娜的家就像一座博物馆。有几个人缠绕在一起。麻风病斑已经覆盖了他们一半的身体。就像一块一块的大石头,就像锯开的树木,就像蘸过冰糖水。他们蜷缩缠绕在一起,就像法语小写字母。第二个字母没有脑袋,反而是一道愈合的大伤口在它脖子上,就像蘸过冰糖水,就像成为树的锯子。

　　苏尔梅里娜说,这是我叔叔。她给我指一个人,就像一个法语小写字母。但是,很臭。他们全都腐臭了,就像一棵被锯断的树,分泌出汁液。我心里想用手碰触他们,但是,我沉重得来无法动弹。我想要馕饼伴蔬菜。

　　我想开一个警察局,雇佣几个警察,就委托阿雅兹当警察们的头儿。我把他们打发去巡逻,每转绕一圈就给一个土曼。在这喧哗与骚动中这是最好的职业。但是,乌尔韩不准许,甚至不准许我说这话。否则的话,我们自己已经有一个班的士兵了。到奥斯维辛有多远?最多不过从早晨到下午。我们要把这家伙除掉,我们用砖砌他的炉子,让其中一个给乌尔韩炒瓜子。

　　他说,你摁手指。我摁了。我没能吐出来。他说,你摁。我摁了。摁。我就摁了。摁了。我摁了一百页的手指印。我首先摁的是杏园,然后是店铺,然后是宅子。我说,大哥先生,这地下室的地契请允许我自己的名字留在上面。他说,地下室归你,松树归你,乌鸦归你。我说,我不想要乌鸦,我不想要燕子,我想要喝茶。好吧,去喝吧。好,我就去了。他的身影又出现了。雄魔!哎,大哥先生,我们在有些时候也是人啊。

母亲说,我不知道为什么所有东西的味道都不一样了。甚至,我喜欢的这冰糖块,也没有以前的味道了。乌尔韩说,妈,看见了吧,你产生幻觉了?把所有的事情都往坏处看。现在,你认为我不好,但是你自己的这冰糖块又怎样呢?走开,没廉耻的。没廉耻的是哪个呢?关我什么事呢。

希特勒的情人把他置于死地了。如果苏尔梅想要折磨我,我也可能会自杀。你现在已经完全垮掉了。我说,从你双唇上的红玫瑰可以摘得一吻吗?你。亲爱的老妈。从今之后,我不再让你为亡者忧伤。那么,我该为谁忧伤呢?你弹一曲《马胡尔》吧,让我哭泣。搬运工们在前面,靠着一根柱子。跛步,遛弯。现在,他们去了那不能说话的袋子下面。但是,开心果,开心果都是张开口的。乌尔韩的桌子也有脚,也会走路,走得很好看。这样子走。我呢是不会的,这个样子,咣当咣当,咣当咣当。所有的桌子都有脚。无法阻止它。它把坐在它跟前的每个人都带走。父亲很威严,他说,这舒拉比的淤泥可以消除所有的病痛,尤其是风湿病,就像鸦片。区别是,鸦片可以治疗七十种病痛,但是无法治愈它自己带来的病痛。

你的脑子已经不工作了。谁的脑子不工作了?我的脑子?我的脑子从早到晚在家里的炉子里烧制砖头。晚上,他回到房间,就像一具尸体一样倒在床上，趴着睡，一个劲儿地想。到底也搞不明白他多少岁了。他说，先生，几点钟了？我说，上个星期是五点钟，先生们，你们听好了，这个国家需要排队买馕饼，妓女们提供的馕饼也没什么关系，真主会宽恕你的父亲，但是，你的自尊会接受你晚上睡在她身边吗？唉，呸。

很长一段时间，我认不出您了。怎么可能呢？我就是我。你听说过朝觐队伍的领头羊吗？只不过他的姘妇太少。人哭得想要炸裂。对于我们来说，所有的泪水与悲伤都是定命。我们的心渴望结婚。他的情人的名字叫什么呢？所有的德国人都死了，只剩下希特勒了。他独自一人从早到晚战斗，从晚到早与他的情人睡觉。就是这个女人把他送上了死路。唉，我心里多想世界突然一下停止，全都结冰，全都成为与世界同在的僵尸。别说"与世界同在"。那么，我该说什么呢，老伯？就说，僵尸，僵尸。

你如果把眼珠子对上看你的手指尖，会变成两棵树。我的脚也会成为四只，会发生地震。乌尔韩会喝醉。用一根手指头可以把整个世界搅来搅去。我走到镜子前，贴近镜子看我的脸，用嘶哑的声音说，私生子，私生子。用一种喉咙深处发出的声音说，私生子，过来，我让你合法化。合法，我的合法在天上。战争。你们两个站在那边。我们在这边。你转起来，好让我们也转起来。"胜利桥"[①]是什么时候的？先生们你们记住，战火在莫斯科的严寒中熄灭了。

[①] 胜利桥：埃里温城里的一座桥名字，于1945年11月25日开工施建，为纪念苏联卫国战争的胜利。

重要的是浪漫主义者们依然掌握权力。别问我其中原因,问你们自己的心。你看见了吗,兄弟?父亲说,干坏事的孩子会有第六根指头,如果带走他,苦难也随之而去,如果留下来,是耻辱和恶行。点是线的头。我们也写了,也来到线的开头。我们不是在礼萨国王时代,用配给券买馕饼吃。我们给一张红色的配给券,买一张黑色的馕饼。现在,可以吃巴尔巴利①馕饼了,全维生素的。唉,礼萨国王有什么过失呢。那是战争啊,亲爱的先生。战争。你别说啦,老伯啊。那又是谁建造的大学呢?谁建造的道路呢?谁建造的铁路呢?国民银行?你别说啦,亲爱的朋友。你们这些老爷啊,你们从这个周五夜吃了抓饭,就不再吃了,直到下个周五夜。但是,我们乞丐,每个晚上都是节日,每个节日都有抓饭吃。

我说,大哥先生,没廉耻的是谁呢?他说,别再说这些话,去,涮涮你的嘴巴。我使劲冲洗我的嘴巴,把自己弄得就像从水里捞出来的。大哥先生,人们已经买完他们的东西了。就是父亲的那一年。你必须换一种职业。卖衣服也不好。我看见的这些人这个时候都不缺衣服穿。你弄鞋帽吧。你看。一件内衣,一两件衬衫,一件针织上衣穿在衬衣外面。西服裤子坎肩,长大衣,你如果用炮轰他们,他们根本就不当回事,全都是十足的厚装备,他们的脖子也不会被衣服这把斧子砍断。作别的打算吧。滚一边儿去。别站着说话不腰疼。我走了。

你是苏尔梅里娜吗?那么,健康活泼在哪儿呢?他们砍断了那

---

① 巴尔巴利:伊朗一种馕饼的名字。

么美丽的梧桐树，在它位置上放一个驴的头颅。怪了，我也是一头蠢驴。我不去舒拉比咖啡店喝两杯茶。为拜访者念上一段报纸。一个这边，一个那边。雄魔，你在这里干什么呢？别，大哥先生，我不想出现你不再原谅我的那种情况。他有囚犯。你知道是谁吗？六个月在地下室里。他把窗户全都糊上了泥巴。好了，我要去产盐碱地的大海了。既是旅行，也是做生意。不可以人去了港口却两手空空地返回。买卖。给予和掠夺。那是怎样的一些东西啊。全都是一手货，能挣面包的。

苏尔梅说，我们走吧。她的兄弟也跟我们在一起。她有兄弟吗？他父亲紧蹙眉头。我们走了。拉车的马儿鼻子里喷出热气。我们去了一个小房子。街道坡陡，有铅黑色的石头路面，房子的围墙很高，有一间屋子。茶炊在房间的角落。苏尔梅在被窝里躺下来，说，抚摸我。我害怕用手碰她。她有过错。她把袜子脱下来，两只脚踝交错在一起。她说，我把橙子嫁接在了橘子上。也许会得，也许不会得。我父亲嫁接的。我明白了，她有麻风病。她说，抚摸我。我害怕了。她说，跟我睡。我很害怕。我想哭起来。她说，来，抚摸我。我说，不。她父亲说，我嫁接你的什么部位呢，儿子？我说，你们都是麻风病人，你们有严重的麻风病。那个地方是一个铅黑色的城市，雾气流动，石子路面，日落黄昏。每个人都有一个麻风病人。他们都穿着袜子。苏尔梅父亲的西服和裤子是条纹状咖啡色的。我摇了摇这些铁链子。摇啊摇。我说，唉，这个样子？你们到底要对手脚被捆绑住的我做什么？没有任何人在。这棵树上的乌鸦张开翅膀，飞走了。我哭了吗？

我们朝第八纵队出发了。天也在下雪。父亲说，如果我是希特勒的参谋，战争的结局就不一样了。我说，爸，楼上房间的灯泡烧坏了。你把它换了，儿子。我说，哪儿呢？他说，向莫斯科前进。他还贴上希特勒的小胡子。多么适合他啊。他还在肚子上吊了一个卐，说，朝莫斯科的严寒前进。火焰烧毁了所有的地方。野草也在燃烧。烟雾从树木的脑袋上升起来。一个姑娘，用棍子把她的裙子从烧着的树枝上弄下来。我叫，苏尔梅。她说，我是阿依达。既是苏尔梅，也是阿依达。我的鼻子尖上结了冰棱。我说，啪嗒，就摔碎了。您喝土耳其咖啡，别睡觉，您读书，写东西。巴拉马克家族①。我写了巴拉马克家族。我站起来走动，看看我的听写得了几分？我说，大哥先生，如果你不把我绑起来，又会怎样呢？但是，我在心里说。关我什么事呢。

萨贝尔叔叔，你的希望在哪儿呢？阿依丁，我所有的希望都在你身上，你喝酒吗？乌尔韩说，你很高兴我把你用铁链套起来吧？大哥先生，每一天还是那样的一天，但岁月是另外一种岁月了。你怎么也不相信阿依达是自焚的？亡者们的世界在哪儿呢？在地下。朝地下前进。那么，这些报纸。铁链的痕迹留在我皮肤上，让母亲不由自主地动辄哭泣。先生，您有刚进的旧杂志吗？滚开，混蛋。

---

① 巴拉马克家族：阿拉伯阿拔斯王朝时期最著名的伊朗家族，掌握了阿拉伯帝国大部分权力，使哈里发成为一个有名无实的虚位。哈伦·拉希德（786—809年在位）哈里发登基之后，诛杀了整个巴拉马克家族。

一辆汽车驶上人行道。卢尔德电扇制造业向前发展。那么，司法部大楼是谁建起来的？铁路是谁建起来的？如果没有德国人，我们有什么？我叫喊，大哥先生，大哥先生。咋了？你还没睡着吗？我说，没有。这地下室的电线烧了。他把它换了。他成了一个光明的人。喝吧，让你也亮起来，亲爱的叔叔。向真主发誓，你别打我，大哥先生，真主已经击打我了。他把双手背在背后，踱步，盯着星星。我说，他要成为研究世界的人，或者是星相学家，或者是天文学家。闭嘴。

上面提到的那个人，是党卫队一等军衔的头头，在希特勒失败之后，他逃跑了。波兰解放军在日夜追踪这个人。真主保佑，对这个不拜真主的人的抓捕行动别有闪失。他们会把他撕成一块一块的。战争，毕竟是战争。你打出一拳，你会挨打两拳。多出一个，这是自然规则。可惜，我们的卢尔德先生飞走了，否则，他会把电扇运到港口，交给葡萄牙人，换得书写的粉笔。他拿起铅笔，向真主发誓，我们的孩子们没有粉笔。我们把铅笔从中折成两支。文化局长先生，我们没有粉笔。我们没有纸张。嗨，你们买呀，先生们。什么意思啊我们没有？他们把这么多的纸张都糊到门和墙上，他们给孩子们就好了。在电灯帽上写着注意事项。需要一家"景气"的公司。地址是伊斯玛依尔国王大街，古勒苏小巷，砖厂方向，"真理"气球制造厂。中午时分，我狂飙去了那里。我说，是我。他说，你是谁。我说，我是"景气"的合伙人。他说，我出资，你干活。我就从那天开始干活，直到晚上，我打爆了一百四十五个气球。他说，你为什么这么干,孩子?我说,它总是在最后一口气的时候爆炸。你记住了,你要留一口气到最后,才可以系线。他打我耳光。一下打在这边。

当我肚子不舒服的时候,我就嚼一把干芸香,喝一杯水。我看见人只有一拃大小。他们在这些巷子里走动,从门和墙走上去,其中一个从污水道走向邻居家。我想抓住他的手腕。我说,关我什么事呢。但是,希特勒很狡诈。他命令德国人都吃芸香。然后,他就变得一拃大小,一下钻进地缝中。人们说,他在锡斯坦和俾路支斯坦过得很悠闲自在,穿着一套俾路支人的衣服,贴上了翘角的唇胡子,成了扎布尔[①]人。唉,对于父亲来说,不论什么人都是可恶的皮条客。我要旅行去锡斯坦或者是俾路支斯坦,找他。一个在这边,一个在那边。雄魔,你在这里做什么呢?

我在为我亲爱的朋友国王效劳。这条废弃的廊道在哪里呢?他弹奏得多美啊。一个年轻的恋人,肯定在他青春期过得不如意,就像我。从路上走来的每个人,都会对着我耳朵弹琴,是《阿夫沙尔韩格》曲子。他正跟他的女人一起走路。我说,俄兹·依希迪[②]。他打了我一耳光。我哭了。从心底里哭泣。

[①] 扎布尔:伊朗东部锡斯坦和俾路支斯坦省北部靠近阿富汗的一个小城市,也是伊朗东部山地部落扎布尔人的聚居地。

[②] 俄兹·依希迪:阿塞拜疆语,意为"自家的事儿"。小说中是,阿依丁看见乌尔韩正跟一个女人一起走路,乌尔韩娶妻了,因此他说,这是自家的事儿。小说人物的原型是二十世纪六七十年代在伊朗阿尔达比尔市生活的一个温文尔雅的疯子,嘴里总是念叨"乌兹·依希迪",参见http://yeknaghd.mihanblog.com/post/41,最后访问日期:2018年8月26日。

阿尔达比尔的夜晚更冷。一个套上锁链的人,不由自主地弄湿他的下面。三次,每一次都祝福兄弟健康。就让我用手指戳我的眼珠子吧。乌尔韩此刻酩酊大醉地来找我。给我打开,大哥先生。给我打开,要整死我了。向真主发誓,这铁链子你拿来套大象更物有所值。

"别说废话。过来,喝茶。"

第一乐章

第二部

　　乌尔韩在半夜梦见母亲哭号着向他走来。他一个劲儿后退,说:"不,不。"母亲喊道:"我不把我的财产合法地给你。我要把宅子卖掉,我要把杏园卖掉,我要把店铺卖掉。我要把卖的钱给阿依达。"乌尔韩踩在荨麻干枯的枝叶上,踩躏它们:"妈,你说得多么不得体!你已经死了,阿依达也死了。"那时,母亲走了,风刮来,摇落梧桐树的黄叶。阿依丁从地下室探出头来,看什么情况。他的食指在书中间,但是他把手藏在墙后面。说:"咋了?"乌尔韩笑着说:"你在这里呀?我还到处找你呢。"优素福在吃馕,吃土,瞪着他抱怨的双眼。乌尔韩用手抓住铁管儿栅栏,数着,走上了二十一级台阶。

　　客厅的每一边都装饰有粉色的薄棉布窗帘。风吹起帘子翻飞。房间中央,一套昂贵的咖啡色的镶陶瓷的沙发,围绕着一张琉璃色的地毯,中央的桌子也是有图案的陶瓷面,它的每一只腿儿上都有一个浮雕山羊头。但是,桌子中央的花瓶里没有花,仿佛它张开的黑嘴要吞噬所有的东西。黑色的风把窗帘吹刮到房间中央,凛冽的寒冷刮得人身体的皮肤要炸裂。窗户旁边,在窗帘的起伏中,站立着一个半裸的女人,她身上的覆盖物就是那窗帘。她回过头来看着乌尔韩，嚼着口香糖，说："两个漂亮的孩子。"她努力想把自己端庄的身子覆盖在窗帘中，但是，风不准许。她看起来有点瘦削苍白，金发烫成一圈一圈的。她就像刚从浴室出来，举止缓慢而平静。

乌尔韩说："你是阿扎尔？"

女人说："阿扎尔，一花瓣。"她笑了。

乌尔韩说："过来。"突然一下，他充满欲望、愤怒和仇恨。遭遇挫折的愿望使他急不可待。他说："我必须跟你说话。"

然后，黑色的风把窗帘吹刮到房间中央。乌尔韩把他的皮高帽在头上挪了挪，盯着女人赤裸的身子。父亲说："好吧。"他从沙发站起身来，用弹指敲击桌面，说："八千土曼。"

母亲说："八千土曼？"她挑高眉毛，一挑一动的。

父亲说："那你以为多少，老婆？"

母亲笑了，她的金牙露出来。她说："难道不是库姆制作的？"

父亲说："不是。是芬兰产的。"

乌尔韩把手伸进坎肩的兜里，站在父亲面前："你写下来，这套沙发算我的。我想要这套沙发。"

母亲说："啊？"她在其中一张沙发上坐下来，忘记盖住她那瘦削苍白的膝盖。她把左脚或者是右脚靠在桌子边儿上，双手放在沙发两只扶手上。然后，她把头稍微后仰，全部的沙发都能装进她眼睛里。她吃力地呼吸，似乎在呼哧呼哧喘气。她有哮喘。她说："好吧，那您把其中一个给阿依丁。"

乌尔韩说："阿依丁？他已经不在了。"

母亲说:"在地下室里。"

乌尔韩说:"没有,妈。他没有在那里。他离开这里已经两三年了。"

母亲说:"他最终是要回来的。我去把他弄回来。他也要一套这样的沙发。"

乌尔韩缩在其中一张沙发里:"你如果找到了,你也给我弄一套。"

父亲说:"压根儿别再说这事了。"

风落在帘子下面,让水晶吊灯发出声响。看不见阿扎尔了。对她身姿的记忆折磨着乌尔韩。他变得烦躁不安。一辆两匹马的马车的声音从小巷传来,"嗒咯嗒咯",马蹄子在泥地上行进,严寒肆虐。乌尔韩说:"阿扎尔,把窗户全都关上。"她一个人关上了窗户,但严寒不是来自外面。他说:"给我背上搭一张毛毯。"他回过头,房间里一个人也没有。乌尔韩牙齿咯咯地上下磕碰直响。

他辗转反侧。马槽冰冷的壁折磨着他脸部的皮肤。他抬起头来,漆黑一片。母亲现在在成吨重的泥土与雪之下沉睡。他说:"你在哪儿呢?"

一个人也没有。老头儿拿走了驮鞍,带走了财物。他的名字叫什么?是拉姆阿斯比山村的人,或者是其他任何一个地方的人。他很轻易地就同他了结了。操蛋。可以用两千土曼除掉他。他喊:"老头儿!"没有,没有任何人。只有几头狼嚎叫的声音传入耳中。天花板在滴水。

他的头痛起来。他从马槽出来,在黑暗中摸索到了门外面。雪已经埋住了房子的一半,但也抽不下手。什么时候开始下的啊?唉,这么多的雪啊!明晃晃的白色刺激着他的眼睛。

他看了一下天空。没有天亮的迹象。他在童年时代所害怕的东西来找他了。他看见一个棺材在四个穿白衣服、暗淡无光的人的肩上,没有压迫感,只是向前走来,似乎又原地不动。他们的目光从眼窝深处,毫无感觉地盯着他。他双手扶着门框,把持住自己。只有尖叫能让他舒缓一些,但是他发不出声音来。倘若能一直尖叫到末日审判就好了,漫长而没有停歇。

严寒在马厩的黑暗空间中滞留。如果在雪地里走走,一定不会感到这么寒冷。他把雪刨开,刨出地面,走在雪下面温暖的泥土中。那个地方的土地可以呼吸,它吐出一口热气,转眼那气息又被吞没在了雪下面。他的身躯比那些跟随他思绪奔跑的东西更加僵硬和沉重。他后退了一步,在那黑暗中跺脚,跺脚。双手在空中晃动,皮高帽放在一个角落,他解开大衣的扣子,活动身子。应该有办法止住浑身哆嗦。他整个一生都在努力,以免遭受严寒酷暑,以免忍饥挨饿。他整个一生都是在努力,维护面子和信誉,任何时候都不丢人。每天早上,他穿戴这件大衣和高帽去店铺,中午回到家,吃午饭,在楼上房间躺一两个小时,下午又动身去店铺。他希望,晚上,当他回来的时候,他走路的方式和别人不一样。要那样走:人家向他问好的时候,他看也不看人家一眼地回答:"你好。"但是,此刻,即使让他死去,他也不想这样。应当这样死亡:所有的亲戚都因悲伤而哭号，没有机会忙于分割遗产。至于杏园，亲爱的叔叔，你们兄弟们好好协商，但要照顾好它，不要让它缺水，不要让墙垮掉。那些混蛋，在几个月前，偷窃它的砖头。那棵大桑葚树，在它树身上有一个洞，不要让它死掉了。我很喜欢它。家里也让亲爱的姨妈们和舅舅们来聚一聚。家具也让姑妈们带走。她自己老了，可以给她的孩子们。但是，店铺。我该怎么说呢。我能说什么呢？我整个的一生都消耗在了店铺。从早到晚，我付出了我的青春。我本可以娶妻的，但是，我没有。你知道是谁吗？此刻，暂且打住。我要想一想店铺。

但是，剩下的财产可以一块一块地分给这个那个，可以让一个人变得可爱，天空中的鸟儿都会为他哭泣。这个医生离开了，那个医生又来。德黑兰的医生、德国的或者是以色列的医生。人们说，他们的手就代表痊愈。阿依丁却说："人们说，他们的手一碰什么，什么就成灰。正因如此，他们把尘世搞得臭烘烘的。"也正是他们，来到他枕边，摁住他的脉搏，听他心脏的声音。得什么病死？抑或什么病都成？糖尿病或者癌症。不要癌症。癌症太痛了，不好，这种死亡方式很不好。在一个地方听说，胖人要么死于高血压，要么死于心肌梗死。如果他能够把自己的体型保持得与阿依丁一样，那现在就是一个鞑靼人似的小麦色的瘦子了，至多不过因胃部受打击而倒下。不。不。外国医生给他打一针，就能使他下地走动了，还能使他再去店铺，对学徒们发号施令，还要买廊道汇合处位置的店铺，占据中央的轴心位置。再把乞丐玛尔塔从廊道汇合处的台阶上弄起来,说,坐那边去。商店的招牌要更换。换成大大的,大大的。要用纳斯塔里格①体书写:乌尔韩大干果店。灯光要给力。要十一二个佣工,手推车,热热闹闹。最终,这一次是要拄着拐杖了。好吧,这也有一种美,其威风也不错。当一瘸一拐地走路的时候,不再有过路的人问好了,而是跟在你后面,一个劲儿地问你的健康状况:"您去看过阿富堂达里扬医生吗,乌尔韩先生?""昨天我想来看你,总之,我想说……""你说呀,亲爱的,快说。""舒尚尼克医生也不错,把死人都能救活。""亲爱的孩子,你父亲跟我有密切往来。真主宽恕他。你为什么这么快就形容憔悴了?""为兄弟忧伤。""好了,好了,俄国的罗依丹诺夫医生……""死了。"让他们全都走开,去死。他们全都去死吧。生活是多么荒谬!

我说:"阿依丁,你已经四十岁了。不要再去这些咖啡店了。"他还是来这地方。他的生命在这里,在这咖啡店。但是,人们已经不再关注他了,不再听他读报纸了。他们不耐烦了,甚至吝啬一杯茶。他很抱怨,但是,他依然来。我说:"你什么时候想喝茶了,我来付账,就在客栈那里喝。"

他说:"人喝了茶,就要撒尿。"

从他最后一次到这里来,已经过了两年。那是秋天,下着毛毛细雨。我乘一辆出租车来找他。他坐在咖啡店外面,双脚冻得通红。他说:"我冻僵了。"

我说:"你为什么不进去呢?"

---

① 纳斯塔里格:波斯文书法的一种字体,特征是细长飘逸。

他说:"马莎德·阿巴斯飞走了。"他从西服夹层里抽出手来,说:"前前后后的商队。"

马莎德·阿巴斯若还在的话,就把他弄进去了,还会给他倒茶,听他说话。在饭点上,还会给他一个小锅。他时不时来店铺,我给他瓜子和开心果,以免我因他而心里过意不去。但是,两年前,他已经老了,瘫了。一个大不里士的土耳其人租下了咖啡店,他把这里弄成什么了,去他娘的。他一副臭德行,不让进。我说:"嗨,兄弟,你为什么不让我这苏吉先生到里面去?"

他说:"我们忙着呢,没那工夫。"

我说:"这又不费事。"

"我说过了啊。我还头痛呢。我没工夫。"

然后,我们回去了。他说:"大哥先生,走,咱一起步行回去。"

我说:"在这雨中?"

我用车把他送到了店铺。他的身体状况很糟,脸色苍白,头晕目眩,手脚颤栗,一只手掌捂住嘴角,坐在我们店铺的台阶上。我们给了他一杯茶。他一直呻吟到下午,没头没脑地说:"拉皮条的以为我是阿尔斯兰酋长①。唉嗨,你们这些私生子很快就要去您家里了。首相飞走了。想一想那些令人忧伤的日子吧,投降将被诅咒。想一想那些令人厌倦的日子。想一想那些被诅咒一千遍的日子,但是甚至连一瞬间也不会回来了。唉嗨,伊斯马友尔,给我一张新的

---

① 阿尔斯兰酋长:指塞尔柱王朝第二代苏丹阿尔普·阿尔斯兰(1063—1072年在位)。

废报纸,让我给你们念。但是,我现在的安全状况很糟糕。"

周围那些盯着我的眼睛让我感到很难堪。晚上,我们回到家里的时候,我说:"从此之后,你没有权利再去舒拉比咖啡店。"他一声不吭地跟着我走。他的身体不舒服。我说:"如果你再次出走的话,我会发怒,我会对你采取别的措施。"他不吭声,看着那些人,把塑料袋顶在头上,奔跑。雨斜着刮过来。我撑着伞,阿依丁无法待在我的伞下,浑身湿透了。我说:"你走那么远的路,走去舒拉比,为什么呢?为了喝茶?我说过好几次了,不准去。唉,你就别再去了呀。"我使劲吼,想让他好好明白。他还是那样沉默地、心如死灰地走着,不回答一声。各个商店的灯都关了。只有汽车的灯光在大雨中一下子射过来,然后又消失了。我们已经到了家门口。我说:"进去吧。"他低下头,进去了,而我跟在他后面,我把我们身后的门锁上了。我说:"你吃晚饭吗?"

他仰了一下头①说,不。他去了地下室。他的房间冰冷黑暗。我说:"你想让我给你把暖气点着吗?"他又仰了一下头,缩进了被窝里,盯着对面的墙。我说:"向真主发誓,如果你再走掉,我就把你囚禁在这间屋子里。"他抬起头看着小窗户。他知道我要说什么。我说:"我要用泥把窗户堵住。或者是用铁链把你铐在上层伊望的栅栏上。"他沉默不语。我看见他眼泪流下来。我说:"你对你这臭烘烘的身子不害臊吗?"我喊道:"如果你再犯老毛病,我不再原谅你。"

---

① 伊朗人的肢体语言,仰头抬下巴的动作表示否定。

当我看见那庞大的身躯，连带他以前所拥有的骄傲，现在处于我的命令之下，我感到很惬意。他一生都想要比我知道得更多，向我显摆他的优越感。他想去上大学，接受高等教育，获得高的地位，而我，不管怎样，在巴扎里的狼群中长大。当他无法挣到钱去上大学的时候，我说，他正在吃他骄傲的老本。一个人，当他说话的时候不看着我，会盯着看别的地点，既不关注什么，也不透露他的秘密。毕竟，我是他的兄弟，最近的兄弟，只要他那破败的嘴脸还没有触到地上，他不再穿着咖啡色或藏青色的西服和裤子出现在我眼前，可以像他以前那样，把木料锯得像草丛一样堆在他面前，而他大汗淋漓，不停地拉锯子，身上穿的还是以前的衣服，呢绒裤子/母亲编织的套头毛衣、已经褪色的破旧大衣，成为一个疯癫的苏吉。

在那个晚上之后，他不再去咖啡店了。有一段时间，他对盐碱沼泽感兴趣。他去盐碱沼泽，坐在一块大石头上。那石头是他自己搬来，作为椅子放在那里的。他注视着波浪舔噬着含盐的泥土，风吹刮他黑色的直发就像翻书一样。

我说："站起来，畜生。你在这荒野中找什么呢？"

他说："大哥先生，不论如何，我比你大两岁。"

我说："是的，是的，你说得没错。好了，你现在赶紧起身走吧。"

他说："稍等一下，让这海鸟靠岸。"

唉哟，真是要把我逼疯了。我说："海鸟？"

他说："你过来坐下。"他挪开地儿，我在他身边坐下来。他用手指着天空中的一个地方："你看见了吗？它们在多么漂亮地展翅飞翔啊。那个独自飞翔的是和平鸟。我非常喜欢它。"

他满脸的认真和平静。说:"太棒了,真是太棒了。它们的声音多么动听啊,保护人类。"

我说:"你看,我把店铺撂在一边没人照料。我可是有好多事呢。"

他说:"你的意思是,我们不等那货船到达吗?我想看看,我们都出口了些什么,又进口了些什么。我们可是生活在这个国家哦。"

我拉住他的手,带他回转身。我在心里说,冬天快要到了,这一次该是铁链和伊望的栅栏了。

严寒正在终结他。不是出自那严寒——让人们的牙齿上下直磕碰;也不是因为手指头在叫唤——严寒使它们变黑,使皮肤成为青紫色,使指甲四周渗出血斑。骨头刺痛,让人心脏也痛起来。他从马厩出来。狼群的声音让他不得安宁。夜晚没有一丁点的动静,到处都结冰了。他习惯性地把手插进坎肩兜里,想掏出怀表,但是没有在。他找遍了所有的衣兜。裤子兜,前面,后面,西服兜,坎肩。没有。都没有。他想起来,他睡在马槽里的时候还抚摸过它。但是,现在从链条根儿上断掉了。那个老头儿,那个叫他"杀兄弟者"的人是谁?一个狂吠的老头儿。他转动头部,身后,对面,没有,没有一丝痕迹。甚至,也没有脚印。不管他是什么人,他拿走了表。他问自己:"现在是晚上几点钟了?"他喃喃自语:"半夜三更。"

他朝城市的方向上路了。然而,他不知道该朝哪个方向走,不知道他是从哪个方向来的。他努力分辨,但还是没搞明白。他全身哆哆嗦嗦地上路了。

严寒与大雪。他每抬一步都被雪淹没到膝盖。谁把这么些东西置于地上？是天空睡在大地上了？

我们埋葬了母亲，仿佛天空躺在了我肩上，让我不堪重负。我倒是幸存，还有两个有毛病的人。父亲的遗产。他们留下一块腐臭的肉在楼下房间的角落，还给他起了个名字叫优素福，除了进食和排泄，在这个世界上没有其他任何事务要做。妮姆塔姬来到我们家，给我们洗衣服洗杯盘，做饭，或者是做卫生。我对她说，要照顾到优素福。我给她很多的工钱。但是，她给我们撂下话，说不再来了。我去找她。那是在"厚兹阿巴德"小巷后面的小巷。我一直找到中午，才找到了她。她正在水池边洗她孩子的屁股，孩子在一个劲儿地尖叫。我说："妮姆塔姬，你为什么不来了？"

她说："先生，您？到这儿做什么？"

我说："我给你更多的工钱。家里已经臭气熏天了。你来吧。"

她说："先生，我无法照顾那头动物。我吃不下饭了。先生，馕在我喉咙也没法下咽。"

父亲又活灵活现地出现在我面前："这头动物还活着呀？"

母亲说："是的。还活着。"

父亲说："他什么时候死呀？"就从台阶走上去了。他那天晚上拉肚子，拉得失去了所有的力气、热情和意志力。

母亲说："真主意欲的任何时候。"

父亲说："他的死亡是一种恩典。恩典。"

我转过身去。但是已经别无他法了。我租了一辆汽车，在黄昏时分,把他弄到了城外。在纳敏附近,有山峦山谷,那是一个鸟儿也不展翅飞翔的荒郊野外。我对司机说:"靠边儿。"他停住了,说:"这儿?"我说:"是的。"我把优素福拖下来。很重。他的双脚就像鸟儿的两只翅膀从两侧紧紧贴在他身子的半腰上。我把他扛起来,行走在荒野中。我走啊,走啊,走到我喘不上气来,我把他放在了地上。他还在反刍着什么。他还没把他的馕吃完。我坐下来,等着他把他人生中最后的馕饼吃完。

然后,我把他放进了一个坑里。我想在上面填上土。但是,我不忍心。我解开我的腰带,绕在他的脖子上。我拉,拉。他不发出任何声音,也不动一下。他还是在反刍、嚼东西,两只抱怨的眼睛盯着我。我就当没有看见。我使劲拉,拉得我都快要断气儿了。但是,优素福没有窒息。他不想死。生命力顽强。我从兜里掏出一把小刀,割断他双手的血管。我坐在他旁边等着血流尽。但是,什么动静也没有。没有血流出来。一种粘稠的液体一滴一滴地从他双手冒出来,几秒钟之后就干涸了。我把他脑袋按在一边,割他的动脉。依然是黑色的液体一滴一滴地冒出来,逐渐干涸。天已经快要黑了。他的血没有冒出来。即使冒出来,也非常缓慢。我打算把他切割成一块一块的,但是我的刀子太小了,连他的肉都割不动。我给他心脏几下重击,也没有用。优素福还是他以前那样子。反刍、嚼着东西,盯着,一动不动。

天正在黑下来。恐惧笼罩了我。我就那样把他放在那边一个更小的坑里,用手把土刨下去。我怎么知道事情会成这样呢。我把周边所有的泥土都刨在了他身上，脸上，双脚上。又使劲踩踏泥土表面。我知道，他在受折磨。刹那间，我停下来。我实在不忍心。我赶紧刨开他脸上的泥土，我看见，他正在吃泥土，眼睛一眨也不眨，就那样贪婪地吃着看着。我想把土都刨开，把他弄回去。但是，他那么重。我的手够不着他的脚。我的手没有可以抓住的地方。我怎么弯下身子去也够不着。那具腐臭躯体之重，让人提不上气来。我说："真主啊，快帮帮我吧。"我说："为什么我的事情总是缠绕不清，不能前行。"父亲以他那深入骨髓的威严和强大出现在我眼前。我说："爸，你看看，我过的是什么日子啊。"

现在，父亲，你看到了，我过的是什么么日子？这就是你的遗产。

父亲说："他的死亡是恩典。"

你在说哪一个，父亲？

母亲说："人不能跟真主抗争。他想什么时候带走他就带走。"

父亲说："那么，是哪个呢？我已经病了。我心脏疼。"

母亲说："你在诅咒你自己吗？躺在角落的那个。只会吃和排泄。"

父亲说："我眼睛一落在他身上，我就对生活感到厌倦。我不知道为什么他不得一种病死掉，至少他自己也舒坦了。"

我用脚蹬直优素福，说："老爸，他的罪孽该你负担。"但直到脖子都没入黄土了，他还是安然无恙。我说，爱咋样儿就咋样儿吧。我看了一下四周，搬起一块巨大的石头，站在他的头顶上方。我用两只手把石头举起来，使劲砸他的脑袋，我感到什么东西在我手中沉下去。他的脑浆从左耳进了出来。他的双眼还是那样抱怨地盯着。我用手填满泥土,很好地覆盖在他的尸体上。我盖了有一米厚的泥土。然后,我奔跑回城里,一边往身后看,一边奔跑。

严寒和大雪。他每迈一步都被雪没到膝盖。那么,这城市在哪儿呢?你去哪儿了?等一等。突然,一个声音在身后喊道:"喂,杀兄弟者。"

他回转身。没有人。

我说过一百次,让他不要悄无声息地去什么地方。既不要去咖啡店,也不要去盐碱沼泽,也不要去公墓。公墓。我们的亲戚朋友们都在那里,父亲、母亲、阿依达,还有萨贝尔叔叔的小婴儿。阿依丁如果不去山里和荒野的话,可以躺在阿依达旁边。他们是一起出生的,一起走向来世。但是,他总是悄无声息地四处流浪。那里,他坐在母亲的坟墓旁,就像印度苦行僧一样盘腿而坐,看着坟墓。他想那样可以折磨母亲的灵魂。他的沉默一定会让母亲感到窒息。我说:"你在这里干什么呢,雄魔?"

他说:"我决定要给她做一个漂亮的木头栅栏。"

我说:"为什么不和我说一声。"我给了他一个耳光。我说:"早晨你跟我到客栈,晚上回家。就这样。"

他沉默不语,蜷缩在地下室里。深夜,从那里钻出来,说:"大哥先生,请允许我去旁边的廊道。"

我说:"旁边的廊道?做什么?"

"有人在弹乐器,弹得很美。阿依达结婚的那个晚上你还记得吗？"

"去睡觉，寄生虫。别再废话。"

"你呢是不知道他在弹什么琴。现在，好多年来，我决定要去听，但是我抽得出时间来吗？"

我说："去睡觉，我是不能等到半夜三更……"

他恳求。他坐下又站起来，歪着脖子，不肯放弃。我吼道："快去睡觉。你这个疯子。半夜三更还不罢休？"我把他赶出房间，重重关上房门。

但是，他时不时地走到那个又窄又黑的廊道。一天晚上，他就在那个地方蹲着睡着了。没有任何声音。半夜。我找了好多地方，我累得精疲力尽，连说话的力气都没有。我说："起来，咱走吧。"

他说："你看见了吗，大哥先生？你看见他在弹什么乐器了吗？刚才，他的乐器不是上发条的。"

我说："你害臊吧，雄魔。半夜三更你还不罢休？"

他说："请让我待在阿依达的氛围中吧。她不想我忘记她。"

我拉起他的手，从廊道把他拽出来。潮湿的霉味传来。廊道狭窄黑暗，墙也坍塌了。没有人住在里面。人们说，一个地摊商买下了那个地方，想造一所大房子。过了几个月，地变得平整了，然后一栋白色的四层楼房拔地而起，窗户是印花的，门是紧闭着的。

早晨，我走去店铺的时候，看见他在巷子里转悠，一会儿在这边，一会儿在那边。我说："你在找什么呢，小子？"

他说："有一个廊道就在这些地方。难道没有吗？"

我说:"现在呢当然是没了,走,跟我一起去店铺。"我上路了。

他跟在我后面。说:"你不知道,他在弹什么乐器。很悲伤的声音,一直在吟唱'阿芒、阿芒'。"

半夜厚厚的雪覆盖了陈旧的雪。此刻,大地就像一片汪洋。他在地上拖拽着自己有气无力的尸体。那么,什么时候能结束啊这冬天?为什么这里整个都是冬天?总是在零度以下,没有太阳。唉,母亲啊,你看看,你的心肝宝贝给我的日子都带来些什么啊?

他回过头,把所有地方都打量了一遍。只有天空和雪。山峦白茫茫的一片。大地如此卑微,那里的每一片云,随时都会成为一个雪冬覆盖在上面,岁月流逝,但依然不肯罢休。他脚踩在地面上,地面冻得僵硬。若是有一个地方张开口把他吞下去就好了。突然,他叫了一声:"唉哟。"

父亲找来泥瓦匠,弄掉了地下室潮湿的黑黢黢的墙,重新敷了水泥,装上了漂亮的门和窗户,刷成蓝色。在那边还建了一个壁龛。房间变得整齐像样了。但是,除了青葡萄和醋的气味,还散发着烧焦的气味。母亲下午去采购,让人运来了咖啡色的木头书架,放在房间角落。这边是床铺,有粉色的床罩。我们还铺上了地毯。母亲说:"现在,你们去把你们烧掉的那些书给他准备好。"

父亲说:"我不知道有哪些书啊。乌尔韩,你知道吗?"

我说:"不知道。我没看那些书名。但是,其中一本是《高老头》,还有一本是《悲惨世界》,还有《奥德赛》,其他的不记得了。"

父亲说:"很好,等他回来,就读我的书。"

母亲说："阿依丁只读他自己的书。"

父亲说："那好，那我给他钱，让他自己去买。"

那天下午，我和父亲去了拉姆阿斯比。半路上，看见舒拉比河和芦苇丛。干枯的树叶在脚下变得粉碎。盐碱沼泽在我们的左边，还是那个老样子。父亲说："有段时间，这个地方也像舒拉比河一样。后来，慢慢地，水就干涸了，只剩下了盐。"他想说点说过的东西。他想掩盖他的屈服，怒气冲冲地说了点什么，然后又换了话题，漫无边际地东拉西扯，不断地从这树枝跳到那树枝，然后又突然一下沉默了。我们到了拉姆阿斯比，看了一眼那些没有顶的房子，房子的墙边垒着一堆一堆在晾晒的牛粪。他摇了一下头。为了走到那边，我们不得不把裤腿儿卷上去，趟过河流。父亲说："人真的会住在这里吗？"

我们从羊肠小道的斜坡一直爬到巨石上面，站在了锯木厂前面。太阳连最后一丝气息也没了，清凉的风吹来。季节最后垂死的苍蝇就像虱子一样紧贴在一起。一队驴子运载着麦子从我们面前经过。锯子锯木头的呼哧呼哧声音不间断地传来。父亲坐在树荫下面，给他的烟斗装满。片刻之后，他说："咱去找这个寄生虫，看看他的要紧话是什么？"然后，上路了。

我说："我不认为他会回来。"

他说："他会回来的。"

工厂在两山之间，正好在一个峡谷中。一条河从它下面流过。那边有两个工人在岩石旁边，搬运木料。几个工人在工厂厂房前面

303

拉锯子。第一个就是阿依丁。父亲站在他前面,眉头蹙成一团,紧盯着他。但是,阿依丁的注意力不在我们这边。突然,他抬起头来,说:"你好。"

他似乎愣住了。刹那间十分震惊地看着,然后,他低下了头。父亲说:"忘掉过去吧……"

阿依丁说:"爸,忘掉我吧。"他脸上带着奇特的忧伤,走进工厂里去了。

父亲僵在那里,双眼直瞪,双手停滞在空中。他灰溜溜地转过身去,连看都没有看我一眼。他认命他该回去。他的生活从来没有遭受过失败。那天,我明白了苦涩的滋味意味着什么。

乌尔韩说:"唉。"

他忘记拿他的皮高帽了。他总是习惯性地返回拿东西,他总是忘记点什么东西,但从来不会忘记皮高帽。而这一次,连皮高帽也忘记了。他转过身去。狼嚎叫的声音传来。他加快了脚步,到达马厩。狼群的嚎叫声就像火焰的舌头席卷着每个方向。他双手双脚颤抖,该咋办呢?他站在门口,解开裤子的纽扣,站着撒尿,还恶作剧地抬起一只脚。他疼得笑了,然后使劲摇晃了一下。他把他沉重的身子放在门上,使劲撞击。门就像一道石墙站立在他面前。他又使劲撞了几下。合页发出声响,随着一声嘶哑的声音,门又再次返回来。狼群的声音越来越近。他从地上拿起皮高帽,戴在头上,朝马槽走去。他在那里坐下来,看见,老头儿落下了他的香烟和火柴。他大声说:"香烟是时间的对立面。"母亲说:"你们要像两个朋友一样相互支撑,那个时候，你们就会看到你们的状况一天比一天好。不要让父亲受折磨。"

我说："妈，人应当像狼一样，才能够在这巴扎站住脚。这个兄弟，他的心为人民担忧胜过对他自己。"

父亲病了，已经处在弥留之际。在阿依达死亡之后，父亲就不再成为父亲了，而是一个愁眉苦脸的人，大衣在他身上一天比一天肥大。早晨，从家里走去店铺，晚上回来。那对双胞胎抽掉了他的筋。尤其是在阿依丁逃掉的那三四年里，他渐渐地失去的人的特征，然后，阿依达的死亡让我们全都感到他的腰断了。那最后的时日，他有时从店铺回来，完全精疲力尽。我们把他弄到楼上房间窗户下面的床上平躺下来。每天都请一个大夫来到他枕边。一方面是生意上的事情，另一方面是人家算账，父亲的病也让我们无助。半死不活的，这样的状况，这么多的麻烦事，我说："我们走，我和阿依丁去伽乌米什格里①。"

母亲说："你们去吧。你们也都疲惫了。这也不错。"

阿依丁说："在父亲这样的状况下？"

我说："你我都无能为力了，有什么办法？"

我们上路了。舒拉比在我们的路上。当我达到萨尔因②的时候，人们正涌来。到晚上九点钟还不断有人来。到半夜，他们收拾零碎

---

① 伽乌米什格里：伊朗一处著名温泉名称，距离阿尔达比尔城约30公里。

② 萨尔因：距离阿尔达比尔约30公里的一个小城，城郊有名叫伽乌米什格里的温泉，十分著名。

物件离开，才渐渐地沉寂下来。夏天的夜晚，当大家都热得发烧的时候，那个地方很凉快。你会看见汽灯挂在门墙上。灯光和嗤嗤声让人困倦。一些疲劳过度的人朝温泉走去，拄拐杖的、瘫地上的，都在"将军"矿泉前排队。那里比其他的地方都更嘈杂拥挤。人们说，在战争时期，一个英国将军在那温泉中使他一瘸一拐的双脚可以行走了，而现在在英国军队中他就像一头雄狮一样发号施令。一些人把毛巾搭在肩上返回来，头上戴着帽子，腰上系着围巾，或者是肩上披着大衣。

咖啡店里满是人，冰激凌店里满是人，羊杂碎店里满是人。那条窄马路的路边和角落，以及泥土小路上摆了一排地摊儿。十个沙希卖到五千。哪儿跟哪儿呀？每个人都想挣钱，都能弄点什么带到萨尔因来卖。脏兮兮的剃头匠手脚麻利地剃着胡须，一个土曼。剃头和胡须在城里要五千，但是他剃胡须只要一个土曼。在他的柜台上还放有漂亮的盆栽鼠尾草，上面写着：出售。我问："多少钱？"我看见有三朵花，各自有各自的颜色，红、蓝、黄。

他说："一百土曼。"

我说："漫天要价了吧。"

阿依丁所有时间都沉默不语，既不说话，也不笑，对一切也不感兴趣。我们没有拿衣服和毛巾。但是，当我们从木头房子客栈下来的时候，直接去了伽乌米什格里的温泉。那里的空气都跟别的地方不一样。滚烫的水的蒸汽一直冒上天空。人们弯腰驼背地扑进温泉池里。我买了两杯樱桃李汁，然后又买了两支香烟。我把两支都点烟了。我说:"抽一口。"

他说:"我不会抽烟。"

我说:"我也不会抽。但是,很贴切。"他对什么也不感兴趣,也不走动,只是看着人家在那滚烫的污水里受折磨,还坚持要待在水中。我说:"你想从此之后做什么呢?"

他说:"做什么都没区别。"

我说:"我的意思是,你会选择什么职业呢?现在,老爸快要走了,你有什么想法?"

他说:"我们来到这里就是说这些话的吗?"

我说:"反正总有一天我们要说这些话的。"

他说:"现在我已经在店铺里工作了。"

我说:"你呢又不喜欢我们这个工作,你也不想成为店商,那么……"

他说:"没有办法。既为了父亲,也为了母亲,我必须留下来。"

但是,他没有做店商的灵魂。当一袋一袋的开心果和瓜子装进仓库,第二天我们清扫仓库地面,他只是傻呆呆地看着。我没有办法,除了说用石灰把老鼠洞堵上。他堵上了。我也不再想让他的损失由我来承受。每个人都拿着一顶大帽子准备蒙骗他。他买了三麻袋核桃仁,当我打开袋子口,看见全都被虫蛀了。我说:"爸,这些虫子什么时候有个完啊?"

父亲看了一眼阿依丁,摇了摇头,说:"你拿去自己吃吧。"

我说:"做成费森浆①吃吧。"

父亲很生气,气得双唇发紫僵硬。那个晚上,我们把核桃搬回了家。第二天,母亲把它们摊在太阳底下晒,铺满了整个院子地面。在令人兴奋的太阳光的热量中,虫子们不断地蠕动。然后,父亲对他说,你去做经济部部长吧。而我对他说:"阿依丁,你看看,是否还有这样的核桃?"

"做什么?"

我说:"你买来,我们还可以晒在房顶上。"

当我们回去的时候,我猜想,应该过了十二点钟了。在萨尔因汽车站前,乘客们朝车厢涌去,还有一个欧洲女人站在角落。我说:"她驮鞍不正。②"但是,他没有注意到。我说:"你跟我来,我们把她带到一个角落,把她打发掉?"

他说:"不。"

我说:"她不是个正经人。"

他说:"你从哪儿知道?"

我知道。女人不时地来回走动,把她的遮袍一会儿敞开一会儿合上,双眼含笑。我叫道:"嗨。"她回转身来。我冲她眨了眨眼睛。她皱了一下眉头。我又说:"你看一下。"她又回转身来,这次笑了一下,然后跟一个同伴老太婆上了车厢。我们也挤过去,上了车。没有坐的地儿了。我们只好站着。我正好在她身边。我不喜欢总是

---

① 费森浆:伊朗菜肴名,用炖肉、果汁和核桃仁做成。

② 比喻不正派,水性杨花。

看着阿依丁。汽车上路了，车里面的灯熄灭了。我无法在黑暗中看见那金发和化过妆的脸。我也不知道为什么突然就被挤得与她面对面。在此之前，从未有人如此招我喜欢。那个晚上，第一次有姑娘对我微笑，打开了我内心的一个地方。我对阿依丁说，我今晚必须找到她家在哪儿。他问，我想做什么？我说，我也不知道。其实，我知道。我知道。若是我们那天从没去过萨尔因就好了，若是我没成为这个女人的俘虏就好了。

他又点燃了一支烟，双脚走动起来，甩动双手，跺跺脚。听见狼群的嚎叫就在墙外面。他不知道该怎么办。他曾听人说，狼群怕火。他划燃火柴，寻找可以生火的东西。一把湿稻草被扔在马槽跟前，他点不着它。不。真主啊，这不公平啊。那他该怎么办呢？就像拉姆阿斯比的乡下人把马厩粪池底里干涸的粪便用来燃烧，他把一些粪块摞在一起，点火。很费劲。刺鼻的气味散发出来，火焰在粪堆中央缓慢地奔跑，噼啪作响。现在，狼群似乎在草棚内嚎叫了。乌尔韩朝四周看了看，一个人也没有。他可以尽情地吼叫，给火吹气。奄奄一息的火焰，亮了一下，又熄灭了。他用尽力气给火吹气，终于燃起一小点火焰。乌尔韩用双手拢住火焰，在地上坐下来。他脱掉鞋子，把脚伸到前面。火燃起来了，烟雾直熏人的眼睛，但是有一种乡下酸奶的气味。

我说："为什么不经我允许就从家里跑外面来？难道我们的母亲也不是女人吗？"

她嚼着口香糖，看着她那有着漂亮弧线的手背。她有着多么温暖的身体啊。她说："我跟你母亲有什么关系呢？我要去我亲戚家串串门。"

我说："你在这家里有什么短缺的？"我置办了所有的东西，比她想要的还多。无论我怎么做，也无法把她羁绊在家里。她脚底抹了油。她说："我心中对什么有指望呢？那边你每天都是早晨离开，晚上回来；这边你脑子里整宿整宿想的都是店铺和瓜子。"

然后，我明白了，所有的女人都一样，一点不差。父亲说："女人不应当在公共场合露面。"他是在说母亲，在说阿依达，向她们指着厨房，说："如果你们履行好这里的事务，你们就能成为一个好女人。"

他饿了。他的双眼想要眺望外面。他忘记像往常一样抓一把开心果或者瓜子放在西服口袋里，时不时地嚼一嚼。烧焦的粪便气味在涌动。温暖赋予了他一种崭新的生命。此时，他想要返回了。要回去了。必须。他的手脚也暖和了一些，就上路了。曙光初现，他在楼上房间的火盆下瘫软下来。直到中午，直到晚上，一直在睡。也没有去店铺。一天也不能变成一千天。然而，在这所有的折磨之后，他毫不犹豫，要对阿依丁斩草除根，要去对母亲陈述。难道杀一个人，就算手脚慢，要花很长时间吗。半个小时就解决问题了。

我等着警察阿雅兹出现。一天早上他来了。现在，他已经没有精气神了。我说："我想跟她离婚。"

他说："这么快？"

"她的炉子点不着。^①"

"她真是瞎了眼。她不会希望她的炉子点不着。"

我还要忍耐多久呢？我想找一个不抛头露面的姑娘。警察阿雅兹说，在我找到之前，不要跟阿扎尔离婚。他说："你还没买到房子的时候，别急着卖房子。"

我说："一切由天定。"

他说："她没什么亲戚，也没什么忧伤。"

我说："我是在萨尔因汽车站发现她的。我不了解她的根底。"

他说："风吹来的东西，必定被风带走。"

我回到家，满腹牢骚。我挑剔她的衣服；挑剔她做的饭——我母亲做的饭的味道还在我口中；挑剔她的遮盖——穿没有袖的衣服，看见阿依丁也不躲避，在我面前是咋样儿，就咋样儿。我说："至少在这雄魔面前，你要披上遮袍^②。"

她说："难道你不明白吗？这个不幸的人比孩子更加是个孩子。"

我说："我对这样的生活已经厌倦了。"

"那你还要追求什么呢？"

"孩子。"

她给我做了库福特·大不里兹^③，在餐桌边盯着我吃。我说："你

---

① 意思是不能怀孕生育后代。

② 按照伊斯兰教的宗教习俗，女性在非至亲男性面前应当遮蔽羞体。"羞体"的内涵在不同的伊斯兰地区不尽相同。

③ 库福特·大不里兹：伊朗一种菜肴名字。

311

从你小姨那里得了遗传。她的炉子也点不着。就像我的萨贝尔叔叔。"

她说："我没什么过错。这都是真主的事儿。"

"各自有各自的事儿。我想要一个继承人。"

"孤儿院提供孩子。我找一天去那里，挑选一个好看的。那里有漂亮的小孩。甚至还有一些战争时期的孩子，现在已经长大了。还有一些该出嫁的姑娘。"

我说："必须是我自己的孩子。"

他很厌倦，说："你指望这样的一个女人把我们的事务打理得妥妥帖帖？……"

"不是。我难道不想弄一个粗壮结实的孩子吗？"

"如果我们弄一个新生儿，把他养大，就跟你自己的孩子一样了。"

我们的讨论没有结局。就在那些日子，一个医生刚来到城里，他的诊所在国王广场拐角处。她说他能创造奇迹。她还听说，他有一种药能让女人每年生一个孩子。后来，我明白了，就是我家对面那个除了化妆什么也不会的泼妇教她的。

我把她带去了。我若是不把她带去就好了。想孩子的念头若是没有如此进入我脑海就好了，我也就不会挑三拣四的了。但是，那个宽敞的院子空荡荡的。既没有自行车，也没有皮球，也没有孩子的喧闹——把人的时间填满，或者是从那楼上的伊望一个猛子跳进水池中，让我不得不用鞭子调教他。没有。后来，我们做了各种各样的检查，搞明白了，是我的问题。但是，我脑子里着迷地想要一个孩子。一个能够尖叫的孩子，揪我的头发，爬到我的肩和脑袋上，打破邻居的窗玻璃，每天都制造一个新的令人头痛的麻烦。

他感到自己正在大声说话。他又点燃一支烟，把他的鞋子从温暖的灰烬中拿起来，穿上，站起身来，抖落裤子上的灰尘，踩了踩熄灭的火焰，然后站在了门前。所有的一切都是雪，整个天空都是云。他已经对这个城市感到厌烦。一个总是在零度以下的城市。总是下雪，凛冽刺骨，零度以下。人的眼泪也会结冰。

就在这里。我说："你在这儿做什么呢，雄魔？"

一杯土耳其茶喝了一半，他正在读一张旧报纸，并且拿颠倒了。我竖起耳朵，看看他正在念什么。他在谈论战争，等他看到我的时候，他说："兄弟，战火在莫斯科的严寒中熄灭了。"外面一片绿色，太阳斜照，两只公牛在那里的树旁边顶角，它们后退几步，猛地一跳，它们的脑袋撞在一起。时而，他抬起头来，说一声："好样的。"然后，公牛们的战争搅起漫天尘土的时候，他从咖啡店出来，也不理睬我，拍着双手，迈开大步，一会奔这边一会奔那边，大笑。那时，他又去搭理另一些人，他们在咖啡店墙边上彼此挨着，晒太阳，抽烟斗，笑他。他站在他们面前，说："如果你想知道，书最初是谁写的，就读它下面的注脚。"

人家全都笑起来。他说："但愿我能做一天，哪怕就一天，做一天这些人的领袖，就像希特勒，皱着眉头说：任何人所拥有的东西都不属于他自己，而是属于真主。我也是来自真主，神的光辉笼罩着我。我也有经书，正在路上。"

那些小年轻们就朝他扔石块，大笑。我说："我难道不是与你在一起吗？你在这里做什么呢？"仿佛就像刚刚才看见我一样，笑容在他脸上突然僵硬了。但是，在那么些人面前，他努力想再笑起来。那时，他说："先生，我也像其他人一样是有胆子的人呢。"

我抽他。三记结结实实的耳光，我左右开弓地抽他耳光，说："你犯下大错了。"

他说："难道我不该想喝茶吗？"

"就在咱自己那里喝。别让我成为你的囚徒。"

店员马莎德·阿巴斯把一个杯子和茶托叮里当啷地洗了，在水中浸泡了一下，给我倒了一杯清亮的茶，说："到底，你过一阵子就会轻车熟路，来到这里。请喝茶。"

我说："谢谢。"我看了阿依丁一眼，他蜷缩在墙边上，双手抱住头。我说："你不要没完没了地读这些报纸。"

他用一种温暖的声音，喃喃自语。马莎德·阿巴斯说："如果我没有弄错的话，春天已经过了一个月了。因为他一看到燕子，就会哼唱起来。"

我的心脏急速跳动起来。我很害怕，他千万别张开嘴巴，把所有东西都无意识地倾倒出来。但是，一天一天地过去了，他越来越沉浸在更深的深处，仿佛沉没在了沼泽里。

马莎德·阿巴斯说："你等一下，我搬一张椅子来。"

我说："我不想坐。"其实，我想坐。现在，我已经身体沉重，我已经过了三十六七年甜美的岁月。是的，已经。就是那些年月，有时，我双脚因我沉重的身躯而发麻，弯曲。我在蓝色铁椅子上坐下来，远远地看着盐碱地的一片白色。马莎德·阿巴斯还搬来一张桌子，放在我面前。他说："难道这看护苏吉的工作不是件善事吗，否则的话，您哪会上这寒酸地儿来呢？"

阿依丁坐在墙角，一声不吭，一动不动，注视着远处的某个地方。我站起身，抓起他的手，说："如果你不喝茶，那就走吧。"

我已经不需要使劲拖拽他了。他跟我并肩而行。我说："你不该来这里。你已经来这里三天了。你就不想想，我在那寂静沉闷的家里也很孤独吗？"

他说："人嘛就是这样的啊。"

当我们到达城里的时候，已经是后下午了。人们在街道上泼了水。巡逻警察两两成对，踱步。搬运工们在他们的手推车上吃西瓜。剃头匠们在剃头，只收一个土曼。孩子们一看见阿依丁，就叫喊："苏吉，苏吉，疯子。"有时，有人在墙后面喊："恐龙。"我知道，萨法维中学的孩子们对这些东西是很了解的。

狼群把它们的嘴拱在地上嗅闻，然后形成圆圈，包围住了马厩，跺着蹄子，叫乌尔韩出来。他说："人嘛就是这样的啊。苏吉，苏吉，疯子。"他大喊："苏吉。"但是，狼群听到他的叫声，更加猛烈地跺蹄子。他蜷缩在马厩的墙壁角落，把大衣拉来盖住他的双腿。

母亲仿佛就在昨天，从喉咙深处叫唤，呼哧呼哧作响，她呼吸困难，脸色苍白，她一只手抓住墙壁，然后慢慢地跪在了地上，一种跪拜的姿势。苦涩的日子飞快地流逝。突然一下十四年的光阴就在生命中随风而逝了。没有结果,没有用处,仿佛生命被宣布为非法。唉,母亲在的时候,人都知道楼上房间的火盆是烧得滚烫的。暖气的烟雾在松树缀满雪的树枝上缠绕。茶炊的水总是沸腾的。尽管他不是母亲的乌尔韩,但阿依丁却是母亲的阿依丁。

她说:"你没找到他就别来见我。"她瘦得只剩一把骨头,却是那样的具有权威,让人因羞愧而无地自容。

我说:"妈,我不能一天到晚成为他的囚徒。店铺怎么办呢?向真主发誓,我已经被他弄得精疲力尽了。"

"滚出去。"

我正要去哪儿呢?我说:"唉,我从哪儿知道他在哪儿呢?"我说:"我做错了吗,我上百次把他带去看医生,我这么一个劲儿地寻找他,我给他提供报纸,我给他支付喝茶的钱,我把他带去理发店,我把他带去澡堂。唉,我也是人啊,我也有尊严啊。"但是,没有任何捷径可走。我在她身边坐下来,她要说什么就说,要喊就喊,要揪我头发就揪,或者是要打我耳光就打,只要她对我放手。

她说:"无论你做了什么,你已经做了。但是,你记住了,你是为你自己而做的。"

"别诅咒,妈。我犯下了什么罪孽?"我把毛毯拉来盖住她双腿,从水罐里倒了一杯水给她。她接过杯子,愤怒地"啪"地一下摔在地上,房间里到处是玻璃渣。她说:"我的阿依丁在哪儿?"

他在阿努希尔旺小学后面,跟流浪儿们一起在那里打炮仗。我抓起他的手要带他走。他说,他不跟我走。他就像孩子一般在地上、在泥里打滚,可惜了他那满头花白的头发和满额头的皱纹。他就像那些倔老头儿,除了撒泼打滚,什么也不会,看起来永远只有五岁。我说:"阿依丁,你看你这么大的块头!"

他把脸凑近我的脸:"那又咋了?"

我给了他一耳光:"雄魔,我让你成为人。"

他说:"大哥先生,你别说了,我脑袋要炸了。"

我说:"我什么也没说。妈说,让你回去。"

他说:"妈?"他犹豫了一下。那时,他屈服于定命,忘记了那些打炮仗的孩子,迈着大步跟我走了。甚至,对孩子们的喧哗也不再关注。

我说:"你必须来店铺,就在客栈里,就在我跟前,然后一起回去。明白了吗?"

他说:"我脑袋里有一个铜匠们的巴扎。"他把手放在胸前:"我的这里停止不动了。有个东西留在里面,不断把我的身体弄得越来越糟。"

母亲突然劈头盖脸地打我,打得我眼冒金星。我说:"你为什么动手,妈?"

"你给他吃了什么,没廉耻的东西?"

"这是他自己的理智出问题了,你为什么说这些话?"

她撕肝裂肺地号叫,仿佛要让我的皮肤炸裂。她说:"从那天晚上,那天晚上……你不得好报。"

我必须反抗,我不能让她闻到一丁点儿的气息。她不相信我的话，我不得不决定生病一段时间，以一种方式吸引母亲的注意。尽管她来探视，做饭，也提醒我吃药，然而，阿依丁突然叫道："唉哟，妈。"

母亲就用手抓她自己，神情恍惚，用低沉的声音哭号，用低缓的声音说话，自言自语。然而，他就像一尊塑像坐在我们面前，仿佛是用石头或者是一整块铅雕刻而成的，不像我这样，他是真的病了。他越是挣扎，越是往下滑，一张满是皱纹的鞑靼人的脸，乱七八糟的头发，脑袋仿佛像一座山一样沉重。一个无法把自己的头直立起来的男人。说胡话。我的心脏剧烈跳动。母亲厌恶地看着我，末了，她说："无论你做了什么，你已经做了。现在，你说，你给他吃了什么东西，也至少让我可以给他找来解药。"

我能说什么呢？只有像以往一样不开腔。那时，母亲说："如果真主行正义，会让你自作自受。"

我说："别诅咒，妈。你也可怜一下我的青春吧。我现在二十九岁了。我有一千个希望与愿望，妈。"我不知道我正在哭泣。此时，我也不知道我正在哭泣，因为疼痛，因为疲惫、寒冷和饥饿。我总是害怕母亲的诅咒。但是，她的诅咒从来没有攫住我，她自己倒是一直在生病。从那个时候开始，她的呼吸完全困难起来，倒下了。每过一天，她都显得更加恍惚，更加憔悴。在白色的床铺上，她那骨瘦如柴的纤弱身躯，只能呼哧呼哧地喘息，她用最后残存的一点力气，说："阿依丁……我的阿依丁在哪儿呢？"

他坐在公墓，在那梧桐树下，在阿依达的坟墓旁边。我带着如此的疼痛去找他，找到了他，尽管我从来就不是母亲的乌尔韩。我所有的猜想都成为现实。在很多年以前，我就知道，慈爱比所有的财富都更甜美。我从搬运工们的目光中也读出了这一点。现在也是这样，搬运工们和其他人，喜欢苏吉胜过喜欢乌尔韩。甚至，父亲对他是那么的反感，背地里那么咒骂他，讥讽他，但当着他的面也不能自如。我清楚看到，父亲手足无措，输掉自己，用尊敬的眼光看他，那个时候显示出他自己的孱弱来，最后不再说"胆小鬼、寄生虫"，而说："儿子，你在做什么呢？"

"我在诗歌方面未能如愿，现在用木头制作小船。"

"做吧，做吧，我看看你想去哪儿。"

这个人沉浸在诗歌和文学中，报纸上不断印出他的那些废话来。在阿依达死亡之后，他成了一个十足的木匠，跟木头打得火热，在掏空的内部寻找什么东西，我们任何人都找不到的东西。

但是，母亲在行为举止上，跟父亲一样，心里藏不住东西。她总是表现出来，一丁点儿的事情就能让她喘不过气来。她总是叫唤："阿依丁……阿依丁……"

在舒拉比附近，就是在这里。他卷起旧报纸，塞进他的衣兜、袜子、裤腰带、裤子里面，还有几张总是拿在手上。我说："你又来这里了，雄魔？"

他说："毕竟，咱有些时候也是人啊，兄弟！"

"带上你的干尸，赶紧走，上车。"

他不再笑了，眨眼，眨眼，四下里张望，然后哀求说："大哥先生，走吧，咱一起步行。"

"我带了汽车来，我付了租金的。"

他说："你也是知道的，我在汽车里会头晕，吐唾沫。"

我抓住他的肩头，把他扔在后排座上："你下地狱吧，你吃了哈密瓜，就是双腿颤抖也要坐。我还有一大堆事儿要做。我不能成为你的囚徒。"

当我们到达客栈前面的时候，我叫搬运工过来帮忙。一路上，他是那样的撒泼打滚，现在连呻吟的力气都没有了，满嘴吐唾沫，眼睛也翻白了。我们把他长条条地放平在廊道上。伊斯马友尔想把他弄进店铺里来，我说："没有必要。"他一再恳求，我没有同意。我说："人们想要做什么错事，就做好了。但是，如果他在店铺里尿了，那污秽会钻入我们的骨髓。"

伊斯马友尔用打包针在他周围划上一条线，正好是他躯体的轮廓线，好让他的痛苦局限在那地上，不溢出来。然后，伊斯马友尔用凉水清洗了他的脸，把他弄到了客栈深处，给他倒了一杯茶。然后，搬运工们围住了他。但是，直到天黑了他还是晕晕乎乎的。当我们回到家的时候，他一看见母亲，就哭起来。我知道，他想折磨母亲。而母亲为了折磨我，搂着他的脖子吻他，给他梳头，给他换衬衫，给他剪指甲。而我站在屋门口，心里十分难受，不知道该干什么，不知道是该走还是该待着。母亲一下子也感觉到我的存在，转过身来，只是以忧虑的神情看我要耍什么花招。

狼的嚎叫更近了。整个场院四周全都是狼，全都一起发出嚎叫，让人觉得不安全。严寒使人垂死挣扎。很多次，冻死马和牛。在此之前的一段时间，人们还发现一个冻死了的牧羊人。他坐在一块石头上，正在看某个地方。乌尔韩从马厩的一角站起来，浑身哆嗦。既不是因为寒冷，也不是因为害怕，而是因为一种未知的东西，仿佛是触电一般，清晰地颤抖。他跺脚。不，不行。去年，人们发现有三个人在汽车里冻死了，一对年轻夫妻和他们的孩子。人们说，他们把自己身上所有的衣服都给孩子裹上了，但是依然挡不住严寒。那个三岁女孩的鼻子和嘴都被冰封住了。他们眼睛上挂的冰棱就像水晶一样。乌尔韩活动双手，把扣子扣上，又让自己活动起来，原地踏步。他原地踏步了很久。没有用。狼的嚎叫声一刻比一刻更近了。他给双手哈气。苏吉，你在哪儿呢？苏吉！

他喊叫。他尖叫。他不知道他已经是在撒泼打滚，不知道他已经是在哭泣。他怎么想也不明白，为什么大白天的，他会上路来这里。但是，他知道，由于孤独的痛苦，他曾度过比这更糟糕的夜晚。他知道，当他看到他的时候，会用好言好语，把他的手脚绑起来，给他脖子上打一个套索，就在那里把他干掉，交给真主去庇护。此刻，他成为大雪的囚徒。不知疲倦的大雪没有尽头。天空在愤怒，想把世界埋葬在雪下面。就像一个孩子，用一把泥土想把蚂蚁活埋。当蚂蚁从泥土下面钻出来，他又撒一把泥土。泥土无穷无尽，对于埋葬一只蚂蚁来说，泥土足够你的所需。无论它如何挣扎，全是枉然。

把这些话全都撇一边，阿依丁在哪儿呢，他看向任何一个地方，都能看见他，不是为了母亲，而是为了他自己那颗无所归依的心。

现在，母亲已经不在了，不再有人说："我的阿依丁在哪儿呢？"

在家附近的废弃廊道里，卢尔德电扇制造厂的正对面。那里，有一个绝望的恋人，在凄美地唱着"阿芒、阿芒"。阿依丁哭得很伤心，人们知道他是想起阿依达了。那天，也是在下雪，街上发生洪灾，电扇制造厂的工人们正在用沙袋阻挡洪水。

我说："你在这里做什么呢，雄魔？"

他说："过来，坐这儿。洒一两滴眼泪，为你来世祈福吧。"

我说："马莎德·阿巴斯的咖啡店、公墓、阿努希尔旺小学、阿赫旺花园、盐碱沼泽，所有的地方我都找遍了。现在，我看见你在这里。你没觉得应该告诉我，你死哪儿去了吗？"

他说："我来这里已经好长时间了。"

我们从破败的廊道走出来，急速的风从后面和隐秘处扑来。我说："你这个样子更加严重了，我们的生意也没法做了。我不能做你的囚徒啊，我踏遍了整个世界才看到你在这里。"

他说："那么，你就用铁链再把我铐起来，大哥先生。"

只要母亲在，就不可以。但是，后来，我把他铐起来了。我用铁链把他铐在上面的栅栏上，把旧报纸就像扔草一样扔在他面前。他埋头于报纸，然后就那样坐着睡觉了。他把头靠在栅栏上，睡着了。我还以为他死了呢。我说："你觉得舒服吗？"

他说："大哥先生，一天还是那样的一天，但是，岁月已经是另外一种岁月了。你相信，阿依达，咱们的阿依达，是自焚的吗？"

现在，是他自己的坚持，一种奇特的坚持白天黑夜地折磨着他。

不是母亲的坚持。因为母亲在多年以前已经在几吨重的石头下，僵硬地睡着了。不再会有厌恶的眼光斜视着乌尔韩的双手，命令道："阿依丁。"

他从墙上探出头，看向外面，寻着狼嚎叫的声音。雪下得更猛烈了。没有止境。仿佛天空想要把整个事件了结。雪下到大地上，好让之后的人们说就是下大雪的那一年，就是我们在沉重的覆盖下挖隧道、通到街上的那一年。而窄巷子中的雪就只好咋样就是咋样了。刚刚，从两个方向，人们把房顶上的雪铲下来，因为房门已经打不开了。母亲已经不能把房间弄暖和了，我们都在居丧。父亲问："在这样的严寒中，阿依丁在做什么呢？"

我说："爸，我才不会去地下室呢。"

"但是，你知道那懦夫晚上在做什么吗？"

"在读书。"

就让他读吧。若是父亲不去阻止他就好了。你在哪儿呢，阿依丁？苏吉。不。喊叫是从一头晕头转向的动物的喉咙深处发出的，仿佛因痛苦而呻吟，或者是在嚎叫。狼群每一刻都更加靠近。他把头靠在墙上，他运用他所有的力气以免死亡。嚎叫声就在墙外面。他看也没有看一下，毫无意识地，从大衣兜里掏出香烟，他想点燃，但是，没有火柴。他把烟盒子扔掉，把香烟在两个指头间使劲捏碎，撒掉。他给双手哈气。潮湿的气息在双手皮肤上结成冰。苏吉！狼群的声音此时已经从墙后面传来，有五头，也许是六头狼。全都两只后腿站立，踢踏着地面扑来。饥饿在嚎叫，又伴随着痛苦平息下来。

他说:"我的脑袋。"那个时候,阿依丁跑进店铺,高兴地对我说:"大哥先生!大哥先生!"

"什么事儿呀,小子?"

他用手指着一个女人——两个漂亮的金发小孩跟她在一起。他说:"大哥先生!那是嫂子。"

我仔细看了一下,真的是我的老婆。阿扎尔。正从对面的店铺里买干果。有一个男孩和一个女孩。阿扎尔把她女儿的长头发绑了一个马尾辫,时不时地用眼角瞥一眼我们的店铺。我已经有好多年没有见到她了,此前,我一直以为,因为我不能生育,所以对女人没了心思。但是,当我的眼睛落在她身上,我感到我心里多么希望她是我的女人啊。我是多么希望,就在那天,就在那一刻,她是我的女人,直到现在。

她走的时候在廊道停留了一下,喊她的儿子。然后,她牵起两个孩子的手,带着一种爱恋早晨的微笑,走了。

阿依丁说:"嫂子。"他微笑了一下,看起来似乎要哭。

我说:"好了!那又咋了?"

他说:"没什么。那是嫂子。"

我说:"你滚一边儿去。"我推搡他。

他说:"好吧,我走。"他抓了一把瓜子,走到客栈深处,坐在他自己的铁皮桶上,在伊斯马友尔身边,把毛毯拉来盖住双脚。那天之后,我还有一次看见阿扎尔,在电影院门口,正给她丈夫把西服的领子整理好。我看不见那个男人的脸,但是阿扎尔丰满的脸庞和她那蜂蜜色的眼睛让我双腿发软。她的个子比我高，每当我想打她耳光的时候，我都得踮起脚来。每周都会两三次打她耳光。然而，似乎是一种享受，她总是冷静地盯着，眨眨眼睛，盯着，微笑，盯着。我又想打她。

在公证处，我说："我们来这里，是为了跟你离婚。"

她说："好。"

我说，签字。她签了。第二天，她来把她的东西收拾好带走了。而我就像父亲一样，不想理睬她。父亲通常十分平静地坐在他柳树下的皮榻上，把西瓜切成大块，递给我一块，说："别说这没用的话。"

马厩的门猛地一下打开了，一股旋风咆哮着把雪倾倒进来。雪白色的亮光落在对面墙上。狼群的嚎叫现在已经从马厩内传来。它们打破了门，冲了进来，正好在他身后。六头狼。全都跺着蹄子，嚎叫。它们是多么饥饿啊。若要是有一块干馕就好了，他可以扔给它们。苏吉，你在哪儿？苏吉！

他说："它的味道很好，但是，让人感到是在吃铅。"

我说："你不认识我们这位布尤克先生。他是一位厨艺大师。你赶紧吃，这饭上天都弄不到。"

他说："这饭叫什么名字？"他接连吃了两勺子，不情愿地看着盘子剩下的一点儿。

我说："我也不知道，一种稀罕的禽类，卢尔德先生以前每天都吃。"

他说："一定很贵吧。"他又吃了一勺。

我说:"你能吃多少就吃多少,别管价钱。"我心急跳。

"你为什么不吃?"

"我之前已经吃过了。"

"你至少也吃一口吧。"他又吃。我伴随着心脏的剧烈跳动,清楚地看见他摇摇晃晃地倒下,两只眼睛骨碌骨碌转,他指着胸口说:"都留在这儿了,很重……就像铅一样。"然后,用双手抱住他的头,呻吟,呻吟,呻吟,然后平静地说:"啊哟,真主啊。"

狼群已经围住了他,已经为发动攻击做好了准备。它们只需要站成一圈,彼此注视,不用犹豫,以它们饥饿中的全部力气扑上去,只需一眨眼的工夫,就可以把他撕碎了。一个小时之后,就只有几块骨头留在雪地上了。它们气喘吁吁,或者是在跺蹄子,它们呼出的热气撞在他的脑后。只要他有一丁点儿的动弹,就完蛋了。正因为此,他不敢从墙上抬起头来。他闭上双眼,在被撕碎的等待中呐喊:阿依丁!阿依丁!

突然,一片沉寂。他回过神来,既没有狼,也没有嚎叫。

已经是早晨了。厚厚的白云依然覆盖着天空,不想让乌尔韩看见它的边角。世界变成一片绝对的白色。他看了一下周围:雪在下,白天简单的光亮,纯粹的白色。可以看见咖啡店前那唯一的一棵干枯的树木。以前,他站在树荫下,用右手指着城市,就站在那里,就在咖啡店破败的门的正对面。以前,这里有一家孤零零的温暖的咖啡屋。当我们从坡上下来的时候,可以看见蓝绿色的舒拉比。但是,现在,任何东西都跟生活不沾边。雪并不打算收手,依然往地上释放。

乌尔韩在树下面，找准方向，上路了。雪一直没到膝盖。城市的声音似乎从一个地方传来。他侧耳倾听。不。他不能分辨声音自何方。他继续走。看见了苏吉，穿着一件绿色毛上衣，那是阿依达给他编织的。旧长大衣披在肩上，还是父亲的那顶褪色的皮高帽，他从远处走来。

他说："嗨，兄弟，我们该朝那边走？"

苏吉把报纸撕碎了，抛洒在空中，雪一样落下来："全都在一个方向。通向第八纵队。全都通向莫斯科的严寒。"

"嗨，兄弟，那么，你去哪儿了？"

"别跟我来，老弟！"

"为什么？"

"你对我放手吧，我们已经老了。"

他的牙齿已经掉了一颗或者是两颗，咖啡色的沉渣残留在牙床上，还在嚼着什么东西。他的头发已经白了三处了。我说："我就在这客栈给你建一间小屋子，你可以一直待在伊斯马友尔跟前，你愿意吗？"

他把左脚蹬在墙上，看着大街。仿佛就在昨天，然而已经是十一天之前了。今天是周一。那天，下雪。阿依丁很忧伤。我说："你已经四十二岁了，该害臊了。"

他就那样看着街上，突然一下浑身痉挛起来，双手抱住头，说："我想吐。"那时，他把报纸和一些碎纸片从大衣兜里掏出来，从他裤子侧兜里掏出来，从他的袜子里掏出来，全都卷在一起，扔进一个在乞丐玛尔塔面前冒着烟的铁皮桶里烧起来。纸张在火中翻卷，消失。我想起他的那些书，我们在院子里焚烧的那些书，想起地下室，愤怒的火焰从那窗户里吐着火舌。突然，我听见父亲神经质的笑声："嘿，这是魔鬼的灵魂在燃烧。"

他说："就是这些东西让我陷入噩运。"然后，就走了。

我叫："阿依丁！"

他没有回头。我去追他。我抓住他的手，把他摁在树身上。那树枝上的雪落在我们头上。我说："你要去哪儿？"

他说："另外的地方？"

我说"哪儿？"

他说："难道我问过你要去哪儿吗？"

我左右开弓扇了他两耳光。然后，我清楚看见他的手在颤抖，眼光闪烁。我以父亲的命令语气说："回去，待在客栈里。"

也许，他愣愣地看了我两分钟。我低下头，看见他上路了。我身上没穿大衣，快要冻僵了。但是，我追上他，再次抓住他。我说："咋了，苏吉？"

他说："苏吉？"他撇了一下嘴唇，看着树木，就像孩子一样看着我们头顶上方。我猜想，他是想哭。他咬着嘴唇。然后，他咳嗽了一下，努力让自己看起来很认真的样子。

我说："阿依丁。"然后，我笑了。我想，他的精神状态好了，能像别人一样懂得所有的事情。我又温柔地笑起来。

他说："你笑什么？难道他也死了吗？"

我说:"是的。很多年以前。在父亲之后的那一年。"

他说:"那么,更应该走。"

我说:"哪儿?"

他说:"应该看看死人们都是如何睡觉的。这是一个秘密。"

我说:"回去吧,今天我想跟你说话。"

他依然用眼光上下打量我。他眯缝起眼睛,瞥眼看着我的眼睛:"你脑袋瓜里又在盘算什么呢?"

我以全部的真诚对他说,我脑袋瓜里没有任何盘算。这十四年来,我一直没把他当人看,也从来没有明白过,当他不在的时候,我就仿佛像少了什么,有一种很糟糕的感觉。他一踏进店铺,我就对他皱眉头,叫喊:"总算找到你了!?"

他抓了一把瓜子,倒进他的大衣兜或者是西式马甲兜里,像孩子一样,偷偷淘气地跑到客栈深处。伊斯马友尔有条不紊地给他倒上茶,给他端来粥,不断让他面前的铁皮桶保持温暖。只要他在,那就好。我知道他在,但是我不知道为什么会渴望跟他说话。我心里渴望有一个熟悉的人。我说:"咱走。"我拉起他的手。

他把手迅速抽回,又走了。我实在是太冷了,无法再追他,就在那里喊:"你最后的话就是如此吗?"

他说:"兄弟!糟糕的状况已经超出限度了。应该打点行装了。"然后,就走了。

他又走了。他在路上行走。如果能认出一个地方,走上几个小时,一定就能抵达城市,就能够让自己活下来。他走。那时,他看了一下身后，想看看走了多远的路。咖啡店的废墟在远处看起来更加坍塌。

他说："兄弟！糟糕的状况已经超出限度了。应该打点行装了。"

他气得发抖。我说："我能把你弄好，弄成一个人样儿，让天空中的鸟儿也会为你哭泣。"我回到店铺。他失踪了十天。我现在是他的囚徒，成为荒野中的流浪汉。今天是周一。但是，其他的日子里也是这样。他说："必须走了。"

我说："一路平安吧，只要真主愿意，你要去哪儿？"

他说："哪儿？当然是去觐见先生吻他脚了。"

我说："你啊尽说些没用的话！"

他说："先生又在召唤我了。他的茶炊正在咕噜咕噜响。"

我知道他，他是要去舒拉比咖啡店。但是，在此之前，在父亲刚刚去世的那一段时间，阿依丁根据父亲的遗嘱在店铺里工作。当他说"必须打点行装了"，我就说："对于我来说，这里很好。你要想走，就走吧。"

他说："你想得好。"站柜台的劳累让他吃不消。我的腰也没能力承受那所有的沉重。再说，十二年来我在那糟糕的状况下卖命。地是我扫的，包是我扛的。从那些台阶，我把开心果和瓜子搬下去或者弄上来。我心里想，让他也来干干这些活儿，干几年，体会一下生活的价值。我把这些都对他说过，让他挂在耳边上，不要突然想起"穷酸文人"，就径直跑到桌子前坐下来。

二十三袋葵瓜子在店铺前叠放在一起，我们无法从窗户看见外面。我说，所有这些都必须搬下去。他把所有的包都扛到地下室的仓库里了。四十级台阶。他干完活儿，给自己倒了一杯茶，坐在地上，伸直双腿，一口一口地呷着滚烫的茶。大颗大颗的汗珠覆盖住了他的额头和眼睑下面。他穿着藏青色的裤子和蓝色衬衫，很合体。我想起我自己来，由于太胖，甚至比他出汗还多。我说，爸，我把这些麻袋从四十级台阶上扛下去又扛上来。不公平。但是，事情已不再是公平不公平了。现在，他这连尘埃都不及的人正把爪子伸到我的财产上来。不公平的父亲已经没有什么东西可以给了，他为什么还要在快要死的时候说："所有的一切，一半一半。"那个晚上，我在高烧中煎熬，说胡话。大汗淋漓，没有人来倒一杯茶递到我手上。而他在那天忘记了抖落抖落他的衣服。他看起来更消瘦了。我明白，他疲惫无助，他心底里想说，他不能待在那里。用父亲的话来说，他身上没有店商的灵魂。但是，因父亲最后的遗嘱，他不得不留下来。他说："兄弟！糟糕的状况已经超出限度了。"

他喝完茶，坐在店铺前的台阶上。我不知道他在想什么。过了半个小时，正好是在时钟敲了四下的时候，就如同每一天，那个漂亮的亚美尼亚姑娘来找他的时候。她说："这是什么情况？"阿依丁抖落他身上的麻袋纤维，从衣帽钩上拿起他的西服，穿上。他说："你想要点什么？"那个姑娘抓起一把桃干，放进她的包里，又抓了一把开心果，还抓了一把咸瓜子。

那个姑娘特别喜欢穿紫罗兰色。或者是我这么认为的。她双眼炯炯有神，让人感到羞怯。她身子一转，一把平整的金发在空中飞舞。然后，我就看不见他们两个了。仿佛他们飞翔的翅膀就是那头发。然后，在我的记忆中，那个姑娘一直在转，一把头发散开的伞、紫罗兰色、美丽的笑容，全都留在记忆中。

我哪里有勇气问他们要去哪儿？甚至，当我告诉母亲的时候，她皱着眉头，一如往常让我感到窒息地说："你是在诅咒吗？"

每天后下午，我独自待在汽灯下，每天脑海里都涌出一个新的念头。但是，他丝毫不注意我的新想法。既不乐意我收购他的股份，好让他能够继续学业，也不愿意所有的时间都在店铺，跟我并肩干活。甚至，我说，你压根儿就别来店铺，拿他的工资就行了。但是，他说："我良心上过不去。"

我说："别奢谈你没有的东西。"

他说："说话要有礼貌哦。"

我说："那，以后，你别抱怨。"

他说："你别想方设法吞噬咱们的兄弟情义。"

我说："我诅咒这兄弟情义。"尽管我知道他坐立不安地爱上了那位亚美尼亚姑娘。但是，我希望他说出来，说他实在无能为力，说他想让我准许他后下午离开。父亲没有让他处在无能为力中，而我想做这件事。我心里想采取一种方式，早上让他亲吻店铺的门轴，才进入，让他就像蜡烛一样在我手中转动，晚上跟我一起回到家。但是，无论我怎么做，也不行。

我说："你要跟木头打交道到什么时候呢？"

"直到我把木头的底儿掏出来。"

我说:"您要想读书读到什么时候呢?"

"直到伊斯拉菲勒①吹响末日号角。"

他站在店铺深处的一面破镜子前,用手把头发拨弄竖起来,用梳子把唇胡尖儿梳整齐。时钟敲响了四下,我不由自主地看向店铺门口,想看看那亚美尼亚姑娘是如何从台阶上来的。她正好在那一时刻来了,抓一两把东西,他们一起走了。那天我在门口叫住他,我说:"你去什么地方也得想着点儿我啊。"

他兴奋地看了姑娘一眼,然后对我说:"你真下作,乌尔韩。"

我说:"小姐,请您对这王子说,让他把脚从我生活中抽出去。"

她说:"您的生活在哪儿呢,先生?"

那姑娘让我感到不好意思。但是,我不假思索地挑明了,对阿依丁说,我准备购买他的股份。他说:"你一想到钱,就失去了人性,乌尔韩。"

我说:"现在,我考虑的不是钱。"等他走了之后,我说:"你才总是下作呢,甚至在睡梦中。"

他面墙站立,闭上双眼。但是,他脑海中的噩梦呈现出各种滑稽的小丑脸,都是熟悉的亡者。父亲走了。母亲呼吸困难,呼哧呼哧直喘。"豆芽"贾姆希德脚蹬在墙上,等候着。他的眼睛一落在乌尔韩身上,就说:"爱。"他睁开双眼,但是,只看得见墙壁,然后是荒野和雪。无尽头的严寒和白色笼罩着原野和山丘。他看见卢尔德先生脚上打着石膏,腋下架着铁拐杖,从那边朝咖啡店这边走

---

① 伊斯拉菲勒:伊斯兰教四大天使之一,司末日号角。

来。他的拐杖敲击着地面,仿佛拐杖头上缠有布头,发出沉闷的声音。他每迈一步,就看一眼咖啡店,让疲劳在抽一口烟斗的烟雾中消散。身上穿着黑色的燕尾服,白衬衫,戴着紫红色的领结。他严肃的时候,总是撅起双唇,就像在吸冰糖水。现在,他正在吸那被诅咒的冰糖水:"我从城里的亡者们那里来。"

"在这么多年之后,你从泥土里钻出来,要说什么呢?"

"你还活着啊,乌尔韩先生?"

"你看到了,我还活着呢。你看……但是,卢尔德先生,如果我完全无恙地逃出这危险境地,我知道我的余生该怎样度过。"

父亲说:"巴扎的脉搏在我们手上,卢尔德先生。"

卢尔德先生说:"你们的脉搏也在我们手上,乌尔汗尼先生。"

我笑了。卢尔德先生说:"您这儿子很聪明,很懂经济。但是,那一个落入了诗歌的陷阱,是一个十足的傻瓜。"

父亲说:"你说得太对了,你说得太对了。受人尊敬。"后来,他对我说,我们两个都很倔,一根筋。这点毫无疑问。他对阿依丁说,用英国人的话来说,他是一个十足的傻瓜,就跟一头驴一样不懂事务。

卢尔德先生跟父亲握手的时候,说:"不要考虑一百年的事,在我们的关照下会让您受益无穷。"然后,就笑了。笑。笑。此时,他把拐杖架在腋下,带着那条摔折的腿来找乌尔韩。我说:"爸,死人们为什么对活人不放手呢?"

不。铁拐杖敲击地面的声音传入地下,那条打石膏的腿的沉闷的声音，使大地之心颤抖。

我以为是拐杖敲击的声音，拐杖头上缠有布条。

他闭上双眼。那时，他看见卢尔德先生正在奔跑。跑得非常快。一下"嗒咯"，一下"咕嘣"。雪飞旋着落下，嗒咯、咕嘣。他喊道："够了，卢尔德先生。"

他用双手摁住太阳穴，用力按。多么让人惬意的温暖啊。不。真主啊。不。这不公平。阿依丁。阿依丁你在哪儿呢，你看见我孤零零的了。每个晚上，世界都结成冰。仿佛世界上的人们都死了，而我把所有人的恐惧之仇全都报偿了。

令人作呕的头痛在他双眼窝深处，恰好在他额头骨上停留。他嘴里苦涩，味道难闻。他感到，就像咖啡店废墟在雪的重压下坍塌。他把双手插进衣兜，继续行走。饥饿斩断了他的安全感。他不记得，他什么时候从他的计划中减少过一顿饭，而现在，从前一天中午，他就没有吃过任何东西了。

今天是周五。遗憾的是人不能像羊似的为了时不时地反刍而储存食物。父亲说，为来世储存你别忘记了。然而，我们忘记了。我说："难道你没答应你不再来咖啡店了吗？"

他说："生活是一种古老的仪式，兄弟。"

我说："上路吧，别再废话。"

他说："女人们有两种声音，一是低音，一是高音。用低音说话，用高音尖叫。"

我说："哪个女人？"

他说:"最终,这卢尔德电扇的风有一天会把我们全带走。"

他总是认为,石头有一百克重,而我们的店铺还不到一百克重。他说:"这苏兰先生的咖啡更地道。"

我对"豆芽"贾姆希德说:"嗨,豆芽,你想走赊账人之路啊?"他不想让我看见他。后来,他说他想改天来串串门。但是,他没有来。

无论他怎么走,也抵达不了。他站住了。那么,这城市在哪儿呢?他的嘴唇四周火辣辣地疼,刺痛。他把手指头放在嘴唇上,刹那间,他感觉到自己温暖的气息。他知道,起泡了。

母亲说:"在你起泡之前,放一个铜碗在上面,就会消下去。"

他已经没有站住的力气了。浑身骨头刺痛。双脚掌疼得直叫唤,再没有行走的力气。哪怕就一步。他心里想就倒在某个地方睡过去。尽管如此,他还是换了一个方向,再次走起来。

阿依丁说:"兄弟!我们有七千年的时间用来睡觉。你别看灯,你睡你的。你也别坚持要我晚上也像你一样睡那么多。"

我说:"一个像你我这个年纪的年轻人应该睡几个小时?"

他说:"一个像你我这个年纪的人应该睡几个小时?"

我说:"不能这样,必须在我们的房间中间砌一道隔墙。但是,不能靠这边,而应该恰好在窗户的中间砌上隔墙,一扇属于你,一扇属于我。因为我想放一个花瓶在你的花瓶旁边,我把剩下的水根儿浇它脚下。"

他说:"人不读书,就不会理解生活的意义。"

我说:"你在寻找什么呢?"

他说:"我自己。"

他在寻找城市。不是他们自己的城市。任何一座城市都可以,只要能找得到一块馕饼,只要能让他从冻僵中获得拯救。但是,没有人的痕迹,就连能把他肚皮撕开的野兽的痕迹也丝毫没有。他把两只手伸进肚子。他猜想是在朝城市走,但却是在晕头瞎转。什么声音也没有。城市的喧嚣似乎在雪底下死去了。他在那里坐下来,蜷缩成一团,双手抱住头。一个牧羊人在石头上冻死了,他双眼焦虑,嘴张着。他也一定是在原地打转,然后坐在了一块石头上,然后接受死亡。死亡降临的时候,人可以找到自己原本的尊严。父亲以一种特别的尊严死去,以他那种一如往常的威严。我们把楼上大房间的地面作为他的朝拜方向。他从晚上十一点钟到第二天中午,处在弥留状态。母亲坐在他枕边,用悲伤的、含糊的声音念诵着《古兰经》,时不时地抬起头来,看一眼父亲苍白的脸,紧紧抿住嘴唇,然后全身颤抖起来。刹那间,她整个头都埋进了遮袍里,依然在念诵。我坐在父亲右边,阿依丁坐在左边。

阿依丁说:"也就是说,无能为力了吗?"

他把父亲的手放在他的两只手中揉搓。时而,又用手帕擦干净他额头上的汗水,有时又把糖浆灌进他的喉咙。父亲的脸色正在变黄,黄得让人无法承受。他呕吐的时候,我就去拿件什么东西来,或者是换一换空气,我对阿依丁说:"我是个脆弱的人,我无法忍受。"当我返回的时候,母亲已经用湿毛巾把所有地方都擦干净了。阿依丁还是那样握住父亲的手。那时,他动了一下头,似乎是以动头来问我什么。我说:"没有用了。事情已经结束了。"

父亲平静地把头转向我这边,目光落在我衣领上。我以为是因为我没把扣子扣好,他想说把它们扣上。但是,天气很热。我有想吐的感觉。阿依丁说:"你坐下来。"我坐下了。当我用双手握住父亲的手的时候,父亲已经完了。响礼的宣礼声在所有的地方回荡。母亲伏地恸哭。

他感觉到自己身上的一种崭新的力量。最后剩余的力量,有时会在人身上焕发出来。他站起来,抖落衣服上的雪,在四周转了一圈,仔细看,以期能撞上什么黑色的东西,只在右手边看得见咖啡店坍塌的墙壁,仿佛是一幅红色的画像在那里。他把双手伸进裤子兜里,朝着咖啡店的方向走去。他对自己说:"乌尔韩,别再想你的双手了。"他不再想了。

我们去了。父亲把一枝花放在卢尔德先生的棺材上面。下午,电扇被装进汽车,我们很吃惊。所有的电扇上面都贴着胶带:"卢尔德先生去世了。我们尊敬他。"

我说:"究竟是怎样的人呢?"

一个工人说:"是一个伟大的人。就是如此。我们只需知道这些。"

他跑起来。尽管很慢,但是他跑起来。一直以来,他既无法行走,也无法停住。然后,他看见,他也无法跑起来。他的脸已经触到雪表面,双手也陷在下面。他爬起来,抖落衣服上的雪,又走起来。

阿依丁说:"我更尊敬德尔洪教授。"他说,我不明白为什么卢尔德先生要制造电扇,为什么不制造取暖器,为什么不把他的电扇制造厂开设在阿巴丹。也许正是因为这些，阿依丁说："我无法尊敬他。"然后，有四年的时间，他完全没见到阿依丁。当他回到家的时候，阿依达已经走向公墓的怀抱了。也正是这个把他拽回了店铺，还迫使父亲拥抱了阿依丁，还把他的头放在阿依丁肩上，哇哇哭着说："我们已经失去了阿依达，你不要撇下我们不管啊。"

"遵命。爸。"

"你待在哪儿的呀，变得这么老了，我亲爱的儿子？"

他抵达了咖啡店前面。他抖了抖身子，跺了跺脚，然后走进马厩。他必须考虑一下，这一次从这边走。雪停了。他上路，行走。他走了很久，以期能抵达一个城市。然而，如果我说："苏吉，整个城市的人都知道你是疯子。你自己知道吗？"我并没有恶意。我想知道他究竟处于怎样的状态。他从裤腿里抽出一张报纸来，读道："所有一切都陷入死亡的寂静。城市空空，没有居民。树木烧毁了，女人们都成了妓女，她们连素馕也得不到，不知道如何能使自己暖和起来。只有在城市的尽头，在一座葱茏的花园中，希特勒和他的情人拥有相对比较平静的生活。这是希特勒的照片，用征服的手势指着贝尔格莱德。前进……"

突然一下，他失踪了，来到这家咖啡店。他唯一的缺点就是这个。我说："要我再把你用铁链铐在伊望的栅栏上吗？"然后，我拿来铁链和锁，把他铐在了栅栏上。晚上我回来的时候，他睡着了。家里的院子里到处是乌鸦和猫儿，它们一看见我，就全跑掉了。那时，令人恐怖的寂静笼罩了整所房子。我说："阿依丁，你起来，我给你端粥来了。"

他睁开双眼。兴奋地想从他那地方站起来，忘记了铁链。半站起来，又坐了下去。他叫道："大哥先生。"

他打湿了下身。我说："让我给你打开。"我给他打开了。我说："喝粥。"

他说："那么，嫂子哪儿去了？"

之前，他从来没有问过。我说："我休了她。六个月前。"

他说："你可别想法儿把我也了结了。因为你要想证实的话，需要花六个月的时间。"

我说："我要证实什么？"我给伊望泼了水。那时，我想起优素福来。我从来做不到给他下面泼水。然后，我要去睡了。阿依丁沾也没沾一下粥。天气很热。我说："快喝。"

他说："这个国家的法律是二十四小时。最多四十八小时。"

我说："那么，快去睡觉吧。"

他朝地下室走去。在台阶上，他说："然后，怎么样了？"

我说："然后，什么怎么样了？"

他说："这张照片显示贝尔格莱德几乎已经变成废墟了。"

我从他手里把报纸拿过来，说："够了，别再念了。"

不啊，也有一种声音，在唱"阿芒、阿芒"。马莎德·阿巴斯从咖啡店出来，说："如果我没搞错的话，春天已经过了一个月了。每年的这个时候他就会哼唱。"

然而，根据我的猜想，每当他看见燕子的时候，他就会哼唱。

那个瘦得如僵尸一样的诵经师,把他的食指放在耳朵边,摇头晃脑。我说:"够了,别再念了。"

那是为阿依达诵经举哀的日子。阿依丁在离开四年之后,此时,在清真寺前,正惊愕地看着我们。他的眼睛一落在我身上,就哭起来。我感到,他度过了很糟糕的岁月。我知道,他被榨干了汁液,消瘦、苍白、双手颤抖,眼睛周围和额头上全是皱纹,看起来甚至比父亲还要苍老。他说:"阿依达?"

我说:"是的。阿依达。父亲在那里。"我把他带到父亲跟前。

他蜷缩在马厩的门旁边,等着雪停。此时,他希望自己是一头野兽,浑身上下有温暖的皮毛覆盖,什么时候想吃东西了,就朝人群扑去。一个孩子在那里,在人行道上小花圃的水泵旁边,蹦蹦跳跳地跑过来,人们匆匆走过。

我说:"阿依丁,你不想回家去吗?"

他说:"先等这些人走了。"

我站在店铺前的平台上,并不关注搬运工们的笑声。阿依丁说:"大哥先生,这么多人,他们从哪儿拿勺子来呢?"

我说:"一些人用手吃饭。"

然后,他不说话了。似乎平静了。人群走过去。巴尔巴利馕饼的气味从隔壁巷子传过来,还传来土耳其咖啡的气味。但是,卖咖啡的商店非常远。苏兰先生有一个女儿,她一定想成为阿依丁的妻子。后来,我一直想要找到那个亚美尼亚姑娘,但无论我如何寻找,也没有发现她的一丝迹象。她化作了水,渗入了地下。

341

直到一天早晨，就是这三四天之前，一个牧师来到我们店铺，看起来是个外乡人。他说："兄弟，抱歉打搅。有个先生，高个子，花白头发，鞑靼人的眼睛，不是您兄弟吗？"

他自己就是脸色苍白，清瘦，高个子，花白头发，他的眼珠子也是靛蓝色的。我说："难道有什么事吗？"

他说："他在谢赫·萨菲大街的十字路口，用石头把路灯砸碎了。现在，人们抓住了他。"

我高兴起来。我说，几天之后，到底他的身影还是出现了。但是，之前，他从未有过这样的前科，甚至连一个孩子也没折磨过。这事儿也不关别人的事儿。他不太可能砸玻璃。我说："苏吉？"

他说："也许是吧。我没有听过这个名字。"

然后，我们一起去谢赫·萨菲大街十字路口。那天也在下雪。我忘记戴皮高帽了。我问十字路口的警察。他认识我，也认识苏吉。但是，他说，一个套铁链的疯子，把路灯的绿色玻璃打碎了。我说："苏吉？"

他说："不是，先生。是一个套铁链的疯子，人们抓住了他。"

我们折回去。在路上，牧师问我，苏吉在哪儿。我说，我不知道。他说，很长时间以来，他一直在寻找具有这样特征的一个人，以前是个木匠。现在，没有他的一丝踪迹。

我说："就是我的兄弟。"

他说："在哪里可以找到他？"

我说："我也是有好些天没他的消息了。失踪了。"

"为什么？"

"我也不知道。他时而跑到外面去。"

他说："真奇怪！那么，可以采取什么办法呢？"

我说："您是何人，找他有何贵干？"

他说："我是他女儿的教父。"

这是第一次我听到这样的话。我说："女儿？"

他说："是的。难道您不知道吗？"

我说："我不知道什么？"一个人飞跑过来，撞了我一下，我一下摔趴在了雪地上。牧师抓住我的手，把我拉起来。我说："我不明白您的意思？"

他说："我们可以在您的店铺里细说吗？"

我们走到店铺。我在桌子前坐下来，他把椅子往暖气边挪了挪。看起来，他疲惫又忧虑，但是，是个认真有条理的人。他从容不迫地说着话。他说："您兄弟的名字是阿依丁·乌尔汗尼。是吗？"

"是的。"

"他有一个十五岁的女孩，名叫艾尔米拉·乌尔汗尼。她母亲的名字叫苏尔梅里娜。阿依丁·乌尔汗尼先生的身份证在我们这里。"

父亲家的香火获得延续了。他正在找出头绪，而我却等不及了。我说："您应该把这身份证给我。"

他说："为什么不可以放在他女儿那里呢？"

我说："哪个女儿？他自己都是个多余的人。"

我很生气。那时，我看见，牧师依然那么温和地与我握手，然后走了。我说："您应该把身份证给我。"

他说："之后，我会再来。"然后，走了。

他把绳子从大衣兜里掏出来，看了天花板上的大梁一眼。一时间，他想，用不了五分钟，这所有狗日的浑身哆嗦就全都结束了。但是，他知道，世界永远不会停止不动。阿依丁照常出现，穿着咖啡色的西服和裤子，奶白色的衬衣，系着紫罗兰色的领带，早晨走去阿尔达比尔干果商客栈，那个时候，他已经绝对拥有那所有的信誉和财富。假若是七①的话，那么其中之四应当归乌尔韩。然后，日子还是那样流转，城市还是那样喧嚣。然后，所有人都会忘记，曾经有一个乌尔韩存在过。不，真主啊，不，这不公平。这个苏吉无疑只是个面具。或许这也是他的权利。人们只是他们生命的一半，我属于前一半，他属于后一半。但是，我要阻止他。所有的财产全都要正式归我。既不给宅子，也不给店铺，也不给杏园。一切的一切，全都不能有他的名字。只有一套青豆绿色的衣服，一顶半新旧的皮高帽，一间暂借的小房间——从院子地面下七级台阶，更像一间地窖，而不是房间，其墙壁是潮湿的。父亲找来泥瓦匠，把烧毁的、脱皮的石膏墙面铲下来，全都用水泥重新糊平了。不是一个糟糕的地方。我也在那里睡过一个晚上。夏天的话，还挺凉快的；冬天呢，则很温暖。温暖得很贴心。

---

① 伊朗文化崇尚"七"之数，以"七"为原型数字。这句话的意思是，财产分配时，"七"分为"三"和"四"，乌尔韩要占"四"。

但是，人是皱着眉头睡觉的。所有的一切都很昏暗无光。其梦境也会散发出一种在坟墓中做梦的滋味。父亲皱着眉头在坟墓中睡着了，就是那总是对阿依丁表现出来的愁眉苦脸。但是，现在，公墓里的树根缠绕着他，让他无法动弹。树根扎进他的躯体中，吸取他的浆液。正因为如此，一些树木也总是愁眉苦脸的样子，让人感到欠了它们的债似的。我很讨厌那些人，总让我以为我欠他们似的。我说："阿依丁，你不是为做店商而被造出来的。现在，父亲不在了，没有人能阻止你了。你想去上大学读书吗？你还想继续你那文学梦吗？我给你出资。"

他说："不。完全不想了。"

"为什么？你很坚持的呀？"

"事情已经过去了。我不想对父亲的遗嘱视而不见。"

然而，我从那个时候，就想要摆平他，尽我的一切所能。因为他说："就这样也可以过日子。我已经没有那精神劲儿了。"

他不上道。他很卖力气地干活儿，就像一个搬运工。每天下午四点钟，就走了。没有任何异议，也不让我们的账目各是各的。我拿出全部理由辩驳，而他说，咱不要让死去的亲人们在坟墓里发抖。母亲也一直在生病，也不准许我们把财产进行登记处理。那个时候，我就暗自下定了决心。我去了阿斯塔拉。我听说，在阿斯塔拉的森林中，有两个八十岁的老处女，给人们指出生活的道路和陷阱，治疗不能生育的人。一个女人说，她好多年炉子点不着，不能生育，然后去了这老太太跟前，到现在都生了十一胎了。警察阿雅兹说："她们念一些咒语，如果一个人有两个老婆的话，跟她们一起在一个床上睡觉，而她们闻不到彼此的气息，也彼此看不见。"还有一个男人说，他生下来就是瞎子，但现在比任何人都看得清楚。我说，我为什么不去治疗我的痛苦呢？

当我抵达的时候，人们说，其中的一个老太太已经去俄罗斯了，另一个正在苟延残喘。她脸色蜡黄，令人嫌恶，四十根又长又白的辫子已经在地上扎根了，就像一具骷髅，皮包骨。我把钞票在她跟前摆放成一排。我看见，她双眼就像红宝石一样亮起来。我说："请讲。"

她用豌豆占卜，又用骨头占卜，又掷星盘，什么也没出现。我又放了几张纸币在她面前。她又用烟雾占卜，把一片像人的手掌形状的干叶片放在火上。突然，一股浓烟呻吟着升上天空。然后，我亲眼看见，烟雾扇动翅膀，不知该停留在哪个树枝。我又把钞票在她面前摆放成一排，我说："请细说。"

她说："有人是你路上的绊脚石。"

她又用水占卜，在一个陶碗中，把我所有的家人都在我眼前过了一遍，把我所有的生活都复活了。她把父亲从碗中拽出来，然后又把母亲拽出来，把阿依丁变作一枚硬币。但是，她无论怎么做，也没能让阿依达复活。我说："在城外，用一个钉头锤，如何？"

她说："不。错矣。"就像风在芦苇丛中嚎叫。

我说："我把他从岩石上扔下去？"

她说："不。"她声音干枯嘶哑地咆哮，然后又呻吟说："不。"

她把声音拖到了底。

她沉默了片刻,瞪着我。我说:"请讲。"

她又用念珠占卜。但是,什么也没有出现。我说:"我在他食物里下毒?"

她说:"不。不。错矣。"那时,她哈哈大笑起来,简直让我不敢相信。她说:"你难道吃了燕子脑花吗?"

我一路狂奔。我把行人、乘车者、漫无目的的溜达者统统甩在身后,让他们懊恼、兴叹、满身尘土。我一直狂奔回家。那时是夏末,我等着燕子的到来,一直等到春天。在店铺的桌子上我放了一本日历,每天我都翻页。下雪了,大地结冰了。乌鸦在松树上叫唤:"雪。雪。"但是,春天还没有来。仿佛整个冬天我都在奔跑,因此比别人更早地感觉到了春天。一大早,我去了维勒山谷周围的山上。在日出之前,我拿起一袋白砂糖,向山上走去。在日出之前,我在一个隐蔽的地方坐下来。太阳出来了,我知道它们睡觉的地方在哪里。燕子们一群一群地从我头顶上方飞过,它们飞得很低,我只要一伸手就能从空中抓住几只。

他感到,他既不需要母亲的慈爱,也不需要父亲的父爱。他大声呼救。为了不让自己感到害怕,他大声呼救。依然是狼群的嚎叫声从远处传入耳中,它们踏着蹄子奔过来,眼睛充满了饥饿,双颚大张。他看了一眼自己的双手,指甲周围渗出了血,手掌骨头刺痛,眼睛周围也火辣辣地疼。

我把手伸进鸟巢中。我一下抓住五个,扔进口袋里。它们还在唧唧叫唤。我又伸手去掏鸟巢，这次又抓住两个。然后，我看见一大群燕子，就像黑烟一眼从山洞里涌出来。我把袋子扛在肩上，朝布尤克先生的咖啡店走去。那里没有一丝活物的气息，除了几只猫头鹰，从大门上和那城堡似建筑的天窗上瞪着外面。我敲门，叫他的名字。

没有人在。我又敲门。那时，一个男人的声音从我身后传来，他手里拿着两只砍掉脑袋的兔子。他唇胡尖儿向上翘，脚上穿着黑色的靴子。我说："我找布尤克先生有事。"我看见，他的一条腿是瘸的。

他说："你找他有什么。什么事儿？"

我说："我跟他本人说。"

他说："我就是布尤克。请讲。"

那是仲春时节。甚至，袋子中的燕子也在唧唧叫唤。我说："我……"所有的一切都从我记忆中消失了。当他从我身边经过的时候，我感觉到，他是我身子的两倍大。他的头发很平整，有两种颜色，白色和银色。我说："你有茶吗？"

他说："也就是说，你走这么远的路来，就是喝茶？"他打开了他咖啡店的门。

他从筐里拿起一些木头块，我们走了进去。空气还稍稍有点凉，茶炊的蒸汽冲到天花板上。我在一张榻上坐下来，眼睛盯着墙上的画,画的是鲁斯坦姆与妖怪阿克旺①。

他说:"你抓了欧椋鸟?"

我说:"不是。是燕子。"

他给我倒了一杯滚烫的茶,说:"燕子拿来干什么。什么?"

我说:"外国人抓这些燕子,晒干,放在壁龛里。"

他说:"真是稀奇!"

我说:"有个卢尔德先生,就在我们家后面有他的一座工厂。我是跟他学的。我想把这些晒干。但是,我也不讨厌咱把其中的一两只宰了来吃。"

他把茶放在我面前,把茶托里的水倒在地上。他又把茶杯举在窗户的光线里照了照,看起来茶色很不错。他说:"几年前,我给一个人做了燕子饭,那人直吮手指头。"

"您会做?"

"我是做这活儿的高手。"

他把兔子放在桌子上,用一把大刀子,把两只兔子开膛破肚了。然后,他小心翼翼地把皮和肉分开,说:"那人,去年又来了。"

我说:"我有客人。"

在血淋淋的双手间,从兔子的肚子中央冒出来一股热气,就像兔子的皮一样洁白、柔软。他问:"谁呀?"

---

① 伊朗上古时期的神话故事。鲁斯坦姆是伊朗第一勇士,一生南征北战,戎马倥偬。其中,最著名的就是"鲁斯坦姆勇闯七关"的故事。鲁斯坦姆打败妖怪阿克旺是七关中的一关。

我说:"您不认识他。"我把茶水倒在茶托里,一口喝了下去。

他说:"我是这方面的高手。"

我说:"之前您吃过吗?"

他说:"我尝过味道,但是吃……"他就用那血淋淋的双手点燃香烟:"没有。"

我说:"我需要一种非常重要的食物。"

他说:"说真的,整这鸟儿不是开玩笑的事。很让人头痛的。但是,我给那个人做的那种食物,他很称赞呢。滋味在他口中经久不散。"

我把剩下的茶喝了。我看见,两只兔子已经被剥皮,两块红红的、光滑的肉摆在他的柜台上。我说:"我想要你给我做它的脑花。"

他说:"脑花?"他瞪着我:"你自己可不能吃哟!"

我说:"我知道。很麻烦,费用也多。但是,我有很重要的客人。"就在那一刻,我感到,我后脊梁发抖,我全身的骨头全都一下刺痛起来,并且一反常态地,双手也痉挛起来。

他说:"把袋子给我。"

他从我手中拿过袋子,说:"你自己可别不经意间给吃了哟!"

我把袋子交给了他。我感到,我的舌头是那样沉重,仿佛粘在上颚上了。

他从马厩出来,发着高烧,两个太阳穴直跳,看了看四周。他的心脏急速跳动。他所有的力气全都聚集在双眼,以期能在那荒野中看见一块黑斑。

这没头没尾的荒野,究竟何处是边际?现在是什么时辰?不。

真主啊。不。这不公平。大衣也没在我身上。我曾想把他弄回去，我曾想再用铁链把他锁起来。现在，我想用绳子把他捆起来。他的时间到了。他已经过了他的人生了。我不认为除此之外，他还想要什么。就在这里，我把他捆在马厩的门上，几个小时之后，让他平静地、无声无息地成为阴间的一份子。在那一瞬间，我会对他说："阿依丁，你有一个漂亮的女儿，你一点也不知道吗？"

一个混血的金发女孩，这些天，随便一个地方都可以看见她的身影。她问："先生，我父亲的商店是在这里吗？"

我说："你父亲是谁啊？"

"一个疯子先生。"可笑。真的是可笑。父亲也是个十分奇怪的人。在他去世之后几个月，我想去他坟头上。那是个恐怖的秋天。梧桐树叶铺盖了城市所有的街道。公墓里光秃秃的树上全是乌鸦。真主的黑乌鸦，一群一群地栖息在树枝上，让人以为在公墓里建了一座戏院。我绕着高耸的令人抑郁的围墙转了一圈，然后从绿色的两扇门走进去。总是有那么十一二个乞丐在纠缠着人。其中一个正拽着我的西服。我说："放开手，蠢驴。"然后，他们所有人全都逃掉了。父亲的坟墓在公墓的右边，在一棵年轻的梧桐树下，落叶铺在坟墓上。我用脚把树叶扒开，念了墓碑上的碑文。然后，站着看亡者们的家。不时地，有人来，也有人走。一些人在坟墓上摇来晃去。

我说："爸，你看见我们的日子了吗？你别以为这里才是阴间城市。外面也同样是阴间城市。僵尸会带走一切。僵尸也会带走我们。僵尸还会带走我们的兄弟情义。"我坐在墓碑上，说："爸，我把这些开心果麻袋扛上扛下四十级台阶。一年又一年。你自己是见证人。你的真主是见证人。我不能容忍,这个连尘埃都不及的寄生虫竟然可以分得六分之三。那么,你为什么不给我权利呢?为什么把我的权益给人家吃掉呢?"

我捡起一块石头,在坟墓上敲了几下,画了一颗星,念诵了"开端"章①。我说:"爸,我就不值得他尊敬吗?"我伏在坟墓上,不让乞讨的孩子和过路人听见我的声音。我说:"他对于我来说,一文不值。"唉,我心里一直羡慕,想店铺成为两个出口的店铺:在客栈拐角处,有一个亮堂堂的大店铺,悬挂着我自己名字的招牌。

高烧与颤抖攫住了他的生命,把他的脑子弄得乱糟糟。他的牙齿上下磕得咯咯直响。他的胸腔不断起伏。突然,他感到热了起来,他把手放在额头上,热度烫手。他跪在咖啡店前,坐在雪地中,挣扎着想把自己送到咖啡店里。但是,滑稽的软弱无力让他无法前进。然后,他看见天空变窄小了,一下子冲他站了起来,他看见他自己,在天空中瘫软成一团。他把双手伸进雪里,抓了一把雪,放在额头上。好了。好了。今天是周五。舒拉比翻卷起柔软的波浪,父亲身体的皮肤在里面变得麻酥酥的。他说:"太棒了,乌尔韩,赶紧抹。"我抹了。我拿起一袋南瓜子,走去地下室。阿依丁在他床上长躺着,也许是睡了。一本书放在他的胸口上。我开始嗑瓜子,把空瓜子壳扔在他身上。从中午到晚上我就做这事儿。我把他埋葬在瓜子壳下。母亲端着茶托盘在台阶上,说:"弄什么呢?"我说:"好玩儿。"

---

① "开端"章:《古兰经》第一章。

阿依丁从睡梦中惊醒,从瓜子皮中钻出来,说:"谁吃了这么多?"

我说:"我想看看究竟会如何。"

母亲说:"你害臊吧。"

阿依丁皱着眉头。很多年来,我都没有见过他正眼看我。好吧,现在就算是我冒犯了父亲这样的长辈。但是,他升上去了,升上去了,就像气球一样升上去了。你为什么拽我的裤子,该死的?那么,人都是这么死的吗?如果有谁帮助的话,就不会死了。大地变得窄小,然后升上去了。那时,人膨胀,膨胀,变得世界那么大,然后炸裂。不。真主啊。这不公平啊。

他说:"给我背上搭一条毛毯,阿扎尔。"他牙齿上下紧紧地咬在一起。他说:"把一床大被子扔我背上来,阿扎尔。"她的双眼四处寻找。他浑身发烫,看不见雪花正从天上直接降落在他的脸上,然后铺展开来,最后化成水。他说:"扔在我脸上。"然后,他以一种奇异的力量站起身来,又坐了下去,盯着地面,寻找他的窝,他身上的毛衣都挂上了冰渣子。他在地上用手爬行,头钻在了雪下面。钻下去,把自己埋葬在雪层里。那时,他又钻出来,坐下来,看了四周一眼,吃力地站住脚跟。现在,可以走动了。他全身上下湿透了,就像一个冰球。但是,他能够行走了。

他看见舒拉比在那里。他用嘴把舒拉比表面的雪扒拉到一边,看见舒拉比蓝色的轻柔的波浪。他一瘸一拐地走到芦苇丛。"穷酸文人"阿依丁那个疯子。不。阿依丁,你在哪儿呢?母亲说:"你把他找来，蠢货。"她自言自语，声音低沉。阿依丁正坐在她对面，就像一尊石像。母亲说："你对他干了什么，没廉耻的东西？"

此时，他抵达了干涸的乱糟糟的芦苇丛。刺骨的、令人陶醉的凛冽扎在他脸上。第一次，他对寒冷感到享受。舒拉比在大雪下面也一动不敢动。芦苇丛不再像联合国总部，而是倒下了，乱七八糟，似乎是在斜坡侧面上斜着倒下来的。他在那里坐下来，大声说："这就是联合国总部。但是，没有诉讼在进行。"他想拿起一面旗子，但是他的手够不着，他想吃旗子。我曾说："替代喝茶的，可以吃馕。"

他已经没有力气，甚至，不能动一动手。他就像那些旗子一样瘫软。他看了一下四周。所有的一切东西都处在死亡的寂静中，雪正在埋葬他。在死亡的寂静中，他看见雪正在埋葬他自己。在死亡的寂静中，他看见，雪正在埋葬那些旗子。然后，他看见母亲，从天上降下来，伸着双手，拽住乌尔韩的两只大拇指。

他说："不，妈妈。不。"

母亲不说话，只是笑着，温柔地笑着。

他说："不，妈。正义就是如此吗，妈妈？"

母亲用力拖拽他的大拇指。人总会有一个时间掉下来。我已经看不见我脚的前方了。

他说："生活变得多么艰辛啊！"

一群一群的燕子在大雪中翻飞，散开来，又聚集在一起，然后成为一个黑点，飞走了，飞走了，飞走了，成为一颗痣。天空多么黄啊。烟囱在不断排烟。乌鸦的地盘在松树枝上。每个早上，当它们叫喊"雪、雪"的时候,他从睡梦中醒来。两只乌鸦待在收音机的木头天线上。就在那正对面,在福露赞的家和她邻居家上面,其中一只乌鸦早一些飞过来,用嘴尖儿把另一只乌鸦在天线脚下的地儿掏空。然后,那只乌鸦也飞过来了,在长长的十字架形的天线上,拍击翅膀。最终,它还是落了下来。那只乌鸦飞到松树间去了。

母亲没有放手。使劲拖拽。乌尔韩以为他在大声呼救。他把双脚往下伸进舒拉比已经变成泥土的边沿。他在寻找一个可以放脚的地方,以便稳住自己。他正在继续往下沉。母亲从天空中俯冲下来,风摇动着她紫荆色的裙子。

父亲,可曾有过从冬天跑到春天的人吗?你们已经是亡者了。你们。但是,我从冬天跑到了春天。我的眼睛一直望向天空和太阳。

此时,他的双眼就像那种人的眼睛——在饥馑之年之后,因饥饿而水肿。仿佛是从树木上燕子窝的深坑,看见舒拉比河。他无须知道他还活着。不。他死了。他不知道他已经死了。他无意识地把手伸进大衣兜里,掏出绳子来,大喊:"阿依丁,穷酸文人阿依丁。"但是,没有声音从他那里发出来。他说:"别杀死我。"

他说:"别杀死我。"

我说:"你别怕。我不会杀死你。"

他说:"那就把我拖出来吧,但是别对我干这事儿。我还有好多愿望呢。"

我说:"你会如愿的。"

他说:"你是一个恶棍。"

突然，他想起来，城里的那些干果商还欠他好多。他还有很多债权。他有支票，必须要兑现，把他该收的欠债都征收回来。他们吃喝，然后离开。

我说:"兄弟，你正在毁灭我们的生活。唉,我能把你怎么办呢？"整整十个晚上我都没有睡安稳。我去探视地下室，但是，他不在那里。根本不在那里。

没有比这更令人忧伤的了。在我找到阿依丁之前，我已经断气了。这也是我的命运。但是，这毒药不是只有我饮下。阿依达也是杀死了她自己，或许是因为阿依丁远离而致的忧伤，并且还是在那种女人式的幻想中，她能做什么呢？

阿依丁说:"身体的热度一旦达到四十二度，人就死了。那么，请接受，死者的温度是四十二度。"

他说:"不，阿依丁。我不杀死你。你也别杀死我。"

然后，他平静地在水中沉下去。很温暖，波浪涌起，轻柔的热气在空中飘散。雪在平静地、悄无声息地降落。天空多么美啊。

他说:"让我自己死吧，兄弟。"

他心里想睡觉。他睡了，平静地睡了。绳子僵硬平整地浮在水面上，停靠在他的脑袋附近。每个看见的人都说:"这男人，自己在水中上吊了。"

完

1984—1988 德黑兰